越後上布

雪ざらし

浅井和昭
ASAI Kazuaki

文芸社

プロローグ

窓を叩く巻機山《まきはたやま》の吹き下ろしが、雪の匂いと微《かす》かに湿った音を運んでくる。

もしかしてあの音は、と耳を欹《そばだ》てて雪見障子を上げる。

雪原の日映りを抱く魚沼三山《うおぬまさんざん》を、力強い水墨の濃淡で描く六曲一双の屏風《びょうぶ》を借景に、雪ざらしを始めたばかりの織り布《おふ》が、雪原に幾筋もの彩《いろ》を置いている。

その鮮やかさが郁子《あやこ》の眼を瞠《みは》らかせ、心をときめかせる。

吸った息をすぐには吐き出させない雪ざらしの情景が、生きている確かな手応えを郁子に与えてくれる。

見蕩《みと》れる景色を、美しいのではなく綺麗だと、彩《いろ》を置く越後《えちご》の屏風にうっとりする。

細く瞼《まぶた》を寄せ、片寄せる耳に気持ちを傾けながら視野を移すと、織り布を晒《さら》す男たちの影が、西から足下へと急ぎ足である。

織り布と交わす戯れを、地吹雪から飆《つむじかぜ》に変えた荒っぽい吹き下ろしは、息を吹きかけた手で、裾を押さえてやり過ごした。

私たちの織り布が、この雪原で見られるのはいつからなのだろう。

いよいよだね、と嬉しさと不安が綯《な》い交《ま》ぜになる背筋を伸ばし、いつの間にそれほどの時間《とき》が過ぎたのかと、忘我の中に佇《たたず》む郁子の指を折らせる。

一年は二年は三年は、そして五年が七年が、やがてひと昔が過ぎて、今ではもう振り返るよりも明日《あした》を思う時間に追われている。

また一陣の風が、織り布に戯れながら地吹雪を舞い上げる。

又候《またぞろ》の見舞を避けて、郁子は雪見障子を急いで閉《た》てる。

雪に眩《くら》んだ目にはすべてが帳《とばり》の中で、柱時計がゼンマイ時計独特の響きで八時を打った。

もうこんな時間にと二の腕を撫で、早くと急かし急《せ》かされながら朝食《あさげ》を掻《か》き込むが、それでも食後の珈琲《コーヒー》を味わって気持ちを落ち着ける、これだけは忘れない。

微かな酸味を感じるモカの香りを含んで、束髪を少しきつめに縛り直し、今朝だけ、と洗い桶に食器を浸けたままの無作法を許して、居坐機《いざりばた》に向かった。


飛杼《とび》を綜絖《そうこう》の動きに合わせ、右に左に送って織り締める。

一締めごとに染めを飛白《かすり》模様に合わせる手捌《てさば》きは根気のいる作業だが、人付き合いを苦手としていた郁子には、一人でできるこの作業は、無心にさせてくれるのでそちらの満足の方が大きいのかもしれない。

生活はすべてが和風で、今では親代わりのようになっている、民宿「富郷《とみさと》」の富江《とみえ》に見つけてもらった茅葺《かやぶき》の借家には、西日を遮る百日紅《さるすべり》の根周りに群れる著莪《しゃが》や、数本の躑躅《つつじ》や石楠《しゃくな》花《げ》が季節を教える小さな庭もある。

昔は興味のなかった野花《のばな》も、今は見つけると庭に植え替えたりもする。

その度に富江に教わり煮物をつくるようにもなると、ファミレスで手っ取り早く済ませていた、ただ空腹を満たすだけの食事は一体何だったのだろうか。

食べることの目的さえ、取り違えていたように思えてもいる。

テレビはあるけれど、朝と夕方のニュース以外は滅多に見ない。

ラジオは終日、音を落として流している。テレビよりもラジオが好きな理由《わけ》は、ラジオなら目を取られないので、機《はた》を織りながらのながらができるからである。

音楽が好きというより、音とリズムが好きだ。

三弦でもクラシックでも、嫌いなものはない。

歌手が歌うのを聞くのは余り好きではないので、自分からは聞かないけれど、それでも高校に進学して初めて聞いたフォークソングに捉えられ、夢中になった歌手がいた。

井上陽水の「心もよう」は今でも好きで、〝黒いインクがきれいでしょう、青いびんせんが悲しいでしょう?〟このフレーズは、今でも堪らなくさせられる。

さみしさのつれづれに
手紙をしたためています あなたに

黒いインクがきれいでしょう
青いびんせんが悲しいでしょう?
あなたの笑い顔を不思議なことに
今日は覚えていました
十九になったお祝いに
作った歌も忘れたのに

さみしさだけを手紙につめて
ふるさとにすむあなたに送る
あなたにとって見飽きた文字が
季節の中で埋もれてしまう

機にのめり込むと、無意識にハミングしている。そんな時の織り上がりは、自分を満足させる。お茶受けには漬物、という郷《さと》のお茶休みにも慣れ、保存会のお茶休みも違和感は薄れてはいるけれど、一人の時は珈琲を楽しんでいる。これだけは、昔がそのまんまに残っている。

簡単にお茶漬けで済ませる昼食や夕飯の後でも、珈琲は欠かしたことがない。

東京に居た頃は、起き抜けで定まらない意識のまま、ゆっくり淹《い》れるモカの酸味と苦みの混じり合う香りに凭《もた》れ、何も考えずにただぼーっとしている、そんな時間を愉《たの》しんでいたけれど、今はできる限りの時間を機に向けていたいので、いつの間にか珈琲もインスタントになっている。けれど、これには経済の事情も影響している。

早く誰からも認めてもらえるような織り布を、織り上げたいのが郁子の希《ねがい》である。

居坐機《いざりばた》も覚えたての頃は、作業性が良いのでジャージやTシャツで機に向かったのだが、居坐機に向かうには、やはり形も大事と知ってからは、富江にもらった作務衣《さむえ》で機に向かうようになっている。

髪は後ろにまとめて縛るだけの束髪で、洗顔の後に化粧水をつけるだけで紅も引かない。

乾燥が撚糸《いと》には良くないので、エアコンは置いていない。

冬場の暖も、火鉢に鉄瓶を掛けるだけでとっている。

郁子がここまで拘《こだわ》って織り布に打ち込むのには、理由《わけ》がある。

もくじ

第一章　越ノ沢《こしのさわ》

一　置き去り

朝寒の窓を開けると、ぞくっと背筋に寒さが走った。

昨夜の帰り道に秋桜《コスモス》が咲いていたのを思い出し、秋か、と呟《つぶや》いたら大きな欠伸《あくび》が追っかけたのは、昨夜省吾が帰ってから、ＤＣブランドの袖丈を直したからだろう。

サイフォンが最後の一滴を、ざわざわと音を立てて教えている。

深煎りを粗挽きした、少し強めの酸味を感じさせるモカの香りを、深く吸って愉しんでから口に含む。

郁子は渋谷道玄坂の、ブティック「エルモ」でマヌカンをしている。

「エルモ」は都内に十店舗を持ち、本社を名古屋に置く中堅のアパレルメーカーだ。

就職にはハンデが大きい短大を卒業したが、在学中「エルモ」の八王子店でアルバイトをしていた当時から、卒業したら、と誘われていた手軽さで現地採用の道を採り、道玄坂の「エルモ」へ配属になった時の直属の上司が、尾島省吾だった。

アルバイトも、マヌカンだった。

ハウスマヌカンは英語と仏語を合わせた造語で、店の商品を身に着けて客に応対する販売員をそう呼ぶ。「エルモ」ではハウスを付けないで、マヌカンと呼んでいる。

アルバイトは同じマヌカンのベテラン二人のアシスタントで、それなりに大変なこともあったが、化粧映えする顔立ちからか、指名らしき扱いを受けることもあった。

尾島は都内二店舗の運営を任されるやり手で、「北国コレクト」と銘打つ秋商戦の企画で今年も販路拡大を図っている。昨年も一昨年も、尾島の企画は広い客層に受け、将来を嘱望されているのは本人の身の熟《こな》しにも出ている。

岩橋郁子と尾島省吾が個人的な会話をしたのは、入社して半年後の社員旅行で行った山梨の清里だった。

八王子店との合同だったので、郁子はアルバイト時代の先輩と、行動するようにしてもらったのだが、硝子《ガラス》博物館へ行く者や、道を逸《そ》れて森林浴をする者など、三々五々と散らばって気がつくと、一人で美ヶ原に向かっていた。迷った時はポケベルで、いざという時はタクシーで、とペンションの電話も住所も持たされている。

ぞろぞろ連れ添うのはやめよう、という大人の旅を愉しむ主旨の旅行なので、郁子は拾った小枝を振りながら、思考を停止させた状態で自販機のコーヒーを片手に歩いている。

名前を知らない小鳥が、囀《さえず》りながら周囲を飛び交う。

季節はまだ晩夏だろうに、頬をかすめる風は底冷えの気配で流れてくる。

歩くのは通勤が駅まで二キロ弱なので、苦にならない軽やかな歩幅を後から来た自転車が呼び止めた。

「岩橋じゃないか」

振り返ると、次長の尾島だった。

「独りになったのか、それともされたのか」

店での顔とは違う尾島に、親しみに似た感情を持った。

「毎日人熱《ひといき》れの中で生活していますから、身体が洗われるような気がしてます」

「この前のレポートだが、面白かった。聞きたいこともあるので、帰ったら一度飯でも食べながら聞かせてもらおう」

返事を求めるでもなく、じゃあな、とレンタルの自転車で坂道に挑戦を始めている。

「レポートか……」


どこに興味を持たれたのかさえ分からないまま、尾島次長から呼ばれ、誘われて夕食を馳走になる高層階の店は、硝子壁の黒を基調に光を沈ませた雰囲気が好ましい。

尾島に任せた食事は、ナイフとフォークの肩の凝る食事ではなく、ミディアムレアのステーキを、箸で小皿に分けたソースで愉しむ気楽さが緊張を緩めさせた。

「高校卒業前に事故で亡くした、妹の萌《もえ》に似ているんだ」

毎朝萌に会えるような気持ちになるので、岩橋が出社するのを待ちわびている。

見せられた写真は、郁子が見ても肯《うなず》ける少女だった。

尾島省吾も岩橋郁子も、どちらもひと時の火遊びと思えば良かったのだが、自分に向ける尾島の気配りが教える判断で仕事に向きあっているうち、郁子が店の顔になれるという噂話を耳にするようになりかけた頃、秋の企画「北国コレクト」の成功を評価された尾島は、六本木店の責任者に栄転した。

二十一歳の郁子と十五歳年上の尾島は、それをきっかけに急速に近しくなった。

目端の利く尾島が見せる職場の顔が、二人になると、柔らかな面差しで見つめてくる。

何を食べたい？　飲みたい？　行ってみたい所は？　と尋ねられ、答える郁子の望みは大抵賄ってくれる。年若い郁子が感じる尾島の包容力は、経済のゆとりが賄わせる裕福感なのだが、それを自分に向ける愛情と取り違えた。

病弱で早逝した父親との触れ合いが薄く、男の生き様を身近に感じなかったのも、男に対する脇を甘くしたのかもしれないが、価値観が精神を貴《たっと》ぶ精神主義から、物欲主義へ流れる世情に揉《も》まれたのか流されたのか、郁子が精神主義に目を背けたからでもあった。

自分の収入では味わうことも身に着けることも叶《かな》わない、それらが叶えられる浮世離れの戯れに負けた、と言うべきとは思うが、それすら弁《わきま》えられなくなっていたのも確かであった。

事故で喪《うしな》った妹の面影を、郁子に重ねて過ごす時間に尾島は満足し、郁子は大人の男から、自分軸で感じ取る優しい包容力に酔わされ魅《ひ》かれ、自分から身体を投げ出した。

郁子の欲しがる季節や旬を食べ歩き、萌に着せたらと思う洋服を見つけると郁子にコーディネイトさせてみる。

無邪気に心を弾ませる郁子を盗み見ては、それが何の罪滅ぼしにもならないのは判っていても、何も知らない郁子が、喜びを全身で表す姿に萌の面影を重ねて寄り掛かり、独りになってから、過ごした時間の裏側でいつも尾島は懺悔《ざんげ》する。

捨てることができない萌の最後の手紙に重ねる、悔やみの懺悔である。

…変えることのできるものについて、
それを変えるだけの勇気を、われらに与えたまえ。
変えることのできないものについては、
それを受けいれるだけの冷静さを、与えたまえ。
そして、
変えることのできるものと、変えることのできないものとを識別する、
知恵を与えたまえ…

尾島省吾が、進学先の東京へ逃げた時に縋《すが》った、「ニーバーの祈り」という詩の一節だ。

変えると書く文字の陰は、萌との戸籍上の間柄であった。

今日も過ごした後で、尾島省吾は萌の話を始めたけれど、いつもの思い出話とは違って、心

の奥に仕舞ったまま消せない、萌に向ける思慕が沁《し》みる話になった。

「萌は親父の再婚相手の連れ子で、九歳、私は十二歳だった」

兄妹《きょうだい》になるには難しい年頃だった、と省吾が言葉を詰まらせる。

「中学生と高校生になった頃から、血が繋《つな》がっていないということが、何となく不自然な拘りを持たせ始めた」

萌は兄貴ができたことが嬉しくて、家庭教師を任されたり、図書館や美術館なども二人でよく出かけた。事情を知る学友からは、まるで婚約者のような言い方をされるのを、強いて打ち消さない自分がいるのも確かだった。仲の良い兄妹になったのを両親はとても喜び、お兄ちゃんと背中に飛びつく萌に、義母は底抜けの笑顔だった。

「体つきの変化にも萌は無頓着で、変わらず背中に飛びつく。避けるとかえって養母に悟られるのが怖くて、さんざ迷った挙げ句、自宅から通える大学を蹴って東京へ出たのは、どこかにあった息苦しさからの逃避だったと思う」

そこで言葉を途切らせた省吾の素顔は、職場とは比較にならない無表情で、寂寥感《せきりょうかん》すら感じさせ始める。

「国立美術館に行きたい、と言う萌と新宿で待ち合わせた」

向こう側の歩道に、交差点に向かう萌を見つけて大声で呼ぶと、振り向いて飛び上がり、大きく手を振る萌に応えるのが気恥ずかしくて、足を速め交差点に向かった。

横断歩道の信号は赤なのに、気忙《きぜわ》しい東京人は車道の信号が黄色になると渡り始めるだろ？慣れていない萌は、押された勢いで二、三歩列の前につんのめった。

その時、黄色の信号で交差点に入ったバイクに撥《は》ねられた。

つむじ風が萌のマフラーを舞い上げ、舞い上がるマフラーを見上げて呆然《ぼうぜん》としたまま、萌を乗せた救急車が走り出すまで、その場から動けなかった。

あの時呼びさえしなければ、というそれが呵責《かしゃく》になっているのではなく、信号を渡りかけた萌に、待て、と制止すれば、後ろから押されてもきっとその場で私を待ったと思う、とそう言って省吾が臍《ほぞ》を噛む。

お前が先に行って、待っていさえすれば……。

「そう言って暗に私を責める父の後ろで、養母は一言も言わずに、ただ立ち竦《すく》んでいた。その無言の責め苦が一番堪《こた》えた」

省吾は怖くて、約束の時間に遅れたことを免罪符にしたけれど、生涯残る焼《や》き鏝《ごて》を押された気が、今もしている。

四時三十五分着なの、まっすぐ行くね。

萌、東京でお兄ちゃんのお嫁さんになる…

「二日前に届いた手紙を、今も持ってる」

話し終えた省吾が職場の仮面を外して、誰に言うでもない雰囲気で言葉を継ぐ、

「周囲が私をどんな風に見ているのかは知らないが、私は精神的に不自由な人間なんだ」

そう呟いて続けたそれが、尾島省吾が焼き鏝《ごて》から逃れるもう一つの免罪符なのだ。

近しくなり過ぎる郁子との距離感に、少なからず尾島省吾は戸惑いを持つようになりかけている。

どこかで、とは思うのだけれど、郁子の仕草のすべてに重なる萌の面影が捨てきれなくて、つけられないケジメなのか、はたまた重なる面影をかなぐり捨てると、遺《のこ》るであろう郁子へ持ち始めている男のエゴなのか。頭を過《よぎ》る家族への責任を振り払ってまで、尾島省吾の気持ちを絡め取っているものは、回顧なのか、懺悔なのか、それとも愛欲なのか。

あの時、信号が変わりかけた時、一瞬省吾は車道へ駆け出しかけたが、足を止めた。

その時駆け出していれば、とは考えないようにしている。

なぜ足を止めたのかも、考えなくしている。まさかとなぜが頭を過って、そこへ行き着いて落ち着きを取り戻させるまで、周囲への気配りはいつも失《う》せさせてしまう。

久しぶりに時間を気にするでもなく、省吾は腰を落ち着けている。

「大丈夫ですか、電話も入れてらっしゃらないし」

「ああ、事故かな？　なんて関心を持つような人ではないから」

「そうですか」

当たり障りのない返事を返しながら、愛人を自覚する女が等しく持つ男の家庭不和が与える快感を味わっていたが、今夜は少し違って捉えた。

不倫という言葉に罪悪感も持たず、呟く火遊びの言葉の響きに満足していたのが、省吾の心の中に巣くうのは自分似の妹ではなく、萌という女を見せられる感じを持ち始めると、省吾に向き合うスタンスが変わる予感を芽生えさせた。

日付を越える頃、省吾は何かを吹っ切った様子で帰った。

見送った郁子は翌朝が気になり、急いで洗顔した後の解放感に似た気分で、鏡の自分と対面する。見つめると、そうだねっ、と思わせて呟かせたのは、けじめ、だった。

このまま……と思った辺りで、導入剤に絡め取られたが、季節変わりの模様替えやマネキンの着せ替えで一週間余り時間外が重なったのと、昨夜の睡眠不足が加わった付けが、肌の荒れをもたらした化粧のりの悪さに、イラッとして鏡に向き合った。

えっ？　一瞬理解できなくて、鏡に映る顔に慌てて目を閉じた。

瞼を閉ざして、気持ちを落ち着かせはしたけれど、閉じた瞼を開けるのに勇気が要った。

鏡の自分に戸惑い、目を凝らす。

そこに映るのは、人生の秋に萎《しお》れた女にしか見えない自分ではないか。

語尾をいくらか上げて、郁子？　と呼んでみる。

鏡が同じ表情で呼びかけて来る。睨《にら》みつけると、鏡も睨んで来た。

季節の変わり目も特に秋から冬の季移《きうつ》り時は、郁子をよく風邪気味にする。

インフルエンザの予防接種も、先週から今日明日にとつい延ばし延ばしになっている。

栄養ドリンクとカフェインで紛らわせた結果なんだ、と得心しながら、まだイブには二年もあるのにたったこれだけのことで、嫌だなと思った。

薄く水に馴染ませたパフで化粧を終え、改めて鏡を見直すと、郁子は吹き出した。

おかしくなって嗤《わら》ったのは、本当だ！　化粧したね、との呟きが駆け抜けたからだ。

二　けじめ

はぐれ蟋蟀《こおろぎ》の啼《な》くのを、昨夜も帰り道で聞いた半ばを過ぎた秋は、陽射しが透明感を増すに従って、外気は冷たさを増していく。

赤坂見附から絵画館までの銀杏《いちょう》並木を歩きたくなって、出かけた神宮外苑は郁子の思いを叶える黄葉《こうよう》が深さを残した染め色のままで乱舞していた。

これが秋だね、と両手を広げて落ち葉と舞った。

親と一緒の女の子が、郁子に倣《なら》って舞うその手を取り合って舞った。

舞い終えて、その子と笑顔を返し合ったら、ストン、と気持ちが決まった。

一週間前に鏡と睨めっこした失望感の後で、残っていた現実主義者の片鱗が、陥りかけさせたネガをポジに替え、その日から人生を問い直して出した答えが、現状の打開だった。

二日考え、翻意のないのを確かめて軽くなった心が、弛めた頬のままで呟かせる。

そうだね、そうしようね……。

生きている意味ではなく、生き方を問い直し、内面を打ち消すことを意識すると、自分の中で何かが変わる予感を、自覚するようになった。

あの夜呟いたけじめは、省吾に許してきたことが許せなくなりかけたからだったが、今は許せるとか許せないではなく、悍《おぞ》ましさに似た感情に変わっている。

義妹《いもうと》の早世を悼む兄の思いにではなく、濃い恋情を持ち続ける異常さに、火遊びを愉しんだしだらのなさを一括《ひとくく》りにして、離れると決めたのだった。

「いつかどこかの町で出会った時、別の名前を名乗っている女でいたいから」

今ならこれだけで、充分ナルシストを気取る別離《わかれ》ができる。

そう決めたのではなかったか。なのに、気持ちが揺れる。

棄てられて、堕《お》ちて、いつか誰でもいいから抱いてほしいと思うような女になるのではないかと、思う自虐が背押しをしたはずなのが、棄てきれない自分が頼りなく気持ちの片隅に凭《よ》りかかる。

断ち切らなければ、一歩が踏み出せない。踏み出さなければ、断ち切ることはできない。

このジレンマを振り切るため、自慢の髪を切り交差点で空を見上げたら、唐突に、行き先はどこでもいいから、ただ放浪《なが》れたくなった。

もう帰らないと決めた部屋の鍵を運河に投げると、気持ちが思いがけず凪《な》ぎを見せ、放浪れた先に何があるかなど、考えなくなった。

けれども、決して自暴自棄でそう思ったのではなかった。

未熟な自己愛に気づき、ありのままの自分に向き合うために選んだのが、東京を棄てることであり、自分愛を復習しようと思っての決断が、行く先を決めないまま東京駅で時刻表を見上げさせた。

どこへ行こうかと、今から始める人生を、自分らしく生きる旅になぞらえ、未知の扉を開ける不安を、冒険の扉を開ける時に感じるのだろう戸惑いと期待に置き換えて、胸の奥深くに仕舞った。

上越新幹線が一番少ない待ち時間なのを確かめ、新潟までの乗車券を買う。

東京を千切《ちぎ》り棄てる車窓が、秒針の刻みで気持ちに区切りをつけさせてくれる。

群れる高層ビルと、ひしめく家並みが密度を薄めていく。

枯れた草原に見えていた穭田《ひつじだ》や、針葉樹だけの林や遠い山肌が、冬ざれの荒涼感だけではなく、肩の力を解《ほぐ》し安堵感を与えてくれることに気づかされかけていたのだが、乗る前に買った自販機の缶コーヒーが感じさせた、微かな鉄の匂いが、モカの香りと苦さを懐かしむ侘《わび》しさを引き寄せてしまった。

引き寄せた侘しさに、次第に痩せてゆく心を持て余していたあの時間《とき》を重ねると、ツンと鼻の奥が呼んで零《こぼ》した涙を目の中で散らそうとしたけれど、できなくて目尻からの一筋になるのをさりげなくハンカチで押さえ、誰をでもなく自分を誤魔化す。

唐突に他人軸という言葉が浮かび、対比させる意識のないまま自分軸と頭に描き、文字を浮かべてみる。

こんな言葉を思考の中に持ち込んだことも、生活の中で考えたこともなかったはずなのに、尾島省吾との心の齟齬《そご》は、もしかすると無意識に持たされたこの二つの軸の揺れだったのだろうと、今はそう思った。

省吾の面影が黄昏《たそがれ》る車窓に浮かび、あれはいつだったのか、その時何があったのかを思い出そうとするが、無意識な思いだっただけに、はっきりとしないばかりでなく、思考回路は止まったままで郁子に応えて巻き戻ってはくれない。

細かなことは思い出せないけれど、どこかで省吾の仕草や振る舞いに違和感を持ち、うん？と思った記憶は残っている。

その時、エリートと呼ばれる人間が等しく持つ、特有の傲岸さを省吾も持っていると感じさせられたのは覚えている。それからは、釦《ボタン》の掛け違いに気づき始めた。

然《さ》り気《げ》ない省吾の仕草が、帰る場所を教えているのに気づかされた時、遠くない離別《わかれ》が来ることを考えさせるようにはなっていた。

けれども、過ごす時間は変わらない過ごし方だったはずなのに、やはり気持ちの伴わない仕草さは、どこかですれ違いを感じてしまう。

「うん？」

聞き漏らした郁子が、聞き返しても、

「いや、別に……」

煙草《たばこ》をくゆらせながら、省吾は小さく咽《むせ》る。

ある時は郁子の問いかけを、気も漫《そぞ》ろの様子で省吾が聞き漏らして、聞き返す。

次第に心が落ち着かなくなるのが気にはなったが、広がる溝を埋める気持ちより、自分を見つめる気持ちが強くなりかけた分、緊張感が次第にぼやけていった。

ひと月の海外出張から帰った省吾と、久しぶりに愉しい時間を過ごした夜、手土産と判る香水の包みを片隅に置いて省吾が尋ねた。

「今つけてるコロンだけど、どうかな？」

訊かれるまで、コロンが違っていることに気づけていなかった。

郁子は戸惑ったが、何とか処理した。

「ごめんね気がつかなくって、ちょっと鼻風邪みたいで」

「大丈夫か？」

気遣う省吾をやり過ごす郁子に齎《もたら》すことができたのは、……いつかどこかの町で出会った時、別の名前を名乗っている女でいたいから……とナルシストを気取れる、別離《わかれ》だった。

葛藤し尽くした虚脱から、立ち直った岩橋郁子をここに座らせているのは、自分愛に目覚めたからにほかならない。

三　雪まつり

高崎を過ぎた頃から車窓に雪が舞い始め、土合《どあい》から谷川岳を潜《くぐ》る新清水トンネルの先の湯沢で乗り換える列車が、越後川口の先で起きた雪崩で緊急停車しているのを知った。

郁子は戸惑わず払い戻しを受けると、観光案内所で宿を探した。

けれど湯沢はどこも満室で、隣町にやっと民宿を見つけてもらったが、食事は済ませてと言われたので、駅のそば屋で虫押さえをすると、菓子パン二つを持って雪深い道に怖さを覚えながら、タクシーで「富郷《とみさと》」に着いた。

一人旅には慣れてない手持ち無沙汰を、とりあえず雪で冷えた身体を温めようと浴室へ向かうと、「富郷」を営む富江から「雪まつり」があるから出かけないかと誘われた。

煩《わずら》わしく思ったけれど、部屋でぽつねんと過ごすよりはと思って、富江が揃《そろ》える雪仕度を借りて出かけることにした。

雁木《がんぎ》通りの道を逸れ、はらはらと舞っていた雪が霏々《ひひ》となる兆しの農道では、雪が霞《かす》ませる竹筒の足明かりと松明《たいまつ》に幻惑されかけ、郁子は思わず富江の袖口を握る。

粉雪が小米雪《こごめゆき》から粒雪《つぶゆき》に変わり始める会場では、人の動きが滞る隙間を縫って進む富江の袖口を一層強く握る。その手を富江が握って、会場の雪舞台近くまで紛れ込ませた。

なんだかその強引さが、郁子を愉しくさせる。

「こん辺りがいっち番《いちばん》祭りらしいが。せばいっぺあすぶが《んだよそれじゃああそぶか》、迷い子んなったらこん舞台ん前でな？」

富江の手を解《ほど》くと、人熱れ《ひといきれ》が郁子を雪まつりに溶け込ませる。

襟元を合わさせる雪風が、和蝋燭《わろうそく》の火焔《かえん》を捩《よじ》らせて舞い上げ、見上げると、小米雪を傲岸な面持ちで吹雪かせる白一色の夜空を、オレンジレッドの光線が乱れさせている。

雪と光線が呼応する火焔との鬩《せめ》ぎを纏《まと》って、雪まつりの幕は切って落とされた。

鬩ぎ合う三者を被《かぶ》り物《もの》に、本塩沢《ほんしおさわ》を纏い妖艶《ようえん》に舞う舞台の女たちを負けさせてはならじと、サックスが低く、拐《かどわ》かせるが如きの旋律を咽ばせてくる。

ふわりふらりと揺らぐ郁子の意識を、なおも甚振《いたぶ》り意識を惹き込んだのは、抑えない想いを奏でるサックスのひときわ高い啼泣《ていきゅう》であり啼哭《ていこく》である。

小米雪を妖艶な科《しな》で打ち払う舞人《まいびと》が、悩ましく咽ぶサックスの一際《ひときわ》の音色に絡め取られるが如き身の熟《こな》しで、華麗に艶《なま》めかしく舞を務める情景に、ほおーっ、と無音の感嘆が郁子の胸を膨らませ、吐息を零れさせる。

実のところ、雪まつりと聞いた郁子は、鼓《つづみ》に絡まる雪の乱舞を連想していた。

それが、足許で咽ぶサックスの悩ましいソウルを耳にした刹那《せつな》、ミスマッチと眉をひそめさせたはずなのに、オレンジレッドのライトと絡まって渦巻く粒雪が、狂おしく拉《しだ》く舞い人を抱き留めるサックスの余韻と重なる幻惑に絡めとられ、揺らめいた心の状態がゆらりと傾き、見えていなかった何かが見えるのでは、とそんな思いにさせられかけた郁子の前から、突然、すっ、とすべてが掻き消えた。

消え失せたのはオレンジレッドの雪だけではなく、テナーの咽びも、風を切る火焔の唸りも断ち消え、その後には深い漆黒と静寂が降りて、すべて雪が吸い取ったと思わせられた郁子を、気弱にさせる。

静寂と漆黒の空間に閉じ込められた、そこまでの閉塞感は感じられないながらも、見知らぬ土地という思いが怖さを抱かせ、耳鳴りする静寂が気持ちを乱して蠢《うごめ》き、思わず富江を捜して振り向いたその時、夥《おびただ》しい数の篝火《かがりび》が、轟々《ごうごう》と火焔を一際高く燃え上がらせると、焔《ほのお》が呼んだ風が雄叫《おたけ》びを上げた。

圧倒されて後退《あとずさ》りする郁子に、はっと耳を欹《そばだ》てさせたそれは、か細くそれでいて強い音律を奏でる胡弓《こきゅう》の音色だった。

弾き手の姿は見受けられないながらも、郁子は「おわら風の盆」の町流しを思い浮かべた。

おわらの胡弓は、静かさの中で息衝《いきづ》く情念を、あえかに奏で聴かせてくれたが、篝火の焔を突き抜け、郁子の耳を震わせた胡弓の力強いこの音律は、使い切った二胡《にこ》であろう。

郁子が思い浮かべる町流しの胡弓は三弦で、今自分の耳を震わせる二胡は二弦なのだということまでは識《し》らないが、胡弓の音色《ねいろ》に魅入らされたのを気持ちの震えが教えた。

この間合いに二胡は静かに旋律を変え、乙女のあえかな想いを音色に乗せ、風に運ばせ、耳に届ける。

鼓が打ち聴かせるのは、夜空を突き刺す音色である。

小太鼓が鼓の誘《いざな》いに応えて、音色も高く合奏する。

小米雪が細目《ささめ》の雪に戻る間合いに、二胡と鼓の合奏が、コトリ、と乙女の羞《は》じらいを浮かべさせる音律に移る。

掬《すく》い取る小太鼓と篠笛《しのぶえ》が、尺八の導きに男《お》の子女《め》の子の官能を闇に鎮めて、沈める。

気がつけば、雪舞台では一人の舞人《まいびと》が、見事な舞を見せていた。

篝火が訪《おとな》い人《びと》の心を妖艶に染め、踊り手の一糸《いっし》乱れぬ乱れ舞が、祭りの仕舞を務める。

刹那《せつな》々の連なりを預けさせて、郁子をただ惑わせてくれる。

やがて戸惑いに酔って魅入《みい》ってしまった、のではなく、犇々《ひしひし》と魅入らされてしまった。

この時郁子は、越ノ沢《こしのさわ》に囚《とら》われたのである。

「そろっと《そろそろ》行こうか」

富江に肩を叩かれるまで、雪まつりの印象のどこか違う静けさに支配され、呆然とした放心の状態だった。

何かが違うと思わせるそれが何なのか、気づかされたのは花火だった。

花火がなかった。なくて良かった、と郁子は零した溜め息の中で思う。

祭りの仕舞を務めた、舞人《まいびと》の一糸乱れぬ乱れ舞が篝火が訪い人たちを酔わせ、瞠《みは》らせる者の心を妖艶に染め上げたこの雪まつりこそが、敷島の祭りと言えるのだろう。

四　富江

予定を言わないまま、滞在が三日になり、四日が五日になった夜、

「なじょした《どうした》、何かあちごと《しんぱいごと》でもあるがんだかえ？　なーもでけんが《なにもできないけど》、聞くぐれえ《ぐらい》はでけるがぞ」

富江は取り替えの敷布を置くと、かけずにはいられなくて声をかけた。

雪まつりに出かけた以外、この娘は殆どどこへも出かけず、手頃な近くのコンビニで駄菓子か何かを買ってくるぐらいなのも、気にかかっている。

「富郷」を始めてひと昔近くになるが、殆どが慌ただしく出入りする観光客だけに、やはり気にかかる存在なのだ。都会育ちと見受けられる洗練された服装も然《さ》りながら、目鼻立ちも、美人というより柔らかな一世代昔の面影で、淋《さび》しげである。

無口なのも気になって、声をかけた。

郁子はその富江の問いかけに人肌を感じ、独り言めかして、〝ある朝鏡に映った自分に嫌悪感と虚脱を感じたら、どこかに残っていた自分愛が人生を問い直させたの〟、と言った。

「ぼんくら《おばか》には判んねが、どういうがんかかんげえたんだ《ことかんがえ》」

そう言った富江の自分を見る目に浮かんでいた優しさが、郁子は今も忘れることができないでいる。

妻子ある男との道を踏み外した葛藤と、その中で薄れさせた自分愛を反省すると、街も仕事も環境も、周りのすべてを厭《いや》にさせられたのだと、恬淡《てんたん》に話した。

一切の衒《てら》いもなく話せた、むしろそれを訝らせもした。

これほどまで正直に自分を出せたことが、信じられなかった。だから何事も衝動で動き、動いた後で後悔するその繰り返しの、安易な生き方への反省もあって、と重ね、

「離れられなくなる前に、とそう思ったから……」

言って、大きな吐息を吐いた。

「忘んな《わすれな》、みんな、忘るがよ《わすれるんだよ》」

聞き終わった富江が、離れられなくなる前にっていうのは、正しい決断だと思うと続け、

「落ち着く《かえり》まで居《お》ればいいが。お金んことなら心配《いらない》えらねぇて、気持ちん整理がついたら故郷《くに》へけえんな。故郷《ふるさと》って所は、そんげな時んこそ在《あ》るもんだべ」

郁子が、故郷はあっても、もう身寄りもいないのだと言うと、

「そいがー《そうなのー》、だら《それなら》、こんげ《こんな》ざいご《いなか》のこんげ小っちゃな民宿だども、手伝ってくんねえかなあ？」

自分も一人っきりなんだ、と富江は温かい笑顔をみせた。

温かな笑顔で人の心を和ませることが、富江にもやっと、できるようになっている。

郁子の話を聞きながら、富江は失念したはずの昔を思い浮かべていた。

どこへも行けなくなる前に、すべてを棄てたという、郁子。

どこへも行かないで、と女の元へ走る夫に縋《すが》り付いた、富江。

棄てることができた者と、追い縋って棄てられた者。

棄てられた絶望から立ち直った者と、自分愛が棄てさせた現状から立ち直ろうとする者。

富江は当然のように、郁子を抱き留めようと思った。


富江はとうの昔に、ぼろぼろになって越ノ沢へ帰った日のことは、忘れている。

年老いた母親と一緒に、目先の仕事に没頭することで、過去を断ち切ろうとした。

不器用な手で、居坐機《いざりばた》に向き合ったこともあった。

居坐機は、富江を無心にさせてくれた。

だから富江は織り子を辞めた今でも、居坐機が好きだ。

帰ってから、幾度目かの正月を過ごした頃に、

『煩悩を少しでも少なくしようとしても、できない者のためにこそ、祈るべき』

という教えに出会い、富江は生まれ変わった。

「なあ《おまえ》が目で笑うようになったんが、土産んなったが」

その言葉を遺して母親が逝ってからは、母親が土産にしてくれた笑顔を片時も忘れない富江になっている。暫《しばら》くの惑いから立ち直り、女一人でできる民宿「富郷」を始めたのは、老後を考えての決断だった。

「気持ちん整理がついたら、返事くんろ。良か返事待っとるが」

どっこいしょ、と最近でぶっちょを気にしている身体を起こして、襖《ふすま》を閉めた。

この時富江は、郁子には自分と同じ無駄な時間を味わわせてはいけない、と思っていた。

三日後、郁子は富江と並んで流しに立った。

「今日からは、もうお客じゃないがやけん《ないんだから》、ここでいいがん？」

その夜から、富江と並んで布団を敷いた。

「これは？」

部屋の壁に掛かっている額に、郁子は目を留めた。

「あ、そんな《それ》」

おらの大事な大事な先生、というより人生の師、だが。

富江が手を合わせる額には、こう書かれていた。

信心すなわち一心なり
一心すなわち金剛心
金剛心は菩提心
この心すなわち他力なり
「親鸞和讃」

「若い時にはいろいろあったがん、そんうち、おいおい話すが」

ふっくらとした富江の頬が、一層ふくよかな温かみを浮かべて見返った。

折に触れ、郁子はこの時のやり取りを思い出す。

あれから十年は過ぎている、と改めて今日も郁子は思っている。


郁子は右利きなのに、コーヒーカップを左手で持ち右手を添える。

今も左手でコーヒーカップを持ち、右手を添えている。

モカの酸味を保つほろ苦さが、好きである。

珈琲を含みながら、なんとはなしに考えている……。

砂糖を入れなくなったのは、いつ頃から……。

ミルクを入れなくなったのは……。

コーヒーを丸く混ぜて、生ミルクを縁《ふち》からゆっくり流すと、渦巻きができる。丸く綺麗な渦になったから、何か良いことがありそうとか、流す量が乱れて渦が途中で切れたからとか、そんな他愛のないことに笑えた時代が蘇ったけれど、郷愁は起きなかった。

添えた右手に、カップが冷たくなっていく。

カップを持つ左手の小指には、上布《じょうふ》の端布《はぎれ》を結わえている。

何よりも愛おしい、ひと巻きの端布である。

カップを置き、郁子は握った小指を右の掌で包んだ。

切なさに突き上げられ、逢いたさに唇を噛む。

五　居坐機《いざりばた》

居坐機を始めたのは、富江の勧めだった。

郁子の手先の器用さと根気の良さが、居坐機の織り子に向くと思った富江が、勧めた。

「そんに、こげな時代やけん、なり手がないがよ」

だから郷《さと》の援助もあるのだ、と話す言葉からは、郁子に独り立ちをさせようとする富江の思いやりが垣間見《かいまみ》えた。

郁子にも「雪まつり」の感動が忘れられなくて、その時に出会った紬《つむぎ》より歴史のある上布に触れた時から、興味以上の関心を持っていたので、富江の勧めに頷いた。

麻には苧麻《ちょま》とラミーがあり、苧麻の茎から取り出す青苧《あおそ》は乾燥に弱くて切れやすい。だから口に咥《くわ》えて、唾《つばき》で濡らしながら撚《よ》り合わせる。

その撚糸《よりいと》づくりから教わったのだけれど、「細せえほど、良《え》か糸がん」、ほらこうしてと、富江は器用に指を使い分けて、苧績《おうみ》から極細の麻の繊維糸を撚《よ》ってみせた。

「こんなにふてえと《ふとい》、使い物んにはなんねえけども《ならないけれど》」

要領はこうだから、あんたにはできると真剣に勧めた。


保存会の講習では、上布に携わる心得をまず教えられる。

上布に携わる者が持っておかねばならない心得は、この郷《さと》の遺産を引き継いで守る心構えと礼儀だと教えられた。

一朝一夕に、上布はできるのではない。

春に苧麻焼き《からむし》をし、三年後の夏の盛りに刈り取る、苧麻《ちょま》の栽培技術。

秋には、水に浸し爪で裂いた青苧《あおそ》を撚《よ》って、糸を作る苧引き《ちょび》と苧績《おうみ》の技術。

この苧績《おうみ》の出来が、上布の質を決める一番の難関になること。

墨付けと絣《かすり》くくりをした後で染める、絞《しぼ》とりと染の技術。

秋は、仕上げた糸を居坐機で織る、織りの技術。

織り布を雪に託す、雪ざらしの技術。

これらを並行させて、次の世代に遺していくことこそが、伝統の継承になるのです。

一心同体、共に感謝する心を忘れず進めましょう。

伝統を守るとは、こういうことです。

良い青苧《あおそ》でなければ、良い苧引《ちょび》きはできない。

良い苧引きができなければ、績《う》めない。

苧績《おうみ》が良くなければ、良い撚糸《いと》は作れない。

良い撚糸《いと》でなければ、良い織り布は織れない。

良い織り布でなければ、幽玄、化身と言われるようには晒《さら》せない。

こんな判り切ったことが、どこかで忘れたのか意識が薄れている。

これらすべてが絡み合うてこそ、郷の伝統は引き継いでいける。

心構えの基本は、次の工程に渡すのは自分の完成品なのだから、最高の物を渡そうという思いこそが、難しく言われる品質管理なんだ、と心構えの真髄を教わった。


いつしか撚糸《いと》作りにのめり込んだ郁子だが、生活環境の落ち着きがかえって気持ちに心細さを忍ばせ始めた。

整理し切れない焦燥感が逃げ場を求めさせた、逃避行だった。

その時は自分らしく一人で強く生きられると気張っていたのが、富江の心の温《ぬく》もりに包まれながら、新しく生きる道を見つけることができそうになっているというのに、その環境が心細さを感じさせるのだった。

保存会の手習いから、「富郷」へ帰る時間が少し遅くなる。

心細さが、寂しさに繋がりかける。こんな自分を富江に見せることなど、できない。

今夜も気持ちを振るって配膳を終えた後、珈琲とお茶で寛《くつろ》ぎながら一息つく。

「いつかどこかん町で出会うた時、別ん名前を名乗ってる女でいたい、だったよな？」

突然そう言った富江が、

「どうしたが？　里心《さとごころ》か？」

言葉を呑んだ郁子が、とば口を探そうとする。

「おらが悪《わる》ーれかったが。お客にかまけてなあんた《あんた》ばっかにそべえて《あまえて》しもうて、悪かんべぇ」

「そんなことはないよ、忙しいんは私も嬉しい。でもね、寝る前にこんな時間が欲しい」

手習いの愚痴を、たとえ聞き流しでも耳を貸してほしい時もある。

手習いを始める前の日重ねが、懐かしいのだ。

富江は富江で、明日の手習いを思って早寝させようと寝間《ねま》を別にした、それから話をするのが少なくなっていた。

一日も早く独り立ちさせたい、そんな気持ちが余計な気遣いをしたらしい。

唇を尖《とが》らせる郁子の横顔が、富江に昔を振り返らせた。

母ちゃん、と呼んで、愚痴話をただ聞いてもらっただけで、気持ちが鎮まったことをである。これという言い聞かせをもらった覚えは薄いけれど、うんうんと肯《うなず》いてくれるだけで、良かったんだよなー！

ごめんな、とほっこりと弛めた顔が、振り向く郁子と向き合う。

「今日からは、また一緒に寝ぶるか。寝不足になるがやが大丈夫か？　くたびぃっどぅ《つかれる》時は言うんだぞ？」

「あちこたない《だいじょうぶ》」

覚えたばっかりの方言で笑み崩した顔に、富江の同じ顔が肯く。


翌日からは、また一段と手習いに力が入った。

その真面目さと健気《けなげ》さが受け入れられた、とも言えるけれど、陰に日向《ひなた》に力を貸してくれている富江の存在は大きい。

慣れない越ノ沢の生活は、都会暮らしでは他人との付き合いが希薄だっただけに、何度か挫《くじ》けそうになった。その都度富江に助けられて、今では人肌の温もりに育まれているような、そんな安らぎを感じるようにもなっている。

やがて居坐機《いざりばた》と呼ばれる機《はた》の扱いと、織りの手ほどきを受けるようになり、経糸《たていと》を巻き取る千切《ちぎ》り巻も教えられた。

初めて居坐機に向き合った時は、後腰帯《しまき》と糸巻棒《からすぐち》の加減が掴《つか》めなくて、暫くは失敗ばかりを繰り返したことや、一本一本の緯糸《よこいと》が織り出す織り布の美しさに感動したことは、今も鮮明に覚えている。

経糸は運命、緯糸は生き方、そう教えられたのもこの頃だった。


瞬く間に十年余りが過ぎ、やっとこの郷の気質にも慣れた頃になると、郁子の飛白《かすり》織りの丁寧な染め合わせは、保存会の片隅を占めるようになっている。

富江の世話で、三部屋の茅葺の家を借り、保存会から与えてもらった居坐機で、いつか糸を撚る時間もない織り子になっている。


織っている最中《さなか》に、緯糸が切れることがある。

時には、不揃いの撚糸《いと》が混じっていることもある。

そんな時は手鋏《てばさみ》で切り、撚糸《いと》先を揃えて削《そ》いで、元糸と撚り繋ぐ。

糸を撚って繋ぐのを、この郷では「いなり」と言っている。

上布は決して、織り糸を結んでは繋がないで、撚って繋ぐ。

撚り繋ぐから上布だと教えられ、今では、手が無意識に動いてくれるようになっている。

今、郁子の居坐機に掛かっているのは、並幅の縞織《しまお》りである。昔からの伝承を守り、糸は苧麻《ちょま》を手績《てう》みした青苧《あおそ》で、絣模様を付けるのは、手くびりでしっかりとくびっている。

手くびりとは、染める所と染めない所を、糸で縛る作業である。強く縛ると染料が入り込まないので、糸の色がそのまま残る。

織機《しょっき》は、居坐機で織る。

雪ざらしの支度は、湯もみ足ぶみをして織り布から糊《のり》と汚れを落とすのだが、晒しの時間を短縮させることにもなる。

晒しは、雪ざらしで行う。その決まりの上で、着尺地《きじゃくじ》（幅が一尺二寸×丈《たけ》が三丈：鯨尺《くじらじゃく》）の織り布だけが、上布と呼ばれる。

六　巡り会い

郁子には、織った上布をいつかは着せたい、と想う相手がいる。

晒し職人の、飯田耕生《はんだこうせい》である。

小指の端布は、郁子が交わす耕生への約束の証なのだ。

郁子が飯田耕生を知ったのは、郁子二十九歳、耕生三十一歳、三年前の正月だった。

越ノ沢では、元旦に保存会の織り子全員で初詣をする。

元旦に女が初詣に出かける風習にも、越ノ沢の織りの歴史と、それにまつわる悲話が残されていることが読み取れる。

今では昔の面影を忍ばせるだけの越布《えっぷ》神社にも、越ノ沢の切ない伝承話がある。


――織布小屋《しょくふごや》奉公の年季明けを一年残して、隣村の稲が命を絶った。

織りの業前《わざまえ》が上がらないのを責められ、それを悔やんで命を絶ったと言われたが、故郷《くに》で稲の帰りを待つ万作は、婆《ばんば》が死に際に言い残した話を思い出した。

「撚糸《いと》を皸《あかぎれ》や皹《ひび》で汚すと、追い帰されたまんま二度と機には戻んなかったが、誰《だあ》も年季前《めえ》に里へけえった話を聞かねえ。みんな首っつりしたがん」

しかし万作は、稲は罰を受けて殺されたと思い、こげな苧麻《からむし》さえなかったら稲のように罰を受けて殺されることはなくなる、と家の畑の苧麻を踏み拉《しだ》いて万作は死罪になった。

それからはどこの機屋《はたや》も織布小屋でも撚糸《いと》が切れて、男手代わりに納める庸布《ようふ》に不始末が生じ始めた。仕方なく汚れた所を切って結《ゆ》わえた撚糸《いと》で織らせたが、下布《かふ》とも言えない織り布にしかならず、織布小屋もだが里も郷も困り果てた。

そうした或る夜、稲がおっ母《かあ》の夢枕に立ってこう言った。

「皸《あかぎれ》や皹《ひび》で汚してしもうた撚糸《いと》は、手鋏で切って撚って繋げばええ、そうせば誰《だん》も死なんようになるがん」

稲のおっ母は、織布小屋の伝役《つたえやく》にその話をしたそうだ。

伝役はそん繋ぎ方を織り子に教え、緯糸を長くしたそうだ。

それ以来、年季明けに帰らない娘はいなくなり、庸布《ようふ》に事欠くこともなくなったそうだ。

やがて削いで撚り繋ぐやり方は、稲に教わったやり方だからと、「稲遣《いねや》り」と言うようになったのが訛《なま》って、「いなり」と言うようになったのだ、と言い伝えられている。

その切ない言い伝えを思い出しながら、郁子は初詣に出かけた。

初詣では、昨年織った織り布の端布を神社の格子戸に結わえるのが、織り子の習わしになっている。この里の織り子の証になる、晴れがましく誇らしい風習なのだ。

織り子たちが格子戸に端布を結わえるのを羨ましく眺め、早く自分も端布が結わえられるようにと願ったものだ。織り子になったその年と次の年は織り上げることができなくて、初詣に格子戸へ結わえることができなかった。

その時の悔しい思いに重ねて思い出すのは、その翌年に初めて端布を結わえることができた喜びで、それらはまるで昨日のことのように、初詣に来る度に思い出している。

今年の初詣は、としやの昼間から降り始めた雪が夜半には上がったものの、普段から参道と畑の境がはっきりしない神社の道だけに、雪でどうなっているのか誰もが気にしながら、すっぺ《わらぐつ》で足下を固めて出かけて来た。

なのに心配していた参道には、車の轍《わだち》ができていた。

一列になってその轍の上を、顔をほころばせて歩いた。

毎年のことだが、歩きながらの話題は去年の全国大会の話になった。

去年は八重山にも近江にも勝った嬉しさがある。しかし、加賀の背中は遠かった。

「やっぱ、雪と水の差なんかねー」

水には勝てないのかねえ、という晒しの話に思わず、

「去年は、織りで負けてたの」

晒しではなく織りで負けてた、と言う郁子の口調は、悔しさをいっぱい滲ませていた。


加賀の水晒しは、酷寒の浅野川で行う友禅ながしが発祥と言われている。

友禅染めの色置きに使う糊を洗い落とす目的の友禅流しは、職人が太股《ふともも》まである長靴で膝上まで沈み、浅野川に友禅を晒す。

何度も裏返しを繰り返して色抜けさせるのは、加賀伝統の技になっている。

越ノ沢の出品は、郁子の蚊飛白《かがすり》だった。郁子には、それなりに自信があった。

蝉《せみ》の翅に喩《たと》えるにはまだまだ、という感じはあったけれど、その喩えの外で見てもらえるようにはなっているのではないか、との思いもあったので悔しさが残っている。

郷の審査会でも選考会でも、褒められた。なのに、結果は入賞だったのである。

入賞とは、四位から八位に与えられる努力賞である。

それでも入賞するのは久しぶりだと、温かい言葉で慰めてはくれたが、郁子は悔しかった。

参道に轍があるというそれだけのことを、必要以上に幸運と捉えるみんなに合わせて明るさを出そうとしたのには、今年こそ三位入賞の中に入れると想いたい、運頼みの幸運に重ねたからでもある。

その空元気も次第に現実話に押し返され、雪を踏む足音も次第に重くなっていく。

重苦しい空気を振り払って、敬子が明るい声で呼びかける。

「ねえー、お正月じゃねえ」

もっと愉しい話にしようよ、もう止めよう？　と話を切ったその言葉の末尾が、ありゃーっという驚きの声に代わった。

「だんだん《いしだん》が……」

敬子が指さす石段を見ると、二人が並べるほどの幅ではあるが、雪が掃かれてある。

誰が？　という前に、幸先《さいさき》が良い年の前触れよ、今年はきっといいことがある知らせなんよ、とどうしても楽観的に捉えようと誰もが口にする。

無論《もちろん》、郁子もその中にいる。

それが虚《むな》しいと判っていながら、その雰囲気に浸《つ》かる安堵感が捨てられないのだ。

首まで安堵のぬるま湯に浸かって、わいわいがやがやあたけ《さわぎ》ながら石段を登ると、社殿の前も参拝できる幅に雪が掃かれている。

それだけでは、なかった。

一段高い格子戸のある濡れ廊下まで掃かれている、ばかりか菰《こも》が敷かれているのには、さすがに驚きを通り越して、敬子などは「気味が悪れ《わ》ー」と言い始めた。

互いに顔を見合わせ、「どうして？」「何で？」「誰が？」と思い思いに言っているところへ、後から来た郁子が、社殿の横に伸びる藁靴の跡に気づき、誰なの？　とその跡を辿《たど》って社殿を曲がると、雪を払った敷石の菰に腰を掛け、煙草に火を点《つ》ける男と目が合った。

この時まで郁子は、それが飯田耕生だということを知らない。

だから思わず「あっ」と上げたその声に、驚いたわけでもないだろうに、雪の重さで撓《たわ》んでいた雪持《ゆきもち》がどっと辺りに雪煙を巻き上げた。

雪煙に思わずスカートの裾を押さえた郁子が、また声を上げた。

「きゃあーーっ」

その声に驚いた敬子が顔を見せ、郁子の肩越しに菰に腰を下ろしている男に声をかけた。

「あっきゃあ《あれーー》！　耕生さん？」

男が立ち上がって、小さく頷いた。

敬子が、おめでとう、でもどうしてここに居《お》るん、と訝る感じで問いかける。

「ごーきな雪なんで、初詣が大変《たいへん》だろうと思うただんが」

だすけーちょっと先ん来て、雪《ゆき》ほり《かき》をしていたんだ。

ちょうど終わった時に皆が来たんで、ここで一服してたんだ。

まるで悪戯《いたずら》を見つけられた子供が言い訳をするような、そんな感じで話すのがおかしくて、
郁子は思わず口を押さえた。

「そう、おおきに《ありがとう》はや、お陰でうちらも助かったよ」

素っ気ないお礼だけで、敬子は裾の雪を払い終えた郁子を促す。

見れば寒い中での力仕事で、吐く息が鼻の下を濡らしている。郁子は、ありがとうございました、お陰で助かりましたと礼を言って、ハンカチを渡そうとする。

「あちこたねえ《だいじょうぶ》……」

その仕草は、まるで子供だった。

袖口を折ると、耕生は鼻をかむような仕草で拭き取った。それがおかしくて、郁子は声を立てて笑いながら、遠慮する耕生の手にハンカチを握らせ、みんなの所に戻った。

階段で振り返ると、ハンカチで顔を押さえている耕生の仕草を、目の端に捉えた。

七　運命

飯田耕生が越布神社の初詣に合わせて雪掻きを始めたのには、ある願いが込められていた。耕生が本格的に雪ざらしを始めたのは、夢破れた大阪から半ば抜け殻のような状態で戻って四年の後だった。

大阪では、硝子《ガラス》瓶を造っていた。夢はその硝子瓶での、独立だった。硝子瓶といっても耕生が手懸けたのは、高級な香水を少量容《い》れておくボトルで、芸術品的装飾の趣が深いボトルである。そのボトルを、使う人の感性を満足させる唯一無二のアールヌーボーの硝子で造りたい、という目標を持っていた。

高校の卒業記念に、気の合う仲間と夜汽車を乗り継いで出かけた山梨県の清里で、十九世紀末から二十世紀初めにヨーロッパで造られた、シャルル・マルタン・エミール・ガレの作品に出会った。

その曲線的なデザインは、植物をモチーフにした装飾的でエレガントな独特の雰囲気を耕生の目に焼き付け、これはガラスではない硝子だ、と変に曲がった印象で向き合わせた。

その日を境に、耕生はアールヌーボーの硝子に絡め取られ、母親の心配と反対を押し切って、決まっていた地元の就職先を断り、大阪の硝子工房に就職した。

二年の下働きのあと、助手としてボトルの制作に携われるようになり、仕事を任されるには、それから三年かかった。

配属されたイメージを形創る作業では、筋が良いと褒められ、情熱を傾けて夢を追う若者の額に光る汗は輝いていた。

しかし香りと顧客のイメージから汲んで形創るボトルだが、顧客の感性と自分が求めた形が一致することは、殆どないのが現実だった。


今日も、鼻腔《びこう》に残る香りを意識して、スケッチブックに向き合う。

さらさらと紙に滑る鉛筆の音が、耕生の耳を刺激する。

肩の凝りを解《ほぐ》すそぶりで音のする斜め後ろを見ると、先輩の田口泰朋と目が合った。

目線で呼ばれ、後に続いて庭に下りる。

九月の風はひんやりとしていて、それでいて夏の名残のような温《ぬる》みをはらんでもいる。

煙草を勧められ、深く吸い込むと肩の力が抜けた。

「俺にも飯田と同じ経験がある。一年、時間を縮めてやろう」

思いついたら深く考えずに、その時に浮かんだ形を残せ、完成した形を求めんでいい。

思いつかない時は、ぼやーっとしてろ。

突然、色なのか模様なのか形なのかが浮かぶ。それが感性だ。

そんな夢遊状態が一番大事なんだが、そのためには最初の出会いを大事にしろよ。香りと求める人のイメージを、しっかり取り込んでさえいれば、あとは潜在意識が勝手に働いてくれる。急ぐ気持ちは大事にするが、慌てるな。

「飯田は、自分の創りたいイメージに拘っているようだが、一度その考えをそばへ置け」

そう言ってくれた先輩の田口泰朋は、五歳上で工房のホープ的存在である。

「ありがとうございます」

できるかな、と自分の性格に問いかけはしたが、幾分以上心が軽くなった中で、自分の進む道筋を見つけられた気持ちが持てたのも、確かだった。

香りの世界で磨かれた田口の感性は、香りの中でしか培われていないのに、嗜好する相手を取り込んでしまう、豊かな、奥深いものを持っているのも確かだった。

形創る感性では到底太刀打ちできない、と思った耕生は、意識の中で描く自分の世界を形にするには、エミール・ガレの色彩と曲線的なデザインが醸す中世欧州《ヨーロッパ》の感性、アールヌーボーしかないと決めた。

文献をあさり、給料の殆どをつぎ込んで挑んだ。

硝子の色は、混合する金属の種類と量で自由に創り出せる、と言われているけれど、自由に創り出せるのは、卓越した技能を有する者だけに言えることで、駆け出し者は幻想と実際に産《う》ました現物との相違に、この後泣かされ続けた。

仕上げるボトルを脳裏に描いて、色付けをしていく。

エミール・ガレの技法パチネを真似て、何色《なにいろ》と何色を重ねれば、最後の被せ硝子を透かして見せて来る風景が、どのような色相《しきそう》を彩度と明度で見せて来るか。

それが、耕生が意識の中で育み、挑んだボトルであった。

ただがむしゃらに青春を謳歌していた時に出会ったのが、野々村冴子である。

冴子もまた耕生と同じ硝子に魅せられ、硝子の持つ限りない可能性に目を輝かせる、眩《まぶ》しくて魅力に富んだ女性だった。

耕生二十歳《はたち》、冴子二十二歳、年上に憧れる年代も手伝って、耕生が声をかけた。

冴子は面長で一重瞼《ひとえまぶた》がちょっと切れ長の、時代に埋没しない個性を持っている耕生には堪《たま》らなく魅力的な女性だった。

同じ作業場に居ながら耕生はボトル、冴子は蜻蛉玉《とんぼだま》と、求める個性の違いがより深く二人を結びつけた。

「硝子って、本当に無限の可能性を持ってるのよね」

バーナーのちょっとした炎の加減や、硅砂《けいしゃ》に混ぜる金属の種類だけでなくて、混合する量でも色が微妙に変化するのよね。硅砂の玉に何を加え、バーナーの炎をどの強さにすればどんな色珠《いろたま》に仕上がるか、しっかりとイメージできて挑むのだけど、造形のプロセスは絶対に間違っていないのに、考えしもない欠片《かけら》になることが、殆どと言ってもいいくらいなのよね。だったら、その逆があっていいはずでしょう？

「悔しいけど、それは全くないのよね」

切れ長の瞳を、眩しそうに瞬《しばた》かせて話すのが、冴子の癖だった。

耕生が冴子の想い出を振り返る時は、いつもこの話を思い出していた。

「四月半ばに咲く藤花の色で、丸みを抱いた三角錐《さんかくすい》を造るの。三角錐の三面に孔《あな》を明け、利《り》休鼠《きゅうねずみ》の川柳を一葉描くの」

そうなのよ、そんな帯留を造りたいの。

「四月半ばに咲く藤花の色でなければ駄目なの。五月に入ると気温が上がるでしょ？　それに半ばを過ぎると梅雨の雫《しずく》を吸い上げるので、色が薄くなってしまうの。だから藤花は四月半ばの色が最高なの」

目を輝かせて話していた、蜻蛉玉に懸ける冴子の感性がそこに凝縮されていた。

それなのに、その帯留を創らせてやれなくしてしまった。

冴子を喪《うしな》った時、耕生は自分の浪漫《ゆめ》も棄てた。精神的に強いとか弱いとか、そんなことで括れるものではなく、自分の過失で冴子《ひと》にすべてを喪わせた呵責が、人倫として耕生に硝子を棄てさせ、面影だけを抱いて越ノ沢へ還ったのだった。

そうであったはずなのに、冴子の面影がチェコの画家ヤクプ・シカネデルの絵のように小暗い情景になり、その情景が、わらわらとなっていくのを感じるようになった。

呵責の念までもが、わらわらとなっていくような時がある。

無理に忘れようと思ったことなど、決してない。なのに感性が求めて生み出させようとする究極の美には、絶えず冴子の面影と共に、四月半ばの濃い藤色の蜻蛉玉が柔らかな円錐の形を蘇らせていたのに、思い出さない陽の開《ひ》け閉《あ》てが多くなっていた。

雪ざらしも、始めた頃の上布はまるで自分の中の夾雑物《きょうざつぶつ》のように思っていたはずが、今では蠱惑的《こわくてき》な魅力を強く感じさせられてさえいる。

上布が畢生《ひっせい》の仕事になるような、そんな思いを抱いてさえもいる。

だから今年の初詣には、前の年に晒した上布の端布《はぎれ》を入れる踏桶を作り、神社の床下に納め耕生なりの願いを祈念したのだった。

石段や境内の雪かきや濡れ廊下への菰敷きは、神社への儀礼なのだが、思っていたよりも早く織り子たちが来て驚かされたけれど、幸い踏桶を納めるところは見られなかった。

耕生は郁子の後ろ姿に会釈を返しながら、柔らかなぼかし友禅のハンカチが熾火《おきび》になるなどこの時には思わなかった。

郁子は、遅れて社殿に手を合わせた。

「今年こそ、加賀に勝てますように、一所懸命頑張りますから」

お力をお貸しください。私には何が足りないのか、気づかせてください、と一心に祈った。

初詣を終え、念願だった社殿の格子に今年も端布を結わえさせてもらえた。

郁子が越ノ沢に居場所を見つけている自分を、確かな手応えで実感できる瞬間である。

「親切な人ですね」

雪が掃かれた石段を下りながら、敬子に言うと、

「何《な》んを考えてるんか、判んねえ人だども、大阪で硝子ん仕事をしていたらしいげな。十年ほどめえにけえった時は、まるで別人だったが」

吐き捨てるように言ったあとで、

「大阪でなじょ《なに》があったげなーは、だん《だれ》も知らないがども」

女に騙《だま》されたとか、一緒になろうとした相手が自殺したとか、こんなざいご《いなか》には何んも話題にすることがないから、陰口と憶測ばかりが流れて……。

あん人もそんな陰口が耳に入っても、口を噤《つむ》って自分の中に閉じこもるから、いつの間にかえじけもん《ひねくれもの》って、言われているのだという。

ほんでな、今《えま》では私ん中で笑い話になっとるけど、と前置きして、

「うちん《わたしの》憧れん《の》人だったげな。大阪まで追いかけようと思った時もあったども、な」

敬子は笑いながら言ったけれど、その語り口から懐かしみの響きは感じられなかった。

飯田耕生という名前は、父親が、飯《めし》の田を耕して生きろ、という思いで付けた名前だという

ことなども、敬子から聞いた。

そんなことがあってからは、どうかすると耕生の姿が気になり始めた。

まるで冬の日本海を覆う空、というのが、郁子の抱いた飯田耕生への第一印象だった。

八　ふれ合い

耕生は、雪ざらしのない季節は実家で農業をしている。

耕生には父親の記憶がない。耕生が二歳の時、季節働き先の事故で死んだ。

それからは、母親一人の手で育てられた。手績《てう》みは女の仕事なのだが、母親の苦労を見かねて、中学生の頃には母親を手伝い、苧引《おひ》きもしていた。

手先が器用だから、たまには苧績《おうみ》を手伝うこともあった。

上布の工程では、績《う》んだ糸に撚《より》をかけるのが一番大事な工程だと言われている。

細くなった青苧《あおそ》は乾きが早く切れやすいので、女たちは口に咥え唾液で濡らして撚糸《いと》を作り、撚りの先を本糸《もといと》で結ぶ〝結《むす》び苧《ちょ》〟、裂いた糸を交互に撚り合わせた二本の糸を一本に績《う》む〝二《に》本苧《ほんちょ》〟、撚り合わせた先を本糸に挟み込む〝はさみ苧《ちょ》〟などの経糸《たていと》を作り、糸口を水くぐしに通して撚車《よりぐるま》で撚《よ》る。

撚糸《いと》の出来具合は、筬《おさ》を何本通るかで評価される。

一弓《ひとゆみ》という単位があり、それは筬幅《おさはば》を言い、筬には四十の孔がある。一つの孔に二本の撚糸《いと》を通すので、一弓は八十本の撚糸《いと》になる。

何弓通ったか、という選考の基準が今も残っており、耕生の母親は手績みが上手《うま》いことで評判を取っている。

彼女の績《う》んだ糸は、撚手から撚りやすいと評判も良く、撚りやすい糸は細くて撚斑《よりむら》のない上質な糸になる。撚斑のない糸だと、織り子が後腰帯《しまき》で調節する経糸《たていと》の張りに居坐機《いざりばた》が素直に応えてくれる。

経糸《たていと》と緯糸《よこいと》、筬《おさ》と飛杼《とび》がしっくりと求め合って、青苧の持つ表面の柔らかさに包み込まれる芯の強さを上布の中に蘇らせてくれる。織り上げた織り布の手触りに仄《ほの》かな腰を感じる度に、郁子はあんなに嫋《しな》やかだった糸が、と不思議に思わされる。

その腰と引きが在ってこその上布、とは何度も聞かされている。

七日正月も明け、新年の織初《はたぞ》めをした日に耕生が訪ねてきた。

「はい、どなた」

どうぞと声をかけるが、一向に玄関の引き戸が曳《ひ》かれる気配がないので、三和土《たたき》に下りて木戸を開けると耕生だった。

先日のハンカチを返しに来た、と小さな菓子折と一緒に差し出したぼかし友禅のハンカチは、綺麗に洗われている。

「わざわざ来てくれたんですか？　ついでの時で良かったのに」

見ればアイロンまでかけている。

「洗濯まで？　それに、こんなお礼なんてかえって困ります」

そんなやり取りの後、やっと引き戸を挟んでの会話の不自然さに気づいた。

「あっ、こんな所で、どうぞ」

三和土へ招き入れた。

「いえ、邪魔になっから」

返しに来ただけだから、と言う耕生に、

「ちょうど良かったの、実は教えてほしいことがあるので、一度敬子さんに聞いて、お宅へお伺いしようかと思っていたんです」

少しばかり図々しいかな、と思いながら、

「今、いいですか？」

耕生に同意を求めた。

「いいですが、何《な》んか？」

「こんな玄関先ではなんですから、どうぞお上がりになって」

居坐機《いざりばた》の据えてある、部屋へ通した。

障子側に座布団を敷いて耕生を座らせ、四枚ある雪見障子を上げてガラス窓越しに陽射しを入れたのは、これも大切な世間への気遣いと心配《こころくば》りである。

とっさに思いついた雪見障子の効用に、郁子は思わず頷く。

ガラス一枚が世間への気遣いを楽にしてくれる、そんな気遣いを察して耕生もほっと表情を緩め、ガラス越しの外を眺める。

飲み物を聞くと、できれば珈琲がいいと言う。

「良かった、私も珈琲が好きなんです。お茶漬けの後でも珈琲が欲しくなるんですよ」

口数が多くなっている自分に意識が行ったが、カップを用意しながら改めて意識してみると、初対面の時に持った印象より、数段明るくはっきりしている。

冬の日本海を覆う雲のよう、と感じた第一印象が思い出された。

「実は雪ざらしについて、教えてほしいんです」

郁子は卓袱台《ちゃぶだい》を挟んで座り、耕生は珈琲の香りを味わってから、話し始めた。

話の切り出し方が耕生の性格を如実に物語っていた、と郁子は今も懐かしく思い返す。

「自分がそう思っとると言うんではのうて、一般論だけど……」

そう前置きをして、語り始めたのだ。

「雪ざらしは織り布の最終仕上げなんに、晒す者《もん》の技術より雪ん質が問われるがよ。上手く晒せた時は、雪がいかった《よかった》と雪のお陰ちゅうことになってしもうし、不出来ん時は、雪が悪りーかったちゅうて《といって》雪にかずける《のせいにする》がよ。ほんだ《ほんとう》は雪を見極めて雪ん質に合うやり方で晒せるようにならんといかんのに、ほんまはそうなんや」

郁子は大阪かどこか、関西の人と話してる気がして、戸惑う。

ええか《いいかな》、と遠慮深げに煙草を出したが、郁子は煙草を吸わないので灰皿を置いていない。

小皿を代わりにした郁子は、無意識の動作の中に持っている胸騒ぎを意識した。

「雪ざらしでは、織り布に新しい息を吹き込むことはできても、命まで与えることはでけん《できない》がよ。そこまでになるには、織り布が良いか悪いかになってしまうがよ」

よく言われる〝雪の化身〟は、本物の織り布だけに与えられる称号なんだ、と言って煙草で一息置いた耕生は、自分の話し言葉に郁子が戸惑っているのに気づいた。

「大阪に五年近くおったんで、ここん方言とごちゃごちゃになっとるが」

聞きづらいか？　と、笑いかけながら聞かれたので、

「東京で同僚に関西の人がいたから、何とか判ります。一つだけいいですか？〝自分〟と言うのは私を呼ぶ時は使わないでください、これだけはいつも取り方に迷ってたから」

そう言って、耕生に肯いてもらった。

この会話が、二人の空気を弛めた。

「そこが焼きもん、そう、陶器と違うところなんらのー《だなあ》」

郁子は晒しの話が陶器に繋がるのを、理解できないまま聞き入る。

「陶器の素焼きと、セギ杼《ひ》を止めた時ん織り布は、どっちも作り手がこん以上は関与でけん仕上げを、織り布は雪に、陶器は火に委ねるだすけ、おんなじだと言わっしゃるけど、仕上がるまでん流れはちごう《ちがう》がよ」

一息吐きながら、珈琲を旨そうに飲む。

「雪や火という、自分ん手の届かん物《もん》に委ねるんはおんなじやけど、陶器には焔《ほのお》が齎《もたら》す灼熱《しゃくねつ》の世界が、造り手ん思念《おもい》を遙かに超えるなまらな《すばらしい》仕上がりを見せる時があるがよ。

窯《かま》ん温度は造り手が決めるんやが、素焼きに釉薬《ゆうやく》を塗るそこまでが、造り手ん感性が追える限界だが」

郁子は、耕生は本当に珈琲が好きなんだ、と思って眺めている。

新しく注いだカップを持つと、まず香りを深く吸っている。

自分に似ていると思って、郁子が少し嬉しくなっている。

「釉薬って？」

「素焼きに塗る上薬《うわぐすり》よ。陶器にいろんな色があるやろうが、それだが」

話が逸れた感じに耕生がちょっと間《ま》戸惑い、珈琲を飲んで間を取っているのが微笑《ほほえ》ましくて珈琲を注ぎ足す。

「なぁして《なんで》かと言うと、窯ん温度を保つために、薪を投げ込むがよ、そうしっ《そうする》と舞い上がる灰や火の粉が、焼く陶《すえ》の上に被《かか》るが」

「すえ?」

「陶工《とうこう》を陶物《すえもの》作りとも言うがよ。だーすけ《だから》、陶器をそう呼ぶ時があるがん」

何か楽しそうな耕生の話し方が、時々混ざる二つの方言に感じられ、郁子はほっとする。

「だら《だから》、そん灰が解けて自然釉《しぜんゆう》になって、造り手ん感性から離れたところで、陶《すえ》は全く別ん物にばやかす《ばける》がん《こと》があるが。造り手ん感性を超えたなまらな《すばらしい》作品になん時もあれば、ただん焼き物《もん》になってしもう時もあるがよ」

ここまで話して、耕生は冷めかけた珈琲を飲み干した。

郁子はカップに熱い珈琲を満たした。どうもと頭を下げて、耕生は話を続ける。

「雪ざらしでは、そうえがん《そういうこと》はねぇがよ。織り布を全くちごう《ちがう》織り布にするなんてがん《こと》は雪ざらしではひっと《とても》無理だが。雪と織り布に話しかけて、白は雪より白く、青は藍《あい》より青く晒すだけなんよ。〝化身〟ちゅうそんがのもんは、良い織り布でなけりゃでけん《できない》がよ。だーすけ織りが八分で晒しが二分と言われとるが。そこがちょこんとせつねえ《ちょっぴりさびしい》」

耕生はそう言って、話を括った。

話し終えた耕生、聞き終わった郁子、この時を境にして二人は心の糸を撚り始めたのだが、まだ二人は気づいてはいない。ただ耕生は、久しぶりに熱っぽく雪ざらしに寄せる思いを語った気持ち良さが、郁子への感情に繋がる予感を感じてはいた。

何度もお代わりをしてくれた、珈琲の香りも良かった。

その日を境に、二人の間は急速に縮まった。

機《はた》のちょっとした狂いも、耕生に直してもらうようになった。

後腰帯《しまき》と糸巻棒《からすぐち》との繋ぎは、特に念を入れて調節してもらった。

耕生は郁子の頼みを耳にする度、惹かれている自覚を宥《なだ》めながら、密かに求めているのは吊《つ》り橋効果だった。狭い郷の、その中でも狭い織り子の世間だから、自然の成り行きで二人のことが口の端に上がるのに、時間はかからない。

当然、富江の耳にも入る。

どんな噂話なのか、どんな間柄になっているのかを考えるより先に、富江は動いた。

晒し職人の集まりがあるので手伝ってと、富江から頼まれて郁子は煮物を煮ている。

斜向《はすむ》かいが打ち合わせの部屋なので、時々遠慮がちに話す耕生の声が聞こえてくる。

一休みのお茶を飲んでると、富江の弾んだ声が聞こえて来た。

「飯田さん、たいてんだあろに《たいへんなのに》、せがんで《むりにたのんで》、かんぺ《かんべん》な」

……いえね、えち《うち》で世話させてもろうとる岩橋郁子なんやが、慣れるにつれて難しくなる居《い》坐機《ざりばた》でしょうが、うちん《わたしに》聞かれても、何あも判んねえで、寿子さんにお願《ねげ》えして、こちらん耕生さんに教《おせ》えーてもろうとるがですよ。お陰で、皆さんに褒めてもらえるようにもなって、私ん方がらっくら《ほっと》しとるがですが。本人はまーら頼みづらそうらすけ《だから》……。

「だーすけ、たまにはあんたんから声をかけてやってくらしえ《くれるかい》。お願《ねげ》えしますがん」

「まるで、富江んとこん娘んようだな」

富江の気遣いを判ったわけでもあるまいが、富江の話を受け止めてくれている。

「そんうちに、お返しさせますんで、お願《ねげ》えしますがぁ」

耕生も何か言っているようだが、聞き取れなかった。

富江の気遣いに、改めて頭の下がる思いがしている。

これで尾鰭《おひれ》の付いた、興味本位だけの噂話も少なくなってくれるだろう。

富江に改まろうとすると、ぽんと背中を撲《ぶ》たれ、他人行儀は嫌だよとにっこり見返ってくれる。

「あーーーっ、ひもじい《おなかすいた》」

今日はそれを、御礼にした。

九　挑戦

その年も十二月の選考で、郁子は大会出場候補の一人になった。

今年の織り布は、蘇芳色《すおういろ》と深い藍色の二色縞である。

撚り斑《むら》のない経緯《たてよこ》の糸を、半年じっくりと織り上げている。

「なってぇのなめーって《なんというなまえ》、なんだが？」

声をかけられ、岩橋郁子と言いますと挨拶すると、織り子になって何年になると聞かれ、来年で十年です、と答えると、勘がいい、と褒められた。

縞も綺麗に揃っているし、打ち込みもいい、とも言われた。

こう言っちゃあ何だが、去年んより好い塩梅《あんべえ》だ、と褒められたのが嬉しい。

一番嬉しかったのは、富江に褒められたことだ。

「他ん者《もん》なら十二、三年以上はかかるがを、おまんは十年足らずでできるようになったすけ」

みんなに良い娘《こ》を世話してもろうたって、わしまで礼を言われる、と相好を崩す。

「経糸ん張りがしっかりしとるんは、やっぱ、耕生さんのお陰だな」

良い組み合わせなんじゃねえのかって、噂だよと肩を叩かれる。

「そんなんじゃ、ありません」

口で打ち消しながら、悪い気がしていないのも事実である。

もしこんな噂が耕生の耳に入ったらどうしよう、と楽しい心配もしている。

耕生は、そんな噂が耳に入っているのかいないのか、今までと変わらなく顔を出してくれてはいるけれど、それは、あえて郁子のために出かけてくれるのとは、違う気もしている。

最近知ったのだが、裏の三反先の田圃《たんぼ》が、耕生の家の田圃らしい。

そういえば、二度の秋は足が遠のいている、と頷かされてもいる。

三人選ばれた中で、郁子の蘇芳色と深い藍色の二色縞は、耕生が雪ざらしをすると組合から知らせを受けた郁子の胸は、ずきんと痛んだ。

自分の内面を見られるような気がして、落ち着かなくなる。

織り始めから止めまで、織り斑《むら》はないだろうか。

織り締《しめ》が甘かったり強すぎたりしていて、笑われないだろうか。

こんなことならと、気になるところをあれこれ考えては、溜め息を吐く。

やはり気を抜いてはいけない、と戒《いさ》めて、その年を閉じた。


明けた元旦は、雪のない嬉しさと背中合わせの緊張感が胸に溢《あふ》れる初詣になった。

織り子たちが寄せる眼差しが、富江の気遣いが届いてくれているのを教えてくれる。

眼差しに甘えて醸し出す、慕《おも》いのオーラがちらっと掠《かす》めさせる誇らかさを抑えて、耕生と並んで石段を上がった。

二人の間にも、新年の挨拶の時から既に緊張は高まっている。

社殿に手を合わせ、この時だけは異なる願いの柏手を打つ。

耕生の柏手が凍える空気を響かせ、思いの外高い響きを立てる。

郁子は目を閉じて、大会への力添えを祈願する。

参拝を終えた濡れ廊下で、今年も踏桶を神殿の床下に納める耕生を待ちながら、こんなに胸を高鳴らせたことは、と浮かんだのは中学二年の初恋だった。

通学の途中後ろ姿を見ただけで耳朶《みみたぶ》が赤くなった、そんな記憶が懐かしく蘇る。

何かの拍子に眼が合った時の、あの心臓の高鳴りまでがはっきりと思い出された。

話をしたこともなかった、それは初恋と呼べるかどうかさえ疑問符が付く淡い思い出なのだが、その頃の無垢《むく》な心を懐かしむことができる、それは郁子の枯れない花だからだろう。

純粋に人を好きになれた頃が残っていてくれたのが、何か擽《くすぐ》ったいような嬉しさに弛む頬で踏桶を納め終えた耕生に目を向けると、目と目が交差した。

それだけで微笑《えみ》崩れ、目尻に皺《しわ》を寄せてしまう。

飛びついて、しがみつきたくなる。

並んで歩く右肩に、耕生の手を感じるのは郁子の錯覚だが、肩を抱かれて歩いているような、そんな気分に酔っている。

富江の所へ、二人で寄った。

「あちゃー、どこん若夫婦かと思うたがぁー！」

お似合いだね、と冷やかされ、半ば以上の嬉しさで燥《はしゃ》いでしまったりもした。

帰り道では、

「止めん時ん色抜けを、手つかずの反物で大凡《おおよそ》手応えを掴んでおきたいがよ、じゃけん、借りていきたいが、いいかな」

「よろしくお願いします」

緊張して手渡す郁子に、

「確かに預かりました。きっと気に入ってもらえる晒しをするが」

任せてほしい、と力強い言葉が返ってきた。

ここで広げてもいいかと聞かれ、雪見障子を上げる。

今日の西日は、縞の色合いを見間違わせるほど強くないので、気にはならない。

じっと見入っていた耕生が、

「県の上布会館へ、行ったことはある？」

と郁子に聞いた顔を再び伏せて、縞を見つめている。

「ありません」

「一度行ってみたらええと思うがよ。あそこへ行けば、文化財になっとる上布が見られるすけー、昔ん人の技術も、見ておいたらええと思うが」

「どこか駄目なところがありますか？　あったら隠さないで教えてくんなせや《ください》」

真剣な郁子の対応に、

「こん織り布がどうこう言っとるんじゃないがよ。織り子になって十年ほどだね。そんを考げえーる《かんがえると》と上手く織れてると思う。でん、あんたが目指しとるんは、こん満足じゃねーでしょう。もっと上を見とるように感じっから言うんだんが、本物を一度見といたらほーん《ほんとう》にええと思うすけー」

この晒しが終わったら、富江さんも誘って三人で出かけてみないかと言った。三人でという誘いに頷きながら、耕生の耳にも噂話は届いていることが感じ取れた。私たちのことが噂になっているのを、知ってますかと聞きたかったけれど、耕生の反応を見るのが恐くて聞けなかった。

耕生には、できれば二人でという思いはあったが、誘って断られた時を考えると言い出せず、考えた末に頼ったのが富江だった。年末の打ち合わせの時の富江に勇気をもらっていたのだが、どこまでもシャイなこの男には、富江を使って誘うことしかできない。

郁子が肯いたのは、今さら書くまでもない。

預けた織り布への不安は、すっとどこかへ消えていた。

二月半ばに細雪《ささめゆき》が舞った後は気温も幾らかずつ和み始め、そろそろ雪ざらしが始まるのではと思っているところへ、耕生が顔を見せた。

いつものように、珈琲を飲みながら機《はた》や雪の話になる。

「ねえ、雪で晒すとどんなふうになっていくん?」

「小さな雪女がいっぺこと来て、皆がちんこたい《ちいさい》ブラシで織り布を擦《こす》るのかな」

珍しく冗談を言った後で、変に片意地を張った言い方をする。

「雪ざらしを化学的に分析するがんには、ほーんに意味を感じとらんがよ」

どこか重い仕草と暗い表情が気にはなるが、その理由を尋ねることを郁子はしない。どんなに親しい間柄になっても、それだけはという越えてはならない一線は引く、そんな控えめな性格になっている。

ちなみに、この先、耕生といかな仲になろうとも、大阪のことを尋ねることはしないだろう。誰かを好きになって心が触れ合い、求めて愛し合うようになっても、相手の過去《むかし》を聞《たず》ねることはしない、と言うよりもしてはいけないと決めている。

何があったのかなど、そんなことに郁子は気持ちを傾けはしない。

これまでのすべてに育まれて来たこの人に惹かれて、心が結ばれることを願うのだから。

過去《むかし》はこの人の豊かさ、と捉える女に成長させたのは、この郷と越後上布なのだろう。


耕生はと言えば、晒しで自分を表現したい、と予《かね》てから強く願っているのだが、口に出せずに今日まで来ている。

大阪で何か不始末をしたらしい、との陰口に耳を塞いで、気持ちを戻せないままなのを、いつの間にかえじけもん扱《ひねくれもの》いされていた。

それが分かると、自分から溶け込んでいこうとしない、妙な頑固さが耕生にはある。

だから郷者《さともの》ではない郁子になら、意識しない解放感が持てるので、今日こそ預かる織り布を、自分の考えているやり方で晒させてほしい、と頼みに来ているのだが、それを口に出せないでいる。

言い出せないのは、軽く扱われていると思われかねないと、考えてしまうからだ。

その弱気が足踏みさせる自制だったが、今この人に言わなければ、考えを口にする機会を永久に失うのだから、話をして、この人も駄目ならその時は諦める、と決めることができた気持ちに背中を押されて、顔を上げた。

「つらつけね《あつかましい》話だと思うかもしれんが、聞いてくんなせや《ください》」

まっすぐな目線に射すくめられる感じがして、郁子には無言で頷くしかできなかった。

いつもなら珈琲を飲んでから話し始めるのに、今日は珈琲も口にしないで本題に入った。

その真剣さが、戸外の寒さ以上の強《こわ》ばりを頬に感じさせた。

「いつもは朝陽が雪ん表面を弛ませる頃広げて、夕方は自分ん判断で取り込んでたけど、あんたん織り布は、日中に何度もふっくらがえそう《ひっくりかえそう》と、思い付けて《かんがえて》いるがぁー」

そこまで言って、耕生はちょっと大きめの息を吐いた。

「何でそんな手こずることをすんのかと言うたら、そうすることで、違ごうなーか《なにか》が見える気がするがや。そん思い付けが、なじょして《どうして》も頭から離れんがよ。多分判ってくれる者《もん》はおらんと思う。途中でふっくらがえして、せっかくオゾンを出し始めた雪ん熱を薄れさすなどもったいねえと、だんぼ《ばか》扱いされるだろうと思う」

一気にそこまで話した耕生が、どこかにほっとした雰囲気を浮かべている。

「効率よく晒すがんが大事なんも判るども、無駄と思う中に、まだだん誰《だれ》も目にしたことのない世界があるような、そんな気がしてならんがぁー」

……どうしても、一再ならずそん思いをぶちゃる《すてる》ことができんがよ。すっきり色抜けさせた晒しが大事なんは判るが、ちょっとばか手前に、もっと心を打つ世界があるんじゃないか、とそう念《おも》うがよ。それをあんたん織り布で、あんたに見せたいのだ……、と言って耕生は続ける。

「自分ん考えを試してみたい、なんて言うとるんじゃないすけ。遊びや軽い気持ちじゃのうて、これだと思う織り布に晒したいがよ」

やらせてくれないか、と強請《ねだ》ったのである。

その真剣な物腰からは、ひと欠片《かけら》のいかがわしさも感じられないだけでなく、言葉を選ぶでもなく、訥々《とつとつ》と話を始めて括った耕生から受け止めたのは、誠実感だった。

「飯田さんの思ってるようにしなっしゃれ《してください》。うちもそん方がええ」

「よーしてくらっした《ほんとうにありがとう》。そんじゃあ、預からせてもらうすけ」

受け取った織り布を抱いて口を真一文字に結び、じゃあと言葉を重ねて木戸を閉めた耕生には、既に晒し始めの手順にしか気持ちはなく、すでに雪ざらしに絡め取られている。

この風向きだと卍巴《まんじどもえ》に吹雪くのでは、と心配させられていた空模様も、真夜中には収まった翌朝からは、普段通りに織り子と晒し職人の雰囲気で顔を合わせ、耕生は相方と晒し場へ急ぐ。

晒し場では、受け持つ幾筋かの織り布とは別に、手際よく雪に預け終えた思いを預ける織布を、常では考えられない頻度で、裏返しをし始める。

その働きからは、すべてを雪の所為《せい》にする考えを打ち消す、と考える耕生の意地と気概がしっかりと見て取れるのも然《さ》りながら、こんなにも真剣に向き合ってくれることには、粟立《あわだ》つ感動を覚えてもいる。

耕生が雪ざらしにそそぐ情熱を、日々目の当たりにしていると、結果を思い煩《わずら》う気持ちは薄まり、携わりを見守る満足を感じとるように、いつの間にかなっていた。


十日目の、白くなりかける夕日が、山の端にかかる頃、

「止《と》めたよ」

耕生の声に、郁子は三和土《たたき》に下りた。

雪との目合《まぐあ》いから目覚めさせられた織り布が、心地よい安堵の表情を見せている。

「ご苦労さまでした」

それは耕生たちと織り布の双方に向ける、郁子の労《ねぎら》いだった。

耕生が持ち帰った織り布は、いつも以上に丁寧に水洗いされ、三和土に干された。

翌朝は見事な青空が、吊し干しをする晒し場に陽射しと風を届けていた。

織り布は陽射しが弛ませる風に揺られ、蘇芳《すおう》と藍の二色縞がその姿を見せるのを待つ。

風に委ねられた織り布が、目覚めには早い表情を見せている。

どうだったの？　と郁子が声をかける。

もう少し、と微睡《まどろ》みを求めるかのように、織り布はすり抜ける風に身を任せて揺れている。

頬ずりをしたくなる。

蘇芳と藍の二色縞が、美しいと思わせる色抜けを見せた。

耕生の母親の寿子が、霧を吹いて伸《の》す。

晒し上がりは、重いと首を傾《かし》げさせた雪質なのに、驚く色抜けを見せていた。

蘇芳色に求める柔らかで艶やかな赤紫の色調を、しっかりと色抜けさせている。

それを認める賞賛の声が、あちこちで挙がった。

金沢の浅野川で行われる加賀の水さらしは、流れに任せるからこそできる自在の裏返しなのだが、雪ざらしでは、水さらしのように自在の裏返しはできない。

むしろ雪ざらしでは、その必要はないと思われている。

それを見事なまでにやって見せた、という賞賛だが、耕生はその声に反応しないばかりか表情が冴えない。

周囲からどのような評価が与えられようと、自分の意識の中で求めた晒しとはあまりにもかけ離れた色抜けであり、郁子に強請《ねだ》った結果とすれば、惨めさに尽きる失敗なのだ。

白が雪よりも白く色抜けしたのでは、強請ったこの晒しの結果としては無残な敗北なのだ。

耕生はこの晒しに浪漫を求めたのだが、色抜けと織り布との間に介在する不条理を慮《おもんぱか》れなかった結果なのだから、失敗は当然なのだが、この時の耕生には考えをそこまで行き届かせる技量の深さが、身についていなかったのである。

どうしてだと問い詰める精神作用だけでは、結果を導いた原因を見つけることはできない。どうしてだ、で止《と》めるのではなく、どうしてなんだと考えるべきなのを、耕生は晒しの進みを遅く緩やかにすることで叶えられると、確信付けていたこともだが、織り布に命まで与えることができるのは、織り布の善し悪しに懸かるのだという概念しか持てない頭でっかちだった。

だからそこまで思考することが、できなかった。

なーして、と、なーしてなんだ、なんという言葉の持つ怖さであろうか。

オゾンが発生し始める前に裏返し、宵の口を待たないで晒すのを上げて、効率を抑えた。

考えられることはすべてやり尽くしたはずなのに、幻視すら感じられないまま、晒しを終わらさざるを得なかったのである。

うそ寒さに歪《ゆが》む耕生の頬には、苦痛ともつかない敗残感が刷《は》かれ、やがて弱々しく苦笑いを浮かべる首筋に流れる冷たい風に、身震いする。

それでもどうしてだと自問することから、思考を広げることができないで、なぜなのかという意識を持ち得ないまま、今も気持ちを狭めさせたままでいる。

そうした耕生の感情を理解しようと、晒しに懸ける思いを強請《ねだ》った耕生の気持ちを受け止めた時、真一文字に結んだ口元で帰ったあの目を浮かべると、大会の後からは一度も顔を見せない理由《わけ》が、なんとなく理解できる郁子なのだ。

だから、関係者から寄せられる賞賛の狭間《はざま》で打ち拉《ひし》がれているだろう、耕生が耳に残した声が愛《いと》しくて打ち棄てられないでいる。

郷の評価は日増しに高まり、あちらこちらから指導を求める声が寄せられるのだが、

「偶然そうなっただけだから、その場その場の思い付きが思いがけない結果を出しただけだから、指導なんてできない」

と、けんもほろろな態度で、断り通した。

実は晒し始めて八日目に、耕生は白旗を揚げていたのだ。

あとの二日は、織り布を裏返す度に眼を凝らした。蘇芳色が赤紫の艶やかな彩度を耕生の眼に捉えさせた時、全身の力が抜け落ちる感じに襲われ、膝を着いたのであった。

ええい、畜生！

自分の無能を責めるより、自分の念《おも》いに応えなかった織り布に腹を立てて、口汚く罵りかけた頭を過《よぎ》ったのは、大阪時代の硝子工房だった。

新作ボトルの選考に漏れた夜半、大和川の石に砕いたあの愚かな行いだった。

そのあとで襲われた自己否定の屈辱感を思い出し、すんでのところで立ち止まると、郁子にあれほど強請《ねだ》って晒させてもらえるようになった時、もしこの現実のように、思いを掴むこと

ができない時にはこうする、と決めていたのを思い出したのだった。

何があろうと、こうすれば、こうしさえすればいつものように晒せる自信はある、と挑む前から逃げを隠し持った挑戦など、何の価値があると一度は打ち消したことが現実になったのだが、郁子の織り布だったのが飯田耕生を助けた。

けれども、どうしてとなんでの違いが齎《もたら》す意識の変化を、掴み取ることはできなかった。

十　蘇芳色一色濃淡《すおういろいっしきのうたん》

そうした問題を燻《くすぶ》らせたまま、四月の審査会で今年の出品作に選ばれたのは、蘇芳色《すおういろ》と藍色の二色縞で、郁子には二年連続の出品になった。

九月の第二日曜日、地元の小千谷で開かれた全国大会では、最終選考まで残りはしたものの、三位の銅賞だった。

上布は夏の着物という原点を見直す風潮が、涼しげな上布の透けが「蝉の翅《はね》のよう」という懐古を重要な審査基準に戻したため、蘇芳色に寄せる和の色という概念が薄れたのも一因ではあった。

最優秀の金賞はこの年も加賀で、蚊飛白《かがすり》で栄冠を手にした織り子は、誇らしげな表情で表彰式に臨み、眩《まばゆ》いフラッシュを浴びていた。

しかし皮肉にも、晒しの評価は加賀より良かった。

蘇芳色と藍の色抜けは、加賀の完全勝利を許さなかった。

郁子の悔しさは、加賀に負けた結果ではなく、自分の眼で織りの差を見定められなかったのが、情けなくて悔しかった。

どこが加賀に敵《かな》わなかったのか、何が敵わないのか、それを見定められなかったのが情けなく、悔しくさせるのである。

それが解《わか》らないのでは、施しようがないではないか。

伝統文化の継承は伝統が大きく作用する、と言われるではないか。

なれば越ノ沢の方がずっと長い伝統に裏打ちされているのではないのか。

その郷の代表に、二度も選ばれたというのに、と思う度に、情けなさが迫《せ》り上がる。

記憶を呼んで加賀の上布を思い浮かべても、その差が解らない。

こんなことでどうする、と自分を叱ったところで、どうすることもできない自分に、今さらながらの苛立《いらだ》ちを憶《おぼ》える。

郁子は地団駄を踏んで、歯軋《はぎし》りをする。

それでも三位入賞は三十年ぶりの栄誉だっただけに、組合で表彰式までしてくれた。

しかし、郁子の表情は冴えない。

「落ち込むでねえ。二回目で三番だ、なんねかし驚《たまげ》いとるがよ」

手放しで喜ぶ富江に繋げて、耕生が二人を「上布会館」へ誘う。

暫くは落ち込んだ耕生も、詮方なく、無駄なことをしねば《しなければ》よかったという小言陰口の収まるのに合わせるように、立ち直っている。

自分の織り布を耕生が晒すと知った時、耕生からもらった上布会館の話を思い出し、機の技術もさりながら、見定める眼を養う必要を痛感した郁子は、耕生の誘いに応える。

「そうしてやってくんなせ、いかったな《よかったな》。よーく本物を見るんだぞ、見るんも大事な勉強なんだがぁー」

郁子の気持ちを少しでも解《ほぐ》そうと思う富江も承諾した半月後、県立の「上布会館」に着いたのは十時頃だった。

初冬の澄み切った冷たさをひそめる風は、越後には珍しく高い空の青さと相俟《あいま》って、爽やかさを見せている。

逸《はや》る気持ちが、より強い期待感を膨らませて郁子の足を急がせる。

落ち着きなさい、と言い聞かせ、深呼吸を重ねて重いドアを押した。

灯《あか》りが帷《とばり》を少し過ごした頃に思わせるのは、和紙を通した柔らかな宵灯《よいあか》りに抑えているからで、上布を拝観するには閑《しず》かである。

程よく持たせた空間に、二十点余りの上布が展示されている。

入館の時にもらったリーフレットによると、展示品のすべてが百年以上も前に織られた上布、との詳述がある。

緩やかなスロープを下りて運ぶ足元は、踏み締める具合を意識させる厚い絨毯《じゅうたん》が背筋を伸ばさせて、静かに心を落ち着かせようとする郁子の鼓動を、それでなくとも速めて、緊張感を背筋に這わす。

少なくはない拝観者の様子なのだが、騒《ざわ》めきが全く感じられない。

施設の環境より、これは展示品の品格が為《な》させる営みだろう、と郁子は納得して頷く。

郁子の五感が感じとれる音は、耳の奥で聞き過ごす鼓動だけである。

背筋を伸ばして、ゆったりと顔を斜《はす》に構えて運ぶのは、衣桁《いこう》に掛かる着丈を一目で見納められる、その間合いを求めているからで、一通り見終えた後、印象に残る衣桁を見直す、と決めていたのだけれども、その思いを失念させて郁子の足を止めたのは、二百年余り前に織られた、「蘇芳色一色濃淡《すおういろいっしきのうたん》」の縞上布だった。

上布は昨日雪ざらしを終えたばかりか、と見紛《みまが》わせる色抜けと艶《つや》やかさで、郁子を捉えて惹き寄せたのだが、それればかりではなく、上布がこの刹那も過ごしている二百余年の時空と蘇芳色一色濃淡の縞の艶《あで》やかさを、重ねて頷けることが郁子にはできなかったからである。

艶然と明度と彩度を保つ織り布と、凜々《りり》しさを維持する織り布との灼然《しゃくぜん》が、どうしても釈然としないのであった。

共生する二百余年の時空に、一体何が在ったというのだろうか。

何があり何が在ったからこの時空を今なお存《なが》えていられるのか、その不可思議と不可解が郁子を惑乱させ始める。

理性はどこか遠くへ霞み、右脳も左脳も抜け殻になった郁子は、ただ、凝視するだけで、身《み》動《じろ》ぐことができない。

ずっとそのままの立ち姿で、眼を凝らしている。

それでも、ただ凝らすことしかできなかった眼が、次第に見透かせるようになって捉えさせたのは、縞の落ち着きだった。

蘇芳色一色濃淡の縞が、しっとりと経糸《たていと》に織り込まれ、ゆったり息衝《いきづ》いているように見て取れたのである。

緯糸《よこいと》が経糸に、しっかり抱き留められている、と郁子の眼は見た。

その眼を一入《ひとしお》深く凝らすと、経糸と緯糸のそれぞれが、織り目の中で息衝く微かな息遣いを耳にした、そんな気がしたのは郁子の錯覚なのだが、確かに郁子の耳は上布の息遣いをこの時聞き取ったのだった。

比べることに畏怖感を持ちながら、自分の織り布を思い浮かべた。

違う、と真っ先に気づかせたのは、自分の織り布は睡《ねむ》っている。この上布のように息衝いてはいないと教えられた。

湧き上がる念《おも》いにはただ怖さしかなく、言葉を失った。

どれほどの時間を、その場に居たのだろうか。

耕生も富江も、離れた処《ところ》からただ見つめて居てくれた。

郁子の気の済むまでそっと、というのが二人の想いであった。


まだ浅い冬空に帷《とばり》が色を深め始める頃、越ノ沢に着いた。

帰りの車内では、済まないと思いながらも、快活に話すことができなかった。

確かに耳にした上布の息衝きを、どう表現すれば判らせることができるか、自信がない。

無理に言葉を探しても、どこかに拵《こしら》え物が混じってしまう、そんな恐さがあって語りかけることができなかった。

だが、確かに五感が感じた息衝きを、今だけは、今日だけは、自分の中にだけ抱き留めておきたかった、というのが郁子の無意識の本心ではなかっただろうか。

耕生も富江も無言だが、安堵している無言だった。

郁子が何かを掴んでくれた手応えを、二人は感じていた。

それが何なのかは判らないけれど、郁子の表情や仕草から今日ここへ来たことは良かった、無駄ではなかった、と確信できている。

そして郁子は、意識して二人の濃《こま》やかな思いやりに甘えていた。

その夜は、柱時計が日替わりを告げても、寝付けなかった。

目を閉じると、蘇芳色一色濃淡の縞上布が、浮かぶ。

二百年以上の時空を感じさせない、あの艶やかさは？

平織りの中で寄り添っていた、経糸と緯糸の息遣いは？

無意識に思わず伸ばした手が、硝子に当たって我に返るまで、私はどこに居たのだろう。

忘我の中で、確かに耳にした上布の息遣いが、蘇ってくる。

穏やかでゆったりとした息衝きが、今も聞こえる気がしている。

繰り返す寝返りの中で、いつだったか、耕生が言った言葉が思い出された。

「雪ざらしで上布に命を与えることはできない。そこまで来たら織りの良し悪ししかない」

この言葉を覚醒する頭でなぞり、ごめんなさい、と郁子は耕生に詫びた。

あなたの感性が求めているものは、間違ってはいないと思います。

それを支える織り布を、今の私には織ることができていなかったから、あなたを苦しめることになってしまったのですね。

あなたが求めている、晒し上がりの一歩か二歩手前の世界を、私も一緒に見たい……。

あなたが晒しで豊熟させようとする感性を、私は織り布で突き詰めていきます。

だからお願い、決して自暴自棄にはならないでください。

自分だけを追い詰めないで、私にも手伝わせてください。

耳鳴りがする深い静寂の中に居るというのに、郁子の耳には何かが聞こえた気がした。

それは、郁子の自己肯定感なのだろう。


東の空が朝焼けに染まり始める頃、やっと微睡《まどろ》めた。

しかし微睡みの中にも、蘇芳色一色濃淡の縞上布が浮かび、もっともっと見てほしい、感じてほしいと語りかけた、あの時の微かな息衝きと同じ息遣いで語りかけられた。

「またいらっしゃいね」と誘《いざな》ってもくれた。

あの時、蘇芳色一色濃淡の縞上布の語りかけを、郁子が聞き取ることができなかったのは、郁子の技能と精神が、上布が育む感性の域に届いていなかったからであろう。

上布の語りかけは、人間の知的営みの世界に於ける言葉では表せない、それこそが幽玄な世界なのだと、郁子に教えたのであろう。

今朝の呼びかけは、今なら、と思ってもらえたからなのだろう。

寝不足の気怠《けだる》さが抜けないまま床を払ったが、覚めきらない身体とは裏腹に頭の芯は覚醒している。

瞼に焼き付いている蘇芳色一色濃淡の縞上布に、もう一度逢いたいと思う反面、逢うことの怖さも感じている。

今の状態では、上布に立ち向かおうとする気持ちが音を立てて崩れてしまいそうな、そんな怖さがある。それでもと再会を願う気持ちが強いのは、今や郁子にとって究極の織り布という想いがあるからなのだ。

あらためて、浮かべてみた。

二色縞《ふたいろじま》で織った自分の織り布を、重ねてみる。

あーーーっ、と深く長い溜め息が漏れた。

機《はた》を止めた時は、満足感で粟立った織り布だったのに、それが頼りなくおどおどとした顔で片隅に踞《うずくま》り、心を波打たせて揺らがせる。

この差は、埋めることなどできない果てないものではないのか。

一歩を近づけることすら、無理なのではないのか。

あの蘇芳色一色濃淡の縞上布のように、生命《いのち》を育み継ぐ上布を織ることが、私にできるのだろうか、できるようになれるのだろうか。

あの上布のように、と問いかけるすべてに返ってくるのは、打ち消すことしかできない現実の自分でしかない。

力なく頷き、向き合うものを何も持たない自分を意識したら、淋しさに激しく包み込まれて、幾ら払っても薄まってはくれなかった。

これほどまで執拗《しつよう》に、激しく突き上げる淋しさを感じたことなど、初めてだった。

耐えきれなくて瞼を合わせると、時間が止まる気がした。

めげそうになる。怯《おび》えの感情に囚われて、めげそうになる。

激しく狼狽《うろた》えかけるのを、感じてもいる。

囲炉裏の鉄瓶が、微かに静けさを震わせ始める。

それが高い音色に変わるのを見計らって、珈琲を淹れる。

湯気が包む香りの中に、託言《かごと》を捜そうとしている自分を見た。

振り払って、居坐機《いざりばた》を撫でた。

ひんやりとした木肌が、心を落ち着かせてくれる。

これを使ってきた先人たちの喜哀が、撫でながら託言を捜そうとした自分を叱咤《しった》してくれているように、感じ取れるようになった。

逃げるでない、諦めるでない、棄てるでない、今一度、もう一度、と。

無意識に後腰帯《しまき》を持ち、糸巻棒《からすぐち》を引き寄せていた。

しっくら板に、待ってるよ、と呼ばれた気がした。

十一　迷い

受話器が、遠慮がちに鳴っているのに気づく。

「もしもし」

掠れ声で、受話器を取った。

「おはよう、今からこらっしゃい《おいで》」

富江が、明るい声で呼びかけている。

こんな状態で独りだと、藻掻《もが》く自分を俯瞰《ふかん》するのは判っている。

そんな自分を、見たくはない。

「えぐいねー《いきます》」

昨夜の甘えを詫びる気持ちもあって、明るく応えた。

急いで顔を洗い、寝乱れた髪にブラシを入れ、少しだけきつめに束ねて鏡を見ると、眼が赤い。

富江に気づかせたくないので、仕舞ったままの化粧ポーチを取り出し、化粧水で締まりを持たせただけの顔に、何年ぶりかのルージュを引く。

これも何年ぶりになるだろう、ジーンズの上下と、薄い桜色にペディキュアした素足にローファーを履き、軽くステップを踏む足取りで、畦道《あぜみち》を外し石っころをけっぽる《ける》。

これで、会う前にいつもと同じ明るさを取り戻せた。

「あっきゃさ?」

富江の第一声は、ルージュに対する驚きだった。

「気ーもむんやめた《くよくよするのは》。おかしい?」

「ううん、めごい《かわいい》……」

目聡《めざと》く富江は郁子の目が赤いのを見つけたけれど、涙目ではなく寝不足と分かったので、気づかないふりをした。

「くたびぃっとぅ《つかれてる》からぼちゃで《ふろ》もと思ったんやが、せっかくんお洒落がでーなし《だいなし》になっから、後でな」

赤ちゃん言葉で気持ちを解《ほぐ》し、すぐだからてっこ、と富江は奥へ消える。

階段を上がってすぐ手前の部屋は、郁子が初めて泊まった部屋で、いつもこんな雰囲気の時に使わせてもらっている。

窓を開け放つと、川霧が朝陽に揺れて薄れるのが見える。

窓際の手摺りに頬杖して、焦点を定めずに穭田《ひつじだ》を眺める。

浅い眠りしかとっていない身体は、処理しきれない痼《しこり》が残っていて変に熱い。

川霧の揺れに誘われてか、意識がほろほろと揺れてきた。

その心地のよさが、郁子を後ろから抱き竦《すく》めてくれる。

ルージュを引いた唇が、心なし重く感じられ、うっすらと開ける。

「てっこ」

富江の声に重なって、聞き慣れた足音が階段を小走りに駆け上がってくる。

ぼんやりとした表情のまま振り向いた目に、耕生の丸くなった眼が映った。

「おかしい?」

富江に聞いたのと、同じテンポで聞く。

「……」

半開きになったままの耕生の口からは、咄嗟《とっさ》に言葉が出ない。

「ね、おかしい?」

「たまげた、別ん人か思った」

立ったまま、耕生は見つめている。

富江の足音が階段に響いて、なんしてるん、早う座ってとテーブルに葡萄《ぶどう》を置く。

大粒の実を頬張り、郁子はルージュを引いた理由《わけ》を話す。

「まんまと、騙されたんだね」

富江が大袈裟な身振りで、打つ真似をする。

富江に同意を求められた耕生は、一言、愛しげだ、と目で笑った。


お前の織り布は息衝いてはいない、と教えた上布会館の衝撃が、郁子の五感を烈しく刺激したのは確かだった。

あれ以来、蘇芳色一色濃淡の縞上布が、何かを掴ませよう、教えようと、五感を刺激してくれるのは判っているのだけれど、その何かが何なのかを、掴みきれないでいる。

この頼りなさが泳がせる虚ろな眼差しが捉えたのは、時知らずの蔓草《つるくさ》だった。硝子の欠片のような初冬の風に戦《おのの》かず、靡《なび》いて絡まる先を求める蔓草の生き様に、郁子は虚しさではなく、頑張れと励まされる言葉を浮かべた。

それが、郁子の眼と心を開かせた。

夕方から重く垂れ込んだ雲が、雲間から霧と見紛《みまご》う雫《しずく》を落とし始める。初めてかもしれない、と自分で訝《いぶか》りながら、今夜は濃い煎茶を淹れる。珈琲とは違う揺蕩《たゆた》いをもらうと、やっぱり日本人なんだと思わされる。

唐突に、共に気持ちの立ち直りを感じた。

忘れてはいけないものを、忘れかけていたことに気づいた、と言うべきだろう。

「経糸《たていと》は運命、緯糸《よこいと》は生き方」

気づかせ呼び覚まさせてくれたのは、この言葉だった。

責任を自覚し直し、居坐機《いざりばた》に架かっている織り布に詫びた。

悩みだとか苦しみだとか、自分本位な感情に惑うより、その前に果たすべき義務を忘れていたことに気づけたのだ。

恋い焦がれる上布への念《おも》いはひとまずそばに置き、機で待つ織り布を仕上げて晒し場に渡すのが義務であって、越ノ沢の織り子の責任ではないか。

プライドを持て、と鏡に向かって叱責する自責の念に駆られ、それまでと変わらない気持ちで織り上げて、納めた。

しかし、結果は機の怖さを教えられた。


改まる年の課題にしたのは、程の良い腰と引きに織り込んだ越後の布を織ること、と、耕生が追う幽玄な世界を、共に追い求め具現化すること、とした。

毎年のことだが、機初《はたはじ》めはやはり緊張する。

しっくら板に腰を下ろし、後腰帯《しまき》を腰に当てて招木《まねき》に足を置くと、気持ちは筬《おさ》と飛杼《とび》と綜絖《そうこう》の、早く、という呼びかけに応えたくなるのだが、蘇芳色一色濃淡の縞上布が突きつけた、技量なのか感性なのか、幾ら背伸びして手を伸ばしても、裾先にすら届かないと思わされる比較の差を、縮める方途の思案は未だに浮かばないのである。

行きつ戻りつの思案では、今の郁子には限界がある。

その知識と知恵で手探る解決策では、経糸の曳きが甘いとしか考えられない。

経糸の曳きが甘ければ、筬《おさ》でいくら強く打ち込んでも経糸が受けきれなくて、織り布に張りが出ない、という初歩的と言うよりも素人の結論なのだが、今の郁子にはその稚拙さに気づくゆとりさえも、薄れてしまっている。

それでも、気持ちを奮い立たせて機に向かった。

経糸の曳きを強くするには、後腰帯《しまき》を強く引くしかない。それには後腰帯の長さを少し短く加減し、緯糸を打ち込む筬《おさ》の回数も増やして織りを詰めた。

こうすれば、引きの強い腰を感じる織り布になる、と考えた。

軽快だった機の音が、重くくすんだ音になった。

音の違いにいち早く気づいたのは、耕生だった。

「機の音が、気になったんで……」

と耕生が来たのは、やっと纏めた自分なりの考えで織り始めて、間もなくだった。

郁子も自分の考えで始めた織りを見てもらいたかったので、にこやかな表情で迎えた。

郁子の表情に、耕生は安堵感を持った。

「落ち着いたようなんで安心した。そんよりちょっと聞いていいかな?」

初冬の風が爽やかな小春日和の廊下から、部屋を見返る。

「機ん音がめえ《まえ》とちご《ちがう》おけんど、聞き違いかな?」

珈琲を載せたお盆を置きながら、

「織り方を、ひと工夫してみたの」

郁子は自分の考えを話し、既に実行していることも話した。

いつものように耳を傾けて、耕生は郁子の話を聞いている。

耕生は郁子の話が終わるまで、決して口を挟まない。

出した珈琲が、湯気を薄めている。

それでね、と言葉を継ぎながら、珈琲を勧めようとした時、

「駄目ら《だめだ》て、とは言い切れんけれじょ《けれど》も、そんげ《そんな》ことしたらけえって《かえって》駄目になると思うが」

こんな話を、お袋に聞いたことがある。聞いてくれるか、と遠慮がちに言うと、頷く仕草で郁子を見つめる。

どうしても聞かせる、という強い意思を感じさせられ、話が長くなりそうなので部屋の卓袱台に珈琲を置き直し、背筋を伸ばした。

「おっかん《ははおやの》実家に、九十半ばの婆さまがおるがょ。四十年あまりめえには、名人上手って言われたらしいんだが、自分は一度も婆さまの織ってるところを、見た記憶はなかよ」

耕生は珈琲を、ゴクッと音を立てて一口飲んだ。

「お袋は婆さまから、居坐機《いざりばた》を教えてもろうたそうだ」

その婆さまから聞いたという、お袋の話を聞いてもらいたい。

真剣な眼差しが、まっすぐ見つめるのに居竦《いすく》まされて、伸ばす背筋が強張《こわば》るのを感じた。

はい、と言ったが、声にならないまま大きく頷いた。

「経糸を強く張って、緯糸を強く打ち込んだら良い織りになる、上布はそんな単純な織物ではねえ、と言われたそうだ」

耕生の母は、「んじゃあ、なじょしたら《どうしたら》ええもんだ、おせって《おしえて》」といくら言っても、

「なじょうしたらなんてねえ。口でおせーる《おしえる》がん《こと》はでけん。おべーる《おぼえる》しかねえがや。

機は上手い織り手ん捌きを見ておべーる、織り布を触ってよっく見て、何枚も何枚も織って、身体でおべーるしかないが、そう言われたとよ」

一気にそこまで話して、耕生は冷めかけた珈琲を飲み干した。

そのカップに郁子は、熱い珈琲を満たした。

「こん先は自論やけど、ええか？」

頷いて、郁子も珈琲を自分のカップに入れる。

「掌《てのひら》で触れた織り布の感触を、感性で取り込む。それができる織り子だけが持つ感覚が五感を使い切って掴んだ感性を、緯糸に預けるしかないんじゃないかと思うがよ」

一息入れるように、耕生が二本目の煙草に火を点ける。

額に縦皺を寄せ、目を細めて深く吸い込む。

ふーっ、と、無色に近い煙が耕生の口から吐き出される。耕生の身体の奥深くから吐かれた煙が鼻先を掠めるのを、そっと吸って耕生の顔を盗み見る。

じっと部屋の一点を見つめて、言葉を探す耕生は気づかない。

無言の時間が、豊かに過ぎていく。

指に挟んだ煙草の灰が、長くなって落ちそうになる。

耕生は気づかないで、部屋の一点を見つめ続けている。

灰が、すっと折れ落ちかける。

灰皿をそっと押して、煙草に添えて受け止めさせる。

「あっ！」

ばつの悪そうな顔をして、ありがとうと苦笑する耕生と、絡んだ目が笑み崩れる。

刹那、好感以上の感情を持っている自分を、強く意識する。

長い沈黙の中で耕生は、もう一度蘇芳色一色濃淡の上布を見せた後、婆さまに会わせて、婆さまが昔織った上布に触れさせたい、と考えていたのだ。

耕生がその考えを話すと、郁子は表情を輝かせた。

「でも、そんなに時間をもらって、いいんですか？」

耕生はそれには応えず、いつ行く？　とぶっきらぼうに聞く。

「私はいつだって、飯田さんの都合でいいです」

「分かった。明日行くなんてきだちがねー《せわしない》がん《こと》は、言わねえから」

それがやっと言える、シャイな男の諧謔《かいぎゃく》とまでは言えない、砕けた言葉である。

郁子は珈琲を満たしながらも、耕生の思考を妨げないよう気遣う。

耕生はそんな気遣いを嬉しく思いながら、考えている。

郁子ならきっと、この二つを自分の中で育むことができる、とそう思っていた。

十二　紡ぐ

二度目の上布会館行きは、三日後の土曜日だった。

スキーシーズン前なので、手伝いの人に任せても大丈夫だからと富江は、明るく郁子の気持ちを汲んでくれる。

こういう時の富江は、実に気持ち良く付き合ってやる。

本当は今日もありがとうと言って、頭を下げなければいけないのだけれど、それをするとまだそんな他人行儀なことを、と怒ったふりをすることが判っているから、おはよう寒くなったね、と言うだけで済ませる。

「耕生さんの婆さまは、こん郷の名人って言われた人だがぁー」

良かったねえ、そん人に会うて話が聞けるんだもん。

今日の予定を聞いた時、富江には耕生の考えが理解《わか》った。

風聞や噂話から、いっ時は先入観を持って対してきた。その頃を今では内心羞《は》じているどころか、できるならこの二人を、と思うようになっている。

車内の空気は明るく弾み、郁子も屈託のない話し方で、自分の考えたことと耕生に反対されたことを、富江に話している。

「わしもいっ時は、機をやってたがんは話《こと》したろう。そん時にもやっぱ同じがんを聞いたがよ。何でん強くしっかりと言うんなら、とっくに自動織機になっとるが、と言われたが」

エアコンを止めた風に、靡《なび》いて乱れる髪を押さえながら富江が続ける。

「苧績《おうみ》して撚《よ》りを掛けんと、撚糸《いと》の状態は判んねえし、そん撚糸《いと》に合うた織りをせんと、良か布は織れんのやから、耕生さんの言ってるがんは間違いねーがよ」

「いや、そんは自分ん考えじゃのうて、昔から言われとるがんやが」

慌てて耕生が、富江の言葉を打ち消す。

それがおかしいと富江が笑うのにつられて、郁子も噴き出した。

富江に言われるまでもなく、耕生に話を聞かされた時には既に自分の考えの浅さを恥じ、郁子は織り布に鋏を入れていた。

黒を白とまでは言わないまでも、瓶覗《かめのぞき》を白と言われても肯《うなず》くくらいになっているのではと、思ったりもしている。

それを信頼といえばそうなるのだろうが、今の郁子には信頼以上の慕《おも》いがある。


上布会館の重いドアを押すと、郁子はまっすぐ硝子の間に向かった。

蘇芳色一色濃淡の縞上布との、再会である。

初対面の時とは違う畏怖を、全身に隈《くま》なく感じさせられている。

硝子に張り付くように眼を凝らして、見つめる。

前の時には気づかなかった照明の反射が、気にかかる。

わずかな光の屈折が、見たいと思う肝心の平織りを見分けづらくさせるのが、気に懸かる。

手を翳《かざ》し変えて、見据えて見定めようとする。

何度も繰り返すうちに、蘇芳色一色濃淡の縞上布が、別な表情を覗かせたように見えたのか、思えたのか、いま一度手の位置を変えようとする肩を叩かれた。

手を解《ほど》いて振り返ると、職員と覚しき男性が耕生と立っていた。

「どうぞ」

職員から、手を触れないでくださいね、と注意を受けた。

えっ、と郁子は声を詰まらせて耕生を振り返る。

耕生が深く頷いている。

「耕生さんがね、頼んでくれたんだよ」

よっく見るんだよ、自分の眼に焼き付けるんだよ、いいか、分かったか、と富江に肩を押されたが、感謝の言葉よりもまず、ハンカチを口に当てた。が、小さくて薄い。

戸惑う目を富江に向けると、小さく首を振って、求めに応じられないと知らせる。

どうしよう、富江のハンカチと二枚重ねるしかない、と振り返る郁子が受け取ったのは、耕生からのタオル地のハンカチだった。

この状態を想定などできはしなかったが、それでも、誠心誠意事情を話して頼んでみる、と決めた時からの耕生の気働きである。

会館で館長に面談を申し込む時、「越ノ沢上布保存会特別顧問：河端粂《くめ》」という祖母の名刺を使った。この名前なら粗末な扱いはない、という半ばの確信は持ってはいたが、そこは行政、不安よりも断りの方が気持ちを占めていた。

「越ノ沢では、上布の原点に戻ろうという活動に、力を入れております。河端粂が推薦し指導している岩橋郁子を伴い、半年余り前にも拝観したのですが、蘇芳色一色濃淡の上布に魅せられまして、もう一度平織りの織り目を見定めたいと言うものですから、孫になります私が、高齢の祖母になり代わりお願いに上がった次第です。二年後の全国大会を見据えて精進して参る途上にあります。皆様にご迷惑をおかけすることはいたしません。越後上布の中興に、お力をお貸しくださいませんでしょうか……」

簡潔に言えば、このような申し入れの結果が今なのだ。

タオル地のハンカチを握り、職員に頭を下げ、蘇芳色一色濃淡の縞上布が待っていてくれると思いたい、硝子の間の入り口に向かう。

「手を、触れないでくださいね」

引き戸を開ける前と、開けた後で注意を受けた。

深く頭を下げて、敷居を跨《また》いだ。

凛《りん》とした気配の中に、涼やかな清《すが》しさを感じる。

何と言い表せばいいのだろう、ゆらりとおぼろである。

宵灯《よいあか》りほどの灯りに濡れて、蘇芳色一色濃淡の縞上布を探す。

「ここよ」

呼ばれて、前に立った。

背中が緊張した、が程なく解かれた。

蘇芳色一色濃淡の縞上布と同じ空気を吸っている、それだけで現《うつつ》が現でなくなる幻覚に抱かれて瞼を合わせる。

迫上《せりあ》がる動悸を鎮めなければ、と焦る気持ちが、現実を受け止めきれなくさせる。

鎮めなければ、動悸を醒《さ》まさなければ、と深く吸った息を細く長く吐く。

身動《みじろ》ぎを偸《ぬす》む郁子を、放心の美が抱き留める。

閉じた瞼を開けると、現《うつつ》に身体を抱き締められ、ゆっくりと運んだその時だった。

感じたのではなく、確かに何かが頬に触れた。

この空間の中で、何かの身動《みじろ》ぎを、確かに頬が受け止めたのだ。

息吹ではないのか、と聳《そばだ》たせてはみるものの、耳に届く気配は何もない。

頬を過《よぎ》るものとて、今は何もない。

だが郁子の五感は、確かに上布の息吹に触れたのだ。

初の対面では、ただ感じただけの経糸と緯糸の息遣いを、今は身体で感じ取れている。
硝子一枚のこの差を、一体どのように表せばいいのだろう。
深く深ーーく、上布の息吹を吸う。
馥郁《ふくいく》たる息吹の香りにうたれ、またまた感覚が薄れかける。
瞬《まばた》きすらを惜しみ、蘇芳色一色濃淡の縞上布に眼を凝らす。
縞上布の緯糸は、確かに織り締められてはいるけれども、織り詰められてはいない。
経糸が緯糸を抱き締めている、と見ていた間違いに気づかされた。
互いが寄り添い委ね合っている、と今はそう見える。
もしかすると息衝きは……、と思った時。
再び呼ばれた、そんな気がした。
思わず手を伸べたい衝動が走るのを、掌を握って抑える。
深ーく吸った上布の馥郁たる香りの息吹が、身体の奥深くに染み渡っていく。

『長い時空を存《なが》えていられるのは、織り子と雪と私が、互いに慈しみ合えたからなの。
私を織った織り子と雪ざらしの職人、二人が気持ちをひたすらに寄せてくれた、心ね。
二人に育まれて産声を上げることができた私は、永久《とこしえ》の命を与えてもらえたの。
あなたたちは、再び、と思ってくれているのよね。逢いたい』

郁子は確かに、幽玄な世界のいとなみを聞き取ったのである。

それがひと時の間合いの後、深く息衝かされて零《こぼ》れ、こっとり、と胸に落ちた。

「ありがとうございました」

会館の好意と職員の厚意に、郁子は深く頭を下げた。

「お役に立てたようで、嬉しゅう想うとるでしょう」

職員は上布に向けた眼差しのまま、硝子の間の戸を閉めた。

「また、来ますね」

無音の語りかけに、蘇芳色一色濃淡の縞上布は、婉然《えんぜん》と応えてくれた。

郁子は上布の清澄な眼差しを、感じ取ることができた。

誰も、何も言わない。

郁子の思うに任せ、階段を下り、散り始める楓《かえで》の下を歩いた。

感動の坩堝《るつぼ》に身も心も沈める郁子は、感極まって、溢れる涙に任せて歩いた。

数歩遅らせて、耕生と富江はじっと見守って歩いている。

振り向いた郁子に、耕生がゆっくり頷いて応える。

刹那、その瞬間、郁子は自分を愛する以上に、耕生を愛した。

耕生の母親の実家に着いた時は、既に山間《やまあい》の村は暮れなずんでいた。

通されて、耕生の後から座敷に入りかけた時、郁子は意識の中で亡き母に叱られた。

「お前は富江さんの後でしょう！　忘れたの」

いいね、お座布団を勧められても、一度はご遠慮して畳に座るのですよ。

改めてお勧めいただいたら、その時は遠慮しないで敷かせてもらうのですよ。

親指を重ねて、背筋を伸ばしなさいね。

正座がきつくなったら、もぞもぞせず、必ずお断りしてから膝を崩させていただくのですよ。

間近に、母の温もりを感じた。

富江に続き座敷に通された後は、母の教え通りに挨拶もできた。

ありがとう、と意識に浮かんだ母に郁子は語りかけた。


九十歳を超える耕生の祖母粂《くめ》は、矍鑠《かくしゃく》としている。

明治生まれの気丈さを現す身繕いは、総白髪《そうはく》をきつく束ね、先ほどから孫の連れてきた女の振る舞いを、目端で追っている。

母の躾《しつけ》を守る郁子の所作を、粂は懐古感を持って眺め、慈しみの対象と見直している。

「ええ織り娘《おこ》がいると聞いとるが、それがこん娘《こ》か」

そうだ、と耕生が答える。

寿子からの連絡で整えておいた、男物に仕立てた上布を粂は郁子に手渡しする。

よろしいでしょうか、と承諾をもらって郁子は膝の上に伸べる。

見事な亀甲絣《きっこうがすり》に、織り込まれている。

揃った亀甲の見事さよりも、織り目が郁子の眼を奪う。

掌で撫でてみる。少し押さえて掌を滑らせてみる。

違いがはっきりと、掌に感じる。

経糸と緯糸が、余分な力で織り締められた感じがない。

これって？　と、掌の感じを識《し》りたくて、瞼を合わせて息を止め、意識を掌に集めてすべらせてみる。

経糸と緯糸の寄り添いが、掌を通して温かさを教える。経糸と緯糸は織られているのではなく、互いを認め合って寄り添い、紡がれていると感じる。

上布会館での、経糸と緯糸の寄り添いを思い出す郁子に、紡がれるという新たな感触が加わり、彷彿《ほうふつ》とさせられ、何度も掌を滑らせ、撫でて、掌《たなごころ》に覚え込ませようとした。

粂はその仕草をじっと見つめて、頷いている。

「いかったら《よかったら》、持ってけ」

お前に貸すよ、と耕生に言い、郁子を優しい目で見つめた。

実は、と耕生が、これまでの話を粂に聞かせている。

うんうんと頷きながら、聞いていた粂が、

「織る撚糸《いと》はそれぞれで違うつけえ、撚糸《いと》を握って性格《きもち》の違いを掴んでから、経糸は強すぎず弱すぎず後腰帯《しまき》で加減して張るすけー、みっしり《しっかり》後腰帯を着けてしもうと、撚糸《いと》が呼んでも聞こえんがや」

織り娘時代を懐かしむ粂は、炬燵《こたつ》を出るとまるで後腰帯を腰に着けているように、背筋を伸ばして足を伸ばす。

「儂《わし》は後腰帯を少し細っこくしたが、そんに麻紐《あさひも》を縫いつけたがよ」

奥に声をかけて持ってこさせた紙を広げ、鉛筆をひと舐《な》めして、こんなふうだったなと絵を描いた。

「こん麻紐の出っ張りで、経糸ん声を聞いたがや。後腰帯ん加減は織る糸で違《ちご》うつけぇ、織り子が身体で見つけ出すしかねえが」

後腰帯に麻紐を縫いつけた絵を、郁子に渡し、

「ええか、どんなに《どんなに》行き詰もうても、弱音をほく《はく》じゃねぇ。壁が在《ある》っから考《かんげ》える。考えっから上手くなるが」

ええな？　判ったな？　と肯きながら言い聞かせる。

訥々《とつとつ》とした話し方で聞かせる粂の話は、強い説得力で郁子を導いてくれた。

「ええ織りができとる時ん機は、音が違《ちご》うがよ。聞いてる者《もん》まで気持ち良うなる。そん音がし

てねえと駄目だな。鼻歌でも歌いたくなっ時が、ええ織りができとる時だったなあ」

粂も楽しそうである。

「そう言えば婆《ばっ》さまは、よう唄ってたなあ！」

そう言って郁子に茶を勧めたのは、耕生の叔母の信子だった。

「しかしまあ、昔ん人は凄《すげ》えーかったんだねえ」

見ると信子の指は、苧引きや苧績《おうみ》で、とても女の手とは思えないほど粗《あ》れている。

「でんまあ、それでも《それでも》こんしかねえかったで、これ《これ》こげな《こんな》とんでもねえがんと思うがんを、ここまで追いつめるがんも、できたんだろうなあ」

話のつなぎつなぎで、信子は、粂の湯飲みを吹き冷ましている。

「今は昔と違うて、望んだら何でんできっから。若いもんは町に出て行ってしもう。残ってこげな難しか仕事に就く者《もん》も少のうなってしもうた。そんも上布には、ま、敵だな」

信子が、冷ました湯飲茶碗を粂の手に持たせながら、思いの丈を口にしている。

上布を作る作業は、殆どが女の仕事である。

古くは物納税にする庸布《ようふ》を織る織り娘に撰《お》ばれると、別棟で生活し、別火と言って食事も違えたと伝えられている。

毎朝身体を清めてから、居坐機に向かったとも言われている。

「そんくれえ、がっとな大変《たいへん》仕事だったってこと《こと》こんなんだろうね」

と信子は話を括った。

ほんだ《ほんとう》はそれくらい名誉な仕事にしておかなければ、誰もついて来ない大変な作業なのを知っていたから、そのような仕来り《しきたり》を重んじさせたのだろうことが、今なら得心できる。

粂は郁子の身嗜み《みだしな》を、この年嵩の大人たちが等しく持っている、嗜みの修身と修養の判断で眺めている。

満足に頷く粂が浮かばせているのは、単衣《ひとえ》の袖縢り《そでぐ》を几帳面に、という懐古感だった。

「老いるちゅうんは、衰えていぐ身体と気持ちを、どう受け止めるかなんだが、そんを若い者に判れと言うても無理ながん《こと》だろう。な、若さを思う存分使うてもらいたいがよ」

時間も忘れて、粂や信子の昔話に聞きほだされていると、粂がゆらりゆらりと揺れ始めたので、それを汐にしてその夜は帰った。

耕生が借りてくれた、粂の亀甲絣の上布を胸に抱いて、郁子は暇乞いをした。

粂の話が思い出させたのは、糸撚《いとより》を覚えてから今日までの一齣《こま》一齣であった。

布巻棒《からすぐち》の両端に後腰帯《しまき》の紐を巻き付ける時、布巻棒が斜めにならないよう苦労したこと。

後腰帯が合わなくて、無理に足を馴染ませていたら、脹ら脛《ふくはぎ》や太股が痛くなって、立てなくなったことなどが、浮かんで過った《よぎ》。

霜焼けには縁がない手は、皹《ひび》や皸《あかぎれ》に悩まされ、皮膚の裂け目から滲む血で糸を汚さないように、顔よりも心を配る手当てを手と指にするため、好きでなかった牛筋や脂身を努めて食べるようにもなった。

その一つ一つが、懐かしい一齣として思い返していられることに、郁子は満ち足りている。

翌朝からは、瞼に蘇芳色一色濃淡の縞上布を浮かべる膝では、粂婆さまの上布が授けてくれた、紡がれているという感触を掌に伝えてから、居坐機に向かうようになれた。

織り締めてはいるけれど織り詰められてはいない、と見た上布会館の縞上布に加え、粂婆さまの上布が、紡ぐという寄り添いを掌で感じ取らせて、与え授けてくれる。

その紡ぐという感触が、郁子の目映《まばゆ》さを見る眼を見開かせてくれる。

試行錯誤に費やした時間を取り戻すため、寸暇を惜しんで居坐機に向かう郁子は、蚊飛白《かがすり》を三尺、五尺、一丈と織り進めながら、紡ぐという手触りを掌を通して身体が感じてくれるようになって行き始める。

その日の織りを止めると、粂婆さまの上布を軽く押さえて撫でる掌が、昨日よりは一歩でも半歩でも感性の深さを汲んでくれただろうか、と全神経を掌の触覚に集中させて、いつからか癖になっている、灯りの届かない空間を見上げる。

その度にまだまだだね、と思わされる触感なのだが、それでも意識の中で微かに近づけていると思いたくなる時には、尽きない充足感をもらうのであった。

深く吸って止める息を、ふーっと吐き出す時のうたたは、郁子を無我にしてくれる。

掌の感触を頬に伝えながら、ゆったりと湯船に沈んで大きく息を吐く。

無我が呼び覚まして、仕合わせという言葉を連れてくる。

満足を覚え、満足と感じながら郁子は眠る。

夜の明けるのが、待ち遠しい。

十三　計画

機を止めたのは、選考会の三週間前だった。

捨て織りを止めて房を作ると、郁子は頬を緩めた。

昨年の織りと比べ、間違いなく良い織りができたと思えるだけに、達成感はこれまで以上に味わうことができた。

手足を投げ出し、気持ちと身体に詰め込んでいた何もかもを投げ出したが、ほっとする間もなく気懸かりが湧いてきたのは、雪ざらしの時間が取れるかどうかだ。

大丈夫だと、耕生は安心感を与えてくれる。

それでも雪折れを聞く度空模様が気に懸かり、見上げては手を合わせて来た。

晴れなくてもいいから、せめてもと越後晴《えちごば》れを願う。

少しでも早くから少しでも遅くまで、耕生が踏ん張って間に合わせてくれた二月の審査会では郷の候補に残り、四月の審査会で出品作に撰ばれた。

千葉で開かれた全国大会では、またしても加賀に敗れはしたものの、二位の銀賞だった。誇らしい笑顔で郁子が賞状を受け取れたのは、今の自分がどの程度の出来なのか、加賀との差も自分の眼で確かめることができたからである。

審査結果が出る時間からみても、その差も僅かなところまで来ていると頷けもしている。それよりも郁子の対象が、去年までとは違っている。

出品する度に目標にさせられていたのは、加賀だった。しかし、埋めるにはまだまだ大き過ぎる隔たりを感じさせられはしているけれど、目的になった粂婆さまの上布がそばにいてくれる。

目的に向かう道筋の一歩は、粂婆さまの上布に準ずる織り布を織るのを目標としている。その意味で、既に郁子の中で加賀は、目標ではなく、追い越すべき対象になっている。

越ノ沢へ帰ると、織り子仲間の皆から、「けなれー《うらやましい》」と、言ってもらえた。それがこんなにも誇らしいこととは、思わなかった。

この時に郁子が味わった心の満足を、生き甲斐というのだろう。

目的になってくださるお方が、この郷に居てくれるのだ。

その人が、尋ねれば答え応えてくれるのだ。

この満たされた境遇が、甘えと欺瞞《ぎまん》とも取れる自己納得を、嫌でも取り除かせてくれるようになってもいる。

また蘇芳色一色濃淡の縞上布に、会いたい、逢いたい。

その時は、粂婆さまの上布と一緒に、と思っている。

稲刈りも一段落した十月末の日曜日に、町の文化会館で講演会があった。

聴衆の入りを懸念した町の担当者から、万障を繰り合わせて出かけるように、との内々の通知が保存会の会員全員にあったので、半ば渋々ながら郁子も出かけた。

「越後の歌人良寛」が講演の題目で、〝てまり上人〟良寛和尚の話だった。

耕生も来ていたけれど、まさか並んでというわけにはいかないので、互いに居場所を確かめ合って別々の席で講演を聞いた。

良寛についての知識は、てまり上人と言われた江戸時代のお坊さん、というくらいしかなく、越後生まれであることも知らなかった。

講演者のしっとりとした語り口は、いつの間にか郁子を惹き付けて離さなくなった。

出雲崎の名主の家に長男として生まれながら、青年期に生家は何度も争いごとに巻き込まれて傾き、その解決を何一つできなかったがために、昼行灯《ひるあんどん》と嘲《あざけ》られたこと。

挙げ句に出奔して出家し、放浪の旅を続けながら和歌や書を残したことを知った。

特に歌人としては、万葉歌人とか超俗の詩人と言われ、その底に潜むものは、若年期から壮年期に味わった数々の不幸が抱かせた孤独感で、それが宗教と一体となった独特の芸術を創り上げたのではないだろうか、と静かな語り口で講演者は聞かせる。

また彼の書は、見る人すべてに清冽《せいれつ》な情感を抱かせたといわれており、存命中から町人や百姓、果ては文盲の人までが競って求めたともいわれている、と話された後で、今日の講演は歌人としての良寛を語りたいと誘《いざな》う。

まず紹介されたのは、放浪の末に故郷へ帰った時に詠んだ、この和歌《うた》だった。

来てみれば　我が故郷《ふるさと》は　荒れにけり　庭も籬《まがき》も　落葉のみして

二度読み上げられたので、郁子は書き留めることができた。

晩年は、今は長岡市になる島崎村の遠縁木村家に身を寄せ、屋敷内に草庵を編んで暮らしたという。

晩年を共に過ごした一人の女性、孝室貞心尼《こうしつていしんに》との出会いが郁子を感動させた。道の教えを乞うために、貞心尼が良寛を訪ねたのが二人の出会いだったという。

良寛七十歳、貞心尼三十歳の時でした、と講演者は話す。

出会いを喜び合った二人の贈答歌も、素晴らしい歌であった。

貞心尼から良寛への贈歌《おくり》は、

君にかく あい見ることの 嬉しさも まだ覚めやらぬ 夢かとぞ思う

受けた良寛の答歌《かえし》は、

夢の世に かつまどろみて 夢をまた 語るも夢も それがまにまに

出会って四年数か月で別れが来るのだけれど、枕元で看病する貞心尼は、

生き死にの 界《さかい》離れて 住む身にも 避《さ》らぬ別れの あるぞ悲しき

と葬歌《おくりうた》を読み聞かせた、その後に読み継いだ良寛の返歌《かえし》が、郁子の心を縛った。

うらを見せ おもてを見せて 散るもみじ

見る者読む者に、春風の暖かさを抱かせる、と言われる良寛の心とその深淵を垣間見る思いに心が震え、郁子は葬歌《おくり》と返歌《かえし》を書き留められなかった。

「若年期から壮年期にかけては、満たされぬ境遇ではあったけれども、晩年は斯《か》くも素裸にな

って寄り添える相手を得た良寛は、最上の幸人《さちびと》といえるのではないでしょうか」

この言葉で締め括られた講演に、郁子は感激した。

書き留められなかった、貞心尼と良寛の葬歌と返歌を、もらってと耕生に甘えた。

「良寛が好きなん?」

「今日、好きになったがぁ」

耕生がもらってくれた資料には、手まり上人良寛の歌もあった。

かすみ立つ ながき春日を 子どもらと 手まりつきつつ この日くらしつ

帰りは富江と合流し、揃って「富郷」へ寄る。

話していると、耕生は殊の外良寛が好きだという。

「良寛については、歌よりも書の方が好きなんだ」

珍しく耕生から話し始め、その夜は良寛の話に花が咲いた。

「本名は、山本栄蔵、字《あざな》は曲《まがり》」

「字?」

「うん、今で言う渾名《あだな》」

「曲、だなんて……」

なんか変だねって、半ば面白がる郁子に、

「禅僧になって良寛と名乗ったんだけど、もう一つ呼び名があってね、『大愚《だいぐ》』とも名乗っていたんだよ」

自分はこの大愚っていう方が好きだ、自分もそうだから、と明るい声で笑った後で、機会があったら、一度良寛の書を見に出かけよう、ということになった。


年が明けると耕生は、経糸絣《たていとがすり》、緯糸絣《よこいとがすり》、経緯併用絣《たてよこへいようがすり》の見学をしたい、と滋賀の近江へ出かけ、郁子は「富郷」を手伝っている。

野山に緑が還り始めると、この郷では短い春を競って梅に桜それに桃や雪柳などが、淑《しと》やかに華やかに咲き競う。

長閑《のどか》という表現が一年のうちで一番似つかわしい、そんな昼下がりの息抜き時に、自分が抱いている耕生への慕《した》いを富江に打ち明けた。

「あん人ならあちこたねえ《だいじょうぶだ》、大阪でなあ《なに》があったんかしんねえが、そんながん《こと》は昔んことだが。わあり《わるい》人じゃねえと、わしは信じとるが。そんにおまんた《それにあんたたち》は、見とるがん《こと》も同じだし、わしは大賛成だがぁ」

手放しで喜ばれ、どこまで話は進んでいるのか、聞かれた。

「まだそんな話をするところまで行ってないの。話はいつも、上布のことばかりなの。近頃はどうしたら加賀に勝てるか、どこが加賀に敵わないのか、そんなことばかりなの」

それに耕生の気持ちすら判らないのだと、郁子は素直な気持ちになって話している。

「もう一度縞で挑戦しよう、ということは一致してるのだあろも《だけれど》……」

まるでおとっこ《すえっこ》が、姉に自分の気持ちを聞いてもらっているように、郁子の語尾が微かに上がっている。語尾をちょっと上げて話すのは、郁子が甘えている時の癖なのだ。

「けなれー《うらやましい》」

人を好きになるって、本当に凄いことなんだ、今のあんたを見とるとしみじみとそう思う。

羨ましくなる、と重ねる富江に郁子は思わずはにかむ。

目尻を寄せる富江が、はにかむ郁子の横顔に重ねて見たのは、予定も言わずにぽつねんと部屋で過ごしていることに一抹の不安を持って、声をかけたその時の横顔だった。

涼やかな目元までが、定まりきらない眼差しに負けていた。

五日も手入れを怠った眉は、眉山からはみ出た眉毛が顔全体をくすませている。

化粧疲れなのか、張りがあって当たり前の年だと見えるのに、疲れを滲ませている。

予約が途切れて休みにしたその夜は、郁子と二人の夕食になったので鍋にした。

「ほれ、そんが煮えとるが」

「そこん舞茸《まいたけ》、取ってけれ」

初めはぎこちなかった郁子も、屈託のない富江のやり取りに馴染まされ、旨えー、辛えー、お代わり、と二人の時間を過ごした。

お風呂上がりにビールでも、と言うようになると、追い焚《だ》きの不経済を理由に二人一緒に沈み、他愛ない話をした。

湯上がりに富江は、化粧水で郁子の顔を引き締めてやる。

「ほれ、ちょこっと目を瞑《つむ》んな」

器用に、眉山を整えてやる。

一本のビールが頬に赤味を浮かせる頃には、郁子はすっぴんも忘れて笑い転げるようになった、その夜を思い出して重ねている。

だから富江は、甘えるようになった郁子が、殊の外可愛く思えるのだ。

年齢ではなく、女の可愛さを持ってるといつも感じている。

その郁子には、どうしてもやりたいと思っていることがある。

耕生と二人で、苧引きから雪ざらしまで仕上げた上布を、富江に仕立ててもらって、耕生に着せたいのだ。

この計画で郁子が拘《こだわ》りたいのは、晒しである。

常の一歩か二歩手前で止めたい、と語った時の耕生の目が頭を離れないのだ。

その念《おも》いを賄わせるには、彼の感性を満足させる織り布を織り上げなければならない、と思うそれは、郁子の寄せる心根であり、二人で歩く道にしたいとも願う切なる念《おも》いでもある。

耕生に馳《は》せる慕《おも》いが、ふと〝幽玄〟って？　と考えさせ、何となく〝趣《おもむき》〟という文字が浮かんだ。

高校時代から今も持っている、『広辞林』を開く。

探す文字の感じでなのか、〝繙《ひもと》く〟という言葉が浮かんだので、正座して頁《ページ》を捲《めく》った。

何度か心を捉える文字に向き合う寄り道の後、〝幽玄〟を探し当て、

「趣き深く気品あり、上品でやさしいそのさま」と読み取った。

凄い、あなたが追い求めて出会いたいと願っているのは、そういう世界なのね。

全身が粟立った。心を砕いて考えなければ、と郁子は頷きを自分に向ける。

私の織り布には何かが足りない、一体何が足りないのだろうかと、思案に余るといつもながらに富江に縋《すが》った。

「参加させてもらった三回とも、加賀に負けたでしょう。今年は敬子さんが出すんだけど、来年はどうしても出して加賀に勝ちたいんよ」

うんうんと頷きながら、富江は先ほどから塩加減を間違ったという沢庵を噛《かじ》っている。

「二度も上布会館へ連れてってもろうて、そん上耕生さんが借りてくんなせた上布まであるんに、そんなのに加賀に負けたでしょうが。うちに《わたし》は何《なん》かが足りんと思うがぁー」

郁子も沢庵を茶請けに話を進め、煎茶を飲む。

「こうこ《たくわん》、やっぱちっとばか、しょぺぇなぁ」

富江が苦笑いして、冷めた茶を飲んでいる。

それには応えないで、郁子は自分の話を続ける。

「そん何かが足りんというんは判るんに、それがなーんなんかが、なーしても《どうしても》うちにはわかんねーがぁ」

郁子の話し言葉に郷ん言葉が混じってるのが嬉しいが、今はそれより、気づかせねばならないことの方が先だと思って聞いている。

湯飲み茶碗を掌で弄びながら、郁子は表情を曇らせている。

「加賀に勝ったんは、五十年も昔ん《こと》がんだがや」

だからそんなに悔しがることはない、と言いながらも、

「そんだねえ、何だろうねえ……」

煎茶を淹れ替えた姿勢のまま、富江は窓の外に目を向ける。

薄い緑だった木の葉が、少しずつ濃淡を見せ始める山肌が郷を囲って来ている。

囲まれた空間を覆う空は、春の淡さを薄めて残し、夏の色に変わって行こうとしている。

遠くの山脈《やまなみ》を見つめたままの富江の横顔が、あんたの問いに答えがあるよ、と言ってくれているように、郁子には感じられた。

「富江さんには判っとるんでしょう？　おせーて《おしえて》！」

ねー、と肩を揺する。

富江はふーっと一息吐くと、噛みしめるように話し始めた。

「ええな、こんはあくまで俺ん感じだーすけ《だから》、気いわーり《わるく》せんで聞いてな」

頷いて、郁子は姿勢を正す。

「おまん《あんた》の機は丁寧やし、飛白《かすり》合わせも揃ってて綺麗だがぁ。上手くなったなって評判なんは聞いてるがん《でしょう》？　そんに去年ん《の》織りはほーんに《ほんとう》素晴らしかった。……だあろも《だけど》」

一息吐いて、煎茶を舌で転がすように飲むと、こっとりと湯飲み茶碗を卓袱台に置き、飲み口を親指で拭う。

「そうらろも《そうだけど》、晒し終えたら、腰ん強さが薄うなっとったが」

富江はまるで膝の上に、織り布があるかのような仕草で続ける。

「加賀とん差は、そんだな、腰ん強さかな？　引きかな？　そうらろも《そうだけど》、そん腰と引きがあっての上布だすけ《だから》、な？　加賀とん差は、見る人で違うちんこい《ちいさい》差やと思うとるがんがやけんど……」

富江の言葉が、次第に言葉尻に強さを含ませて行く。

「せば《じゃあ》、どうしょばええです《どうしたらいいんです》？」

富江に縋るしかない郁子は、答えを求める。

「らぁすけ《だから》、機じゃねーがや。機はおまんの方が上だと言われとるがよ」

らぁすけ、らぁすけと富江は言い渋っていたが、

「なじょー《どんなに》したらえぇもんかのう。ろうれも《どうしても》ちゅう心ん持ち方かのう。だすけえぇ《そうだよね》、気持ちだがよ、心持ちだがよ」

富江はまっすぐ郁子の眼を見て、言葉を継ぐ。

「なあ《あんた》の機は、こっぱつめ《きよう》でみば《みため》はよかるべえ《いいけれど》も、おまんがおらんがよ。だー《だれ》に着せたいっちゅう情念で織るがよ、そうせーば《そうしたら》筬《おさ》も後腰帯《しまき》んもだが、気持ちで打ち込めると思うが。そうしてくんねえかのぉ。そうしっと《そうする》なあ《おまん》がいつも言うとる、上布の息吹を感じるようになるんじゃねえかのう！　そん心持ちで織ったら、晒しで腰が蘇ると思うがんだがよー」

一気にここまで話した富江が、意識してひと息入れる。

「今んなあ《あんた》なら、ほれ《それ》ができるんじゃないんか？」

悪戯っぽい動きに戻した目で、富江が言う、

「耕生さんに着せるが、着てもらうがよ。耕生さんに苧引きから糸撚までしてもらうがよ。そん糸をなあ《あんた》が織るがぁー」

この考えに酔っている自分を意識しながら、富江は続ける。

「そん織り布を耕生さんが晒すがよ。考えただけで嬉しゅうなるがん。そんが一番じゃあないんかのうって、思うがぁーよ。今んなあ《あんた》に必要なんは、そん情念だと思うがぁー」

言い切った富江が、大きく肩で息を吸っている。

富江の考えが自分の念《おも》いと重なっているのが、郁子は嬉しかった。

しかし郁子は、そのことを口にしなかった。

あくまでも富江の考えをもらう、という形にしていたかったのである。

「富江さん、ほーんにおしょうしな《ありがとう》。明日帰ったら、耕生さんと相談してみるすけ」

郁子の心は温かく満たされ、鼻の奥がじんとして込み上げる。

近頃は人の情けが心に触れると、すぐに目頭が熱くなる。

この時も涙が嗚咽《おえつ》に変わって、泣き崩れそうになった。

「ん？　なじょ《どうか》、したがあー《したのか》？」

そんな郁子の様子を見るにつけ、富江はいつも戸惑わされる。

富江にすれば自分の考えを話しただけなのに、それをこんなに豊かに受け止めるのはどうしてなのかと思うと、郁子がここへ来るまで、どんな生活をしていたのかを思い量らされ、もらい泣きをせずにはいられなくなる。

どんな生活をしていたのかと、この時も思いはしたが、富江が寄せる思いは憐憫《れんびん》の情などという薄っぺらな気持ちではなく、もっと篤《あつ》い気持ちが抱き取る、身近な存在になっている。

富江に、改めて郁子に出会った日を思い出させていた。

十四　告白

郁子はこの計画を、何としても実現したいと、切なく願った。

できればでなく、富江の考えに沿う形で、どうしても実現させたいと思う。

そのためには、自分の慕《おも》いを打ち明けなければならない。

嫌われてはいない、という自信めいたものはある。

それでも、もしやと不安な思いを抱いてもしまう。

この気持ちを、感じ取ってくれているだろうか。

そう考えると、肯けるまでの自信はない。

耕生の心を響かせる何かが自分にあるとすれば、それは直向《ひたむ》きに上布に向かう気持ちだけではないだろうか、と思う。

その悲観的な思いが萎《な》えさせる気持ちの裏側では、上布に寄せる気持ちだけなら、二度も上布会館で蘇芳色一色濃淡の縞上布に逢わせてくれたり、粂婆さまから上布まで借りてくれたりはしないだろうと、希望的なことも考えてみる。

しかし思案はいつも、ここまで来ては切なさに負けてしまう。

それは、正直に話さねばならない、過去《むかし》の傷が在るからにほかならない。

打ち明けさえしなければ、耕生に寄せる思慕《おもい》を抱き続けることはできるし、庭に咲いていたからといって、季節の花を手折って来てくれることに、心を膨らませることもできるではないか、と気弱さに負けて倦《あぐ》ねる。

決められないまま時間だけが経って、気持ちばかりが焦《あせ》る。

今日こそは、と何度も構えてみる。なのに打ち明けた後の耕生の反応を考えると、やはりその一歩を踏み出せなくて、倦ねを解き放せないでいる。

開き直りが必要なことは、判っている。

やっと、気持ちに区切りが付けられたのは、庭の鬼灯《ほおずき》が色を染め、子供たちの歓声が河原に木魂《こだま》し始める頃になっていた。

良い手績みができたので持って来た、という耕生と縁側で麦茶を楽しんでいる時、郁子は勇気をふりしぼった。

「あんね、聞いてほしいことがあんの」

普段とは違う様子に、なに？　と耕生は居ずまいを正した。

こういう話は、正直に話すことはかえって良くない結果になると、何かで読んだ記憶もあるので、充分に承知している。

しかし、だから……、は今の郁子にはできない。

少しでも拵《こしら》え物《もの》でその場を取り繕っても、いつか取り返しの付かない結果を呼ぶだろう。

郁子は耕生を慕《おも》う確かな実感を抱いている。そのためには嘘や隠しごとがあってはいけない。

耕生の前では、洒脱《しゃだつ》な女で居たい郁子なのだ。

だから、それでも……で向き合うべきだと思っている。

地に足が着かないものでなく、堕《お》ちても構わない恋をこの人と抱き留めたい、と切なく願っている。

深く吸った息が胸を膨らませて、後押しする。

まっすぐ耕生の眼を見て、越ノ沢へ住み始めた経緯を話す前に、東京での生活をすべて話せた。妻子ある男との不倫と別離《わかれ》。棄てられる前に、どうにもならなくなってしまう前に、自分で付けたけじめだったことも話した。

「このまま続けたら、別れは必ず来ると思ったの。何年か経った後で、誰でもいいから抱いてほしい、なんて思う女になってるんじゃないかって思ったら、哀しくなったの。

哀しくって、座ってられなくなって、けじめを付けるために出る旅なんだって、言い聞かせたけれど、実は逃げ出したの」

灰皿を出してあるのに、耕生は煙草を吸わない。いつもはまっすぐ郁子に顔を向けて聞いている視線が、今は庭先に咲いている〝朝の容花《かおばな》〟に向けられている。

郁子もうつむき加減になるが、そのまま言葉を継いで行く。

暫くは、逃げ出したことを後悔しながら、暮らしたことも話した。

「どこへも行けなくなってしまいそうで、逃げたの。その結果が今ん私なんよ。自分のことしか考えなくていいんなら、正しい選択だったと言えるんだけども……ね」

そう思うようにしてるの、と呟《つぶや》き、こうも付け加えた。

「いつかどこかの町で出会った時、別の苗字《みょうじ》を名乗っている女でいたいの、とナルシストを気取れる別れにしたかったけれど、できんかった」

本当に自分勝手で、身勝手な女よね。

耕生は身動《みじろ》ぎもせず、庭先に目線を落としたままだったが、郁子が話を途切らせると、小さく頷いて煙草に火を点けた。

すーっと深く吸い込んだ息を、目を閉じて吐く。

無言で一息吸っただけの煙草を、灰皿にもみ消す。

もみ消された煙草が、夕凪《ゆうなぎ》に紫の煙を細く上げている。

煙は頼りなげに棚引いたが、やがて、プツン、と消えた。

「そんな私が……」

俯いていた顔を上げて、あなたと一から上布を仕上げさせてもらいたくなっています、と言葉にしようとした、が、

「身勝手な結論でいいじゃないか。自分はそう思うが」

続ける郁子の言葉を奪った耕生は、この話は自分が先に言うべきだ、済まないと思っている。

それには自分にも話さなければならない、心の傷がある。

そんな思いが去来する中で、耕生が言葉を継《つな》いだ。

継いだ先は大阪で、出来事を簡潔に語ったつもりだったが、耕生は幾度も言葉に淀んだ。

心を鬱《ふさ》がせたのは、薄まったとはいえ、遺る〝四月半ばの藤花色の帯留〟と、野々村冴子に持っている懺悔だった。

耕生の表情が固くなるのを、目の端に捉えた郁子は、

「ね、何があんの？　聞かせて！」

どこかに持っていた取り澄ました偽善は、この刹那、郁子の中で弾けた。

耕生のすべてを知りたい、耕生のことならすべてを抱き取りたい、と思った。

耕生の意識が、淀む言葉の中で微かな逡巡を見せる。

話すんだ、と別の耕生が耳元で叱る。

「バイクで、岡山のブルーラインにある『牛窓のオリーブ園』に出掛けた帰りに、第二神明の月見山の下りカーブで、スリップした」

即死だった……。

言って耕生は、喉を詰まらせた。

二人で出かけた、初めてのツーリングだった。

「二人っ子で、一人娘だった。ご両親には本当に申し訳のないことをしてしまった」

お父さんには、思いっきり撲《ぶ》たれた。

葬儀にも出席させてもらえなかった、と耕生は遙か遠くに思いを馳せ、頬を撫でた。

「忘れることは、きっと一生できないと思った」

気持ちを整理するのは、無理だと思ってきた。

そんが、と滞る言葉を再び喉に絡ませ、耕生には珍しく自分から珈琲を欲しがった。

「ごめんなさい、気がつかなくって」

いつもと変わらないモカの香りを、ゆっくりと胸に満たし合う。

無造作に前髪を掻き上げ、言葉を捜す耕生の一息入れる仕草が、緊張の大きさを教える。

耕生は、呼び戻す十八年前に遡る記憶に、別れを告げた。

「やっと、気持ちに区切りができたんは」

郁子は、その後で何かを決心した耕生の、小さな頷きを捉えた。

「こん先の人生を考えたい、そう思わせてくんなせ《くれた》た人に、出会ったからなんだ」

そう言った耕生は、郁子をまっすぐ見つめ直した。

「一緒にあいんで《あるいて》、おんと《おれ》上布を突き詰めてくらっしぇ《くれないか》。返事は……」

今ここで欲しいのだけれど、それが言えない。

幽玄への念《おも》いが走り、加賀が浮かぶ。

何かの代償を口にしては、郁子を傷つける気がしている耕生が、珍しく感情を露《あらわ》にして戸惑っている。

その直向《ひたむ》きさが郁子には嬉しくて、眩《まぶ》しい。

息苦しく感じていた胸の痞《つか》えが消えて、はい、と言ったけれど、声にならなかった。

郁子は大きく頷いて、応えた。

「おしょうしな《ありがとう》」

大きな分厚い掌が、郁子の手を包み取った。

動悸が激しくて、耳鳴りがし始める。

熱い流れを、全身に感じている。

「ええの？」

目を伏せて、そっと確かめる。

「なあが《なに》？」

「うちで《わたし》……」

抱き竦《すく》められた。

「んだ《そうだ》、なあ《あんた》でのうては《なくては》、だめんのがんだ《だめなんだ》」

ありがとう、と耕生が耳元で囁《ささや》く。

「うちこそ、おおきにはや《ありがとう》」

「初詣ん時のハンカチ、あん時からずっとやったが、どくされ《おくびょう》で言えんかったが」

「だんぼ、ござまなし……」

郁子《いくじ》は耕生の膝に、崩れた。

積乱雲が湧き上がったかと思うと、沛然と夕立が夏草を濡らし、稲光が劈《つんざ》くと、大粒の雨が傾《なだ》れ込むように降りかかって来た。

第二章　蜻蛉玉《とんぼだま》

一　冴子

野面《のづら》一面に白い四弁の小花が咲き始めると、信州安曇野《あずみの》に春が訪れる。

白い四弁の小花は畑山葵《はたけわさび》の花で、一般に山葵《わさび》として食べるのは沢山葵《さわわさび》で、畑山葵は葉山葵《はわさび》として葉や茎を食べる。

安曇野は中部山岳国立公園の常念岳《じょうねんだけ》、大天井岳《おてんしょうだけ》、燕岳《つばくろだけ》に抱かれ、犀川《さいがわ》、梓川《あずさがわ》、高瀬川、烏川《からすがわ》の清流が足下を流れる、嫋《たお》やかな村落である。

「さーちゃん」

野々村冴子は畑山葵の畝《うね》から顔を上げると、蓬《よもぎ》や蕗《ふき》の薹《とう》を摘んだ籠に畑山葵を入れて、急ぎ足で帰る。

「すごい、随分採れたね」

「帰りにスーパーへ寄ろう、今夜は天麩羅《てんぷら》よ」

明日から五日間の連休を取って、徳島の藍住町へ藍染め体験に行くのだが、朝六時の出発は下諏訪から通勤する神戸久未《ごうどくみ》にはきついので、今夜は冴子のアパートへ泊まることにした。

この「硝子工房石館《いしだて》」は、蜻蛉玉作家《とんぼだま》、石館彬子《いしだてあきこ》の工房である。

三年余り前になる。

紹介者もなく、働かせてもらえないかと野々村冴子は訪ねて来た。

経験はあるという蜻蛉玉に寄せる深い創造性に、気持ちを揺さぶられたのは勿論だけれど、石館彬子が気持ちを決めたのは、言いそびれては追憶を消し去ろうと、虚しさと哀しびを刷《は》く冴子の眼差しが、彬子に無言で離別《わかれ》を呑み込ませた、確執を抑えた追憶に繋がったからでもあった。

ほっそりとした身体つきにすっと納まる、細面《ほそおもて》の目鼻立ちは美人と言えるだろう。でも、活気に乏しく静か過ぎると思いながらも、切れ長の瞳を眩しそうに瞬《しばた》かせて話す稚気な動きと、三十歳間近という年齢に相応《ふさわ》しい落ち着きと取れる陰りに、好感を持って受け入れたのであった。

歩いて通える辺りにアパートが見つかるまで、彬子は工房と棟続きの住まいで冴子と布団を並べ、同じ信州の上田に両親も健在と聞くと、冴子と一緒に上田へ出かけ、正式に預からせてもらうことにしたのである。

しっかり者らしく、半年もしないうちに自炊をするようになって、その報告がてら再び訪ねた上田で、冴子が当面必要な物を揃えている束の間に、親子の間に存在する嘘というか虚偽というべきかの秘めごとがあるのを、父親から聞かされた。

大阪の硝子工房で働いていた頃に、同僚の男とバイクで事故を起こしたこと。

九死に一生は得たものの、子供の産めない身体になってしまったこと。

相手の生死は、聞かされたけれども聴かなかったこと。

あの娘《こ》には即死だったらしい、と言っていることなどを静かな語り口で教えられ、石館彬子は、理解し納得したという意思表示を、責任を持って預かる返事に託したのだった。


それからの冴子が硝子工房石館で携わるのは、根付《ねつけ》、簪《かんざし》、帯留の蜻蛉玉である。

冴子が創ろうとしている帯留は、硝子をうっすらとくすませた、そう、色相を殺さぬ程度にくすませた蜻蛉玉で創りたいのだ。

原料の珪砂《けいしゃ》を高温で溶かして液状にした後、金属イオンやコロイドを添加し必要な大きさに取り分け、母材になる塊を造り出すそれが、第一段階になる。

その塊を核にしてイメージする色調を求めるのだが、網膜に覚えさせても時間や何かの要因で薄れさせてしまうことが多々ある。

だから書き残すように、「硝子工房石館」では指導している。

ちなみに、野々村冴子が書き残している帯留の色調は、

〝四月半ばに咲く藤花の色。五月になると気温と梅雨の雫を吸うので色が薄くなる。だから藤花色は四月半ばの花色で創る燻朱紫《くすみあかむらさき》色が、基本の色相でなければいけない〟とある。


仕事着に着替えると、冴子はいつも背筋が伸びる。

母材から切り出したこの塊が、冴子の求める色調に導いてくれる愛おしい核になる。

この先の流れは、携わる者が使い切る刹那々々の感性の閃《ひらめ》きになる。

セレンで鮮やかな赤にしてからがいいだろうか？　それとも金ならどんな色調を見せるだろうか？　それとも？　と思いを広げ、そうなってくれたら次は、と求める念《おも》いの藤花色がその色を見せてくれると想い願って、これまで幾度挑んだであろう。

感性の昂揚《こうよう》に突き動かされ、既に両手の指以上は挑んだ燻朱《くすみあか》紫《むらさき》色だが、添加する質は間違いないところまでは辿り着けているのに、添加の量なのかバーナーの噴射熱なのか、まだ一度も、明度を見定めるまでには行き着けたことがない。

バーナーに点火して、ガスと空気の噴射量を調整する。

空気が多いと炎は青っぽく、少ないと黄色みを帯びるその見定めが、仕事始めになる。

ボッ、といつも通り目覚めさせた今朝の炎は、外炎の青みが強い。

ゆっくりと空気を絞り、炎が青味を薄めて透明感を浮かせ始めるのを待つ。

やがてしっかりと炎が立ち上がると、炎が焔に変わり、外炎と内炎が各々《おのおの》の存在を見せる。

一番の高温は外炎の内側で、内炎の頂点の少し上なのだが、この見分けが技になる。

添加物との兼ね合いもあるので、焔の温度は高ければいいというわけではないことと、明度を低くすることに拘って重ねた失敗で、彩度を低くするのが生命線なのは掴めている。

「温度計や計量器は大凡《おおよそ》の目安にはなるけれど、実際には役に立たない世界なんだよね。

だから、夢があるんだよなあー」

化学で解明し切れない、人間にしか持ち得ない感性、それこそがすべてなんだよ、いい？

感性は個性。自分が磨くもんだよ！

日々、石館彬子に教えられる。

今年で七年連続の都合十回、国内ジュエリー品評会で優秀賞受賞の五指に入っている石館彬子が、ことある度に「家《うち》の娘《こ》」と言い表す、従業員に向ける語りかけである。


信州安曇野という観光地にある石館工房は、土日祭日の休みはなく六人の交代勤務で人手を賄い、運営している。

或る時、午後の休憩を取っている冴子に、女としての魅力が深まっているのを感じて、彬子は声をかけた。

「冴子は今、どんな硝子に絡み取られているの？」

私は、と冴子が稚気の抜けない眼で話し始める。

彬子もそれに倣って、ちょっと乱暴に椅子を引いて座る。

「四月半ばのくすんだ藤花色と、戦っています」

と言う冴子の蜻蛉玉に傾ける感性と情熱に、石館彬子が首筋に粟吹くのを感じたのは、もう三年以上になる執念と呼ぶに相応《ふさわ》しい冴子の意志の強さに、である。

「少し大きめで丸みを持たせた三角錐が、その帯留の形です。その一面に利休鼠で川柳を一葉描くのです」

先生のご指導を戴かなければならないことは、充分に判っておりますが、私が泣き言を言って白旗を挙げるまでは、私にやらせてくれませんでしょうか。

「勿論、日々の仕事は滞りなくやらせていただきますので」

ぴょこんと頭を下げ、改めて正式に申し込まれた。

「これって、稟議《りんぎ》よね」

「そういうことは詳しく知りませんが、先生がそう仰《おっしゃ》るのでしたら、そうです」

「判りました。正式なら稟議書というのがあって、そこへ捺印《なついん》するのですが、書類がないのだからそれもできないわね」

いいわ、こうしましょう、と彬子は冴子をそばへ来るよう手招きし、両腕まで抱き込んだ。

「その代わり頑張るのよ」と言ってから、これは石館工房命令です、と頬を合わせ、チーク・トウ・チーク、ね、と微笑み合う。

これで「家の娘《うちのこ》」みんなと稟議を交わしたという豊かな面差しで、石館彬子は工房を振り返った。

二　帯留

明日は朝が早いから早く寝ないと、そう言いながら冴子と久未のおしゃべりは果てない。あとは明日の車の中で、と目を閉じたのは十一時、明日朝の出発は六時と聞いている。

遅刻した者は一人もなく、八人乗りのワンボックスに乗り込み、まず昨夜のうちに買っておいた、サンドイッチと珈琲で、腹ごしらえをする。

運転は百五十キロごとを目安に、くじ引き順で交代する。

座席もその度に、一つずつずらすことにしている。

太平洋側はそれなりに走ったことがあると言うので、今回の旅行は半ば以上旅に近い感覚で行こうということなので、日本海側を少し遠回りしようとしている。

糸魚川ＩＣまでは一般道の一四七号で走り、途中白馬や青木湖で寛ぎながら、十一時前に糸魚川ＩＣから北陸道に乗った。

糸魚川から彦根までは車の流れも良く、五時前には琵琶湖湖畔のホテルに着き、彬子の知っている京都商いの片鱗を見せる彦根の店で、近江牛のしゃぶしゃぶを食べた。

食後はまっすぐホテルに帰り、ホテルのバーでちょっと騒いだ。

彬子は終始ご満悦で、分け隔てなくみんなを愉しませる。

持ち歌を披露となり、冴子は布施明の「傾いた道しるべ」を歌う。
初めて聴く、誰の歌？　知らなかった、淋しい歌だね、等々の声にそうねと応えて、歌いたい理由を心の中でなぞると、じんと突き上げた涙は、髪を掻き上げる仕草で処理した。

幸せのはずが
まゆを寄せてほほづえをついているのは
めぐりくるゆらめきか　冬の足音
誰にでもある一人の　ためいき
心の中の三叉路で
傾いた道しるべ
君の愛が　ささえています
心の中の三叉路で　傾いた道しるべ
君の愛が　ささえています

五年で立ち直れたと思ったはずが、石館彬子に出会えて一度は諦めた〝蜻蛉玉の帯留〟に向き合うようになると、甦《よみが》えったのは飯田耕生の途絶えた人生に向ける患苦《かんく》で、霜降りに任せていた面影が、この歌を歌うと、霜降りを薄まらせた感じになるのに戸惑いながら、歌い終えた。

手招く彬子のそばに、はにかみながら座る。

背中に回した手が、とんとんと頭を撫でるように撲《ぶ》つ。

それが感傷に浸りかけた冴子の意識を、現《うつつ》に戻す。

冴子、と、この人独特のオーラをたなびかせて、語りかけてくる。

こんな時の彬子が見せる、切な顔のはにかみを過ごした後で、人の世の淀みを泳ぎ切ってこそと思わせる微笑みは、セクシーで成熟した女を教え、幾つなのかと思わせる。

程の良い酒気を、感じさせてもいる。

「冴子の帯留なんだけど、小千谷の紬《つむぎ》か縮《ちぢみ》に合わせてみたいと思ってるのよ」

藍染めは藍白《あいじろ》から留紺《とめこん》まで、四十八種の染め色があるって言われてるけれど、〝白殺し《しろごろし》〟というのはあまり聞かなくて、〝覗き色〟が一番の薄染めという知らされ方をしてるのよね。

「白殺しとか覗き色って、何ですか」

聞き返したのは、冴子には耳慣れない言葉だったからである。

「白殺しは藍白をそうも呼ぶのよ、覗き色は瓶覗《かめのぞき》って言えば判るよね」

「そうなんですか、私は覗き色の呼び名が好きになりそう」

「帯留持って来てるでしょ？　昨日、彩度を見てたから」

「はい」

「どうだったの、満足できた？」

「思ったより低くて、いい感じでした」

「そうか、やったね」

「教えていただいた藍とのコーディネートを考えましたので、徳島でこれに合う入《しお》に出会えたらと思って持って来ました」

「冴子の良いところはそういう前向きなところよね。だけど、私は全体を見て判断する立場だから言うわね」

石館彬子はメンソールの煙草を咥え、静かに吸った息をフーッと細くたなびかせるように吐く。冴子はそんな彬子のキャリヤな一面を、羨望する目と気持ちで眺める。

「命を懸《か》けてお国に協力しているのに、私たちのような好煙家は肩身が狭いのよね」

「好煙家って、何ですか」

「嫌煙家の対極にいる、私たちのことよ」

石館彬子らしい論理に、思わず笑いを誘われる。

「冴子が時々浮かべる、もしかしたらっていうマイナス思考は、こうした感性の仕事には持ってはいけない思考なのよね」

判ったね、という風情で肯いている。

「あとで見せてちょうだい、私にも判断させて」

「はい、そうしていただけると嬉しいです」

「冴子はもう少し、厚かましく図々しくなるべきよね。どこかに脆いところが時々見受けられる。何事にも前向きで、とかく世間は俯き加減の人間は受け入れ難いところがあるから。かと言って自信過剰で軽薄なのは論外だけどね。何事も兼ね合い、そう兼ね合いよね」

これからも私が護《まも》っているのはいいことなんだろうけど、それを続けると、きっと冴子は私に頼って縋るようになる。頼られる私は、自己満足のぬるま湯に浸かってればいいけれども、冴子の自立を妨げることになる。それを冴子が理解して自立してくれると、長く一緒にいられる。

私は冴子と一緒にいたいの、貴女《あなた》の感性をそばに感じていたいの。

「じゃあ、あとで」

二本目の煙草を消して、彬子が席を立つ。

皆が待ちくたびれない程度の時間にした、という感じではあるが、それでも一座の雰囲気を壊さないように浮かべた笑顔で、彬子がマイクを受け取っている。

その変わり身は、見事だった。

彬子がリクエストしたのは、今一番の売れっ子女性演歌歌手が歌う、唸りと小節がふんだんに効いた、まさにこれぞど艶歌を、情感たっぷりに歌いこなすワンマンショーだった。

皆がそのアンビリバボーに酔ったのは、言うまでもない。

受ける拍手に、小さく投げキッスを万遍なく返すと、

「明日は、九時に食事で十時出発ね」

それぞれが各自の部屋の鍵を受け取り、顔を綻《ほころ》ばせてエレベーターに乗るのを送っている。

ほろ酔い加減を一人部屋で気兼ねなく過ごせる、この解放感。

与えることができた満足をかみしめる者と、与えてもらった滅多に味わえない解放感に、あーっと吐き出す満足の吐息に寄り掛かる者たちが、夢と現《うつつ》の境で揺れている。

彬子の部屋は、冴子の隣だった。

シャワーを浴びて髪を乾かし、朝の乱れを抑える手入れの後、携帯を留守電にして彬子の部屋をノックした。

バスローブで寛ぐ彬子が、微笑ましい。

さっと見渡すと、自分たちの部屋と全く同じなのには驚いたが、こんなところにも石館彬子の為人《ひととなり》が出ていることに肯かされながら、無言で帯留を手渡す。

「冷蔵庫にあるから、飲んでて」

冴子から帯留を受け取る彬子は裸眼ではなく眼鏡を掛け、くすむ藤色の具合と丁寧に面取りした三角錐の形を見つめる。

床に膝を立て、固定クリップの太陽灯を点けて凝視する。

そばで冴子は、石館彬子の仕草に幾ばくかの息苦しさを覚えている。

無意識の動きで彬子の手がテーブルに伸びたので、冴子は水を注いだコップを握らせる。

肯いて彬子が、目線を動かさないままゴクリと飲む。

「いいねこの彩《いろ》、藤煤竹《ふじすすたけ》なのかなあ！」

振り返って口元に淡い微笑みを浮かべた彬子が、冴子に手を伸ばして催促する。

えっ？　と見交わした冴子が、「ごめんなさい」と彬子に渡したのは、藤煤竹とは真反対の淡い紅色の帯留であった。

それは藤煤竹に行き着かせる手前で、冴子の心を掴んだ色相《しきそう》だったので、これも帯留にしてみたのだった。

彬子は眼鏡を掛け直して、凝視する。

「冴子が迷ったのが、理解《わか》る」

彬子が言ってくれたように、その色彩《いろ》は冴子を迷わせた。

それは、藤煤竹の色彩《いろ》に行き着いて、この色彩《いろ》なのよ、そうなのあなたなのよと、やっと出会えたと得心したはずの気持ちを、振り返らせた色彩《いろ》だったのだ。

「退紅《あらぞめ》なのかなあ！　私も迷いそう。ありがとうね、冴子」

彬子に抱かれて、慈しまれている心の満ち足りを感じる、この満足感が冴子に与えてくれたのは、彬子に評価されて自分を大事と思える感情、すなわち自己有用感だった。

「あとはそうね、私がどの染入《そめしお》を選ぶか、冴子がどの染入を選ぶかだね。小千谷に素晴らしいお方がいらっしゃるのよ、そのお方に判定してもらいましょうね」

顔を上げた石館彬子の、頬が紅い。

ふーっと、大きく吐息を吐《は》くと、

「凄いね」

感じ入った様子の声が、心持ち掠れる。

彬子にもらったこよない言葉を両手で抱きしめ、処理しきれない想いを溢れるに任せた。

「明後日《あさって》が、愉しみだなあ！」

彬子がこの上ない思いを浮かべて、冴子を見つめる。

「ありがとうございます」

「私の方が冴子にそう言わなければね。私にはない感性をこんな身近で見せてくれるだけでなく、携わらせてもらえるなんて、ほんと、仕事冥利だよ」


浅い眠りを繰り返して、彬子も冴子も朝を迎えた。

小窓を開け放つと、琵琶湖の朝風が爽やかに吹き込んでくる。

覗くように乗り出し、頬を冷気になぶらせる。

「おはよう、起きたの、おいで、気持ちいいよ」

久未が大きく、手を振っている。

「今行くね」

彬子を残した六人で、ホテルの裏から浜に下りる。

「大っきいね、琵琶湖」

「波を見てると、瀬戸内海みたい」

「雅子さん、出身はどこ？」

「香川県の観音寺。主人の転勤で長野へ来たのだけど、あの人、松本で仕事始めたので」

多分永住するんだろうなあ、と明るい。

「おはようーー」

呼びかける彬子の声が響く。

ホテルの湖岸にあるテラスビュッフェから、手招いている。

行くと、コーヒーカップが揃えられていた。

「どうぞ、モーニングコーヒーでも召し上がれ」

フロントにお願いしたの、と言いながら彬子がポットから注いで廻る。

予定通り十時ちょっと過ぎにホテルを発って、彦根ＩＣから名神に乗り、途中大津ＳＡで休み、西宮から阪神高速神戸線に継走して淡路島に向かうのだ。

吹田ＳＡで、彬子がハンドルを握った。

「昨日も片山津からは先生だったでしょう、私が運転しますから」

雅子が出した手をぽんと指先で押さえ、運転席に座る。

走り出すとそんなことは忘れて、誰からともなく彬子に歌のリクエストが出る。

「先生、昨日の歌ですけど、アカペラでお願いできます？」

「素面《しらふ》では、ちょっと恥ずかしいな」

そう言いながら彬子は、ハンドルを叩いてリズムをとりながら、歌いきった。

サーちゃんも、と雅子と麻子が声を揃えて催促する。

雰囲気を壊す方が罪だから、と自分に言い訳をして、

幸せの中で
つきあたりを見ることはありませんか
訪ねくるゆらめきは　秋の旅人
光をぬけてわきたつ　まきかぜ
心の中の三叉路で
傾いた道しるべ
君の愛がささえていいます
あー　三叉路ばかりの
あー　道しるべもない　僕の道を

君も歩いてくれるんですね
彬子が阪神高速の若宮で、一般道へ下りる。

「先生、どうして下りるんです？　このまま行けば月見山から垂水《たるみ》はすぐですよ」

何度も走ってると言っていた雅子が、彬子に言っている。

「月見山」と聞いて冴子は、噛《か》みそうになって、痛んだ。

その痛みは記憶の底からではなく、骨に食い込んでくるような侘《わび》しさを感じさせる。

「明石大橋の全景を、見たいのよ」

ちょっと遠回り、と大橋の下を潜《くぐ》ってぐるりと廻り、垂水ＪＴＣから淡路島へ渡った。

何で？　と思う裏側で、そうなのかと彬子の優しさに触れた後で、上田の両親を浮かべる。

その日は眉山公園にある、徳島市内から吉野川が見渡せるホテルに泊まった。

いよいよ明日がこの旅行の目的、藍染めの見学と体験である。


ジャパンブルーとも呼ばれる藍染めは、徳島が発祥である。

見学先から予約まで、すべて石館彬子が整えている。

徳島市無形文化財指定、国選定卓越技能章（現代の名工）を受賞された、その人の工房で阿波藍染めの製作工程の見学と、一部の体験をお願いして、了承をもらっている。

この工房の素晴らしさは、自然界の素材のみで藍液を作る、所謂《いわゆる》「天然灰汁《あく》発酵建《だ》て」による藍染めの体験ができることも然《さ》りながら、ジャパンブルーとして世界に名の通る、阿波の藍染めの神髄まで教えてくれることにある。

時間に限りがあるので、見たい物よりも見るべき物を、聞きたいことよりも聞くべき事柄を整理して来てはいるけれど、もう一度最後の整理をしておくために、今夜は食後の時間のすべてを使った。

翌日、現代の名工の話される内容は、一入《ひとしお》の含蓄を彬子にも冴子にも、旅の一環としての経験と捉えるそれぞれも、思い思いに抱いている藍染めへの感慨を深めて、予定はすべて終えた。

四十八種ある染入《そめしお》の見本台帳を借りて、冴子が創った色調の帯留に合う入《しお》を、迷わされ尽くしながらも決めることが叶った。

はるばる長野から来た女ばかりの七名が、見るのをせがむ物、聞き出したくて質問を重ねる事柄のすべてに、職人が肌で感じ取る本物を感じたのだろう、帰りがけには冴子と彬子に、二人が選んだ染入の端布《はぎれ》を渡してくれた。

端布といっても男物のハンカチほどはあり、充分に見極めの確認ができる安心まで戴かせてもらった。

最後は土産を買いたくて、藍住町の「藍の館」へ車を回しての帰り道は、中国道・名神・中央・長野道を乗り継いだが、途中、名古屋へ立ち寄ったのは、「ノリタケの森」でランプワークの現実を勉強させたいと思う、彬子の考えであった。

少しでも、井の中の蛙《かわず》を自覚した娘たちの雰囲気に、彬子は満足して旅を終えた。彬子が淡路島からの帰路を中国道にしたのは、どうしても月見山の下り坂だけは走りたくなかったからである。

フーッと冴子の零す吐息が、言い知れない気持ちの鎮まりを彬子に感じさせた。

その鎮まりを彬子は、冴子の持ち続けていた四月の半ばに咲く藤花色の具現が持たせた、満足感から来る燠火《おきび》だろうと捉えている。


石館彬子は、「藤」に合わせた染入《そめしお》の端布を広げて、冴子の感性の深さを思っている。

藤煤竹《ふじすすたけ》に行き着き、やっと出会えた満足に終わらないで、その道筋で退紅《あらぞめ》を眼にしたのはおそらく刹那だろうに、その彩《いろ》に惹かれて遺した感性の深さにふわりと酔わされて、明日にも予定を尋ねて小千谷へ、と思い始めた彬子だったが、まるで以心伝心のように、甲斐絹《かいき》の細糸染めを見学しての帰りだと、「紺屋」の河野貞孝が立ち寄った。

二人の付き合いは、かれこれ二十年は超える。

閃きで彬子が和服に合う蜻蛉玉を造ると、河野に目利きを頼ってきた。

ここしばらくは、京都や名古屋で出会うことが多く、多分河野が安曇野へ来るのは三度目か、多くても四度目だろう。

河野の眼は、いま少し古さを垣間見せる蜻蛉玉を欲しがるのだが、世間の趨勢《すうせい》がそれには応えていない。久方ぶりの目文字を謝しあって、彬子が案内する工房の展示がこれまでと違う様子に惹かれたのは、河野が求めて久しい古き時代を纏う対極の珠玉《たま》が迎えたからである。白漆喰《しろしっくい》の鏝壁《こてかべ》を〝都わすれ〟に染め、浮いたてかりを水で抑えた壁を背に、「藤」と「聴《ゆるし》」は博多帯に抱かれている。

ルクスを抑えた光点は、藤の右斜上《みぎはすうえ》に当てられている。

藤煤竹《ふじすすたけ》なのか退紅《あらぞめ》なのか、矯《た》めつ眇《すが》めつ河野は睨んでいる。

うーんと零す息が、旗幟《きし》を鮮明にしろ、と求められるような錯覚さえ覚えさせる。

「お持ちになって、くださいませんか?」

お眼鏡に叶う小千谷か越後に、添えてみていただきたいのです。

「そのように、願いをかなえてくださるのですか、ありがたい」

……納得のいく添い遂げがあるまで……、は問わず語りで、深い色合いが清冽な感じを抱かせる「藤」と、退紅の「聴《ゆるし》」を預けられた。

第三章　感性

一　透明の色彩

「藍染めと言えば、やっぱり徳島よね、行きたい！」

今朝も起きがけに、鏡に向かって語尾を上げる甘えた声で、郁子《あやこ》は何度も練習している。

何としても本場の藍を、自分の眼で見たいのである。

睡《ねむ》れば夢に、現《うつつ》では白昼夢に浮かぶ幻視なのか幻覚なのかを、現《うつつ》として目にすることができる可能性のあるや否やを現地で掴みたいのである。

藍染めが郁子をこれほどに虜《とりこ》にしたのは、テレビで「現代の名工」という番組をたまたま見るともなく見ていて、本藍染の技法について話す現代の名工と呼ばれる人の、誇らしい語り口が惹き込ませ、その人が度々口にする「藍建《あいだ》て」という言葉に興味を持たされたのがきっかけだった。

「藍建て」とは、まず生の藍草を乾燥させ、百日を目安に寝床で水やりと天地返しを繰り返して発酵させる。

発酵し始める最中《さなか》には七十度くらいの温度になり、アンモニアガスが充満するという過酷な条件の中で、蒅《すくも》と呼ぶ染料が造られるのだという。

さらに蒅を突き固めて藍玉《あいだま》を造り、藍玉を染められる状態にするのが染め師の技で「藍建て」

と呼ばれる技法なのだという。その技法の中で、本藍染と呼ばれ、古《いにしえ》から受け継がれた天然素材のみで「藍建て」るのが、「天然灰汁発酵建て」なのだと教えられる。

この技法は平安時代に端を発し、江戸時代に確立された伝統の技法で、発酵した染料をさらに発酵させて染液《せんえき》を作る技法だから、僕はこの技法に魅せられています、と名工は誇らしく語り終えた。

変わる画面が、そのまま郁子を捉えて離さない。

一隅を重ねる二枚の白布なのだが、藍白か瓶覗きが染まっているらしく、布の重なる処《ところ》からは目を惹き付ける藍が微かに浮いて見える。

重なる布の一隅が浮かべる、極々薄い染色に惹き付けられた郁子は、眼を凝らして見つめる白布の一隅に焦点を合わせる。

これが白布でなくて生成《きな》りならどうなのか、と意識を広げて自問を重ねるのだけれど、イメージすることすらに倦《あぐ》ねる。

なのに背筋を伸ばして座り直す郁子の表情が明るいのは、意識の中を駆け抜けた思いが、口角を心持ち上げさせたからである。

そこはあの人と二人で、と思うと、最早移る画面に興味は失せ、時間が気になり始める。

まだなのかと時計を眺めて、ちょっとばかり愚痴ってみる。

愚痴る言葉が諦めになったのは、今日は帰るのが遅くなるから、という耕生からの電話だった。こうなると郁子は愚痴らない。

楽しみが明日になった、と待つことに嬉しさを置き換えるのだ。

郁子にとっての明日は、文字通り明るい日なのだ。

湯上がり後の手持ち無沙汰を頭から離れない昼間の白布に向け、早い時間を意識しながら横になる。

当然のように、一隅を重ねる二枚の白布が夢に浮かんだ。

重なる一隅は、藍白か瓶覗きほどの入《しお》であるのも同じ。

二枚の布がそれぞれに戻ると、一隅に入影《しおかげ》のない白布なのも同じなのだが、拘らずにはいられない何かが籠って目覚めさせた。

あの一隅の色相はと思うのが、色の入《しお》ではなくて色調は、と思いを広げさせたからだ。

もしやと思ったのは、いつだったかはすぐに思い出せなかったが、どこかで透明の色彩という言葉を見たような読んだような記憶が、頼りなげに浮いたのである。

透明の色彩という言葉が、重なる白布の一隅に浮かべた藍白か瓶覗きと思える淡い入《しお》と、意識の中で一つになった。

魅力の尽きない染入《そましお》に代わって、郁子はその色彩《いろ》に縋る。

私たちの「いぎなせ道」の一歩は、これで踏み出せるかもしれない、と思った。

春隣《はるとなり》に迎えられた郁子は、二度寝しながらも鶏鳴《けいめい》には間のある時間に目覚めたのは、早寝したからだけでなく、夢の中で持たされた興奮が気持ちを昂《たか》ぶらせたからでもある。

何が何でも藍染の工程をこの目で詳《つまび》らかに見たい、と思い始める郁子が考えるのは、上布で透明の色彩を現出させることが、できるのではないだろうかという思いだった。

幻影でもいいから、垣間見ることはできないだろうか。

それには藍をどう扱ったらいいのか、どう使えばいいのか、手解《てほど》きにでも触れることができたらと思うのである。

生成りで、あの白布が見せた透明の色彩を、現出させることができたらと念《おも》うのである。

これこそが、郁子の白日夢なのだ。

今は糸綛《いとかせ》を入れた袋を灰汁《あく》と米のとぎ汁で数時間煮込み、水洗いで濯《すす》いだ後、さらし粉を溶かした水に四、五日漬けて漂白した糸を染めて麻布《まふ》としているのだが、それは加工された麻布であって本物の麻布ではないと、郁子も頑なに思っている。

郁子も頑なにというのは、これは耕生の思考の根底にある、念いなのだ。

化学が入り込まなかった昔に戻って、一から仕上げるのは二人で歩むと決めた道、二人で歩く「いぎなせ道」なのだから。

今は纏め切れないから幻視や幻覚でしか語れないけれど、生平《きびら》は揺るがすことのできない条件というよりも、前提でなければならない納得の上で取り掛かるしかない世界と思う。

それを思うと、考える透明の色彩を今以上の表現で、説明できるようになっておかなければならない。そのためにも現地で本物の染めと染め色に触れたい——のではなく、触れなければならないと思うのだった。

だから郁子は甘えると決めた。きっと受け入れてくれる、と思ってはいる。積極的でなくてもいい、甘えて連れて行かせると決めているのだから。

その必死さが、甘える仕草など要らない短さで、耕生に徳島行きを決めさせた。

車中泊なんだから今から一時間後に、と言うので、郁子が真っ先にポーチを入れたのは、旅先で耕生に恥を掻かせないように、と思ったからだが、耕生は旅慣れているので必需品一式を詰めているバッグを積み込んでいる。

服装もジーンズにローファーとしたのは、気軽な方が動きやすくて聞きやすいと思ったからで、その点は耕生も同じ感覚らしく、徳島へ出かけてもらえる高揚感がまたひとつ大きくなる。

殆ど即決のような感じで決めてくれたのは、耕生の潜在意識が持つマイナス思考への詫びだと、郁子は嬉しく受け取っている。

良いからとか悪いからとか、そんな打算の欠片《かけら》もない人だから、飯田耕生に惚れたのだと郁子は改めて肯く。

耕生の襟足に、軽く接吻《くちづけ》る。少しだけど、鼓動が速まる。

郁子が昔語りの後で打ち明けた時も、自分から言うべきだった、と詫びたのは自分の中でだったが、襟足に気持ちが届いたのを知って、また甘えさせてもらった耕生であった。テレビで紹介のあった工房では、心ゆくまで問いかけに応えてもらえたので、郁子は幻覚ではなく幻視を感じ取ることが叶った。

本場の藍染が、気持ちの纏まりと具現させて行く二人の姿を、夢ではなく浪漫の香りを漂わせる輪郭を与えて見せてくれた。

帰ったら真っ先に、富江からもらった話を聞かせると決めた。

二　道標

徳島から帰った翌日は、三時のお茶休みに来る耕生が待ちきれなかった。

いつも通り縁側でコーヒーブレイクを愉しみながら、浪漫として受け止めた富江にもらった話を聞かせた後で、それを道標《みちしるべ》にしたいと思う夢への手順を話している。

耕生は手順を追う郁子の話を聞きながら、自分が予《かね》てから持っている、自然栽培の苧麻《からむし》からやってみたい、という思いに重なるのに気持ちが奪われ、話し声が薄れかける。

薄れかけた意識が、聞き慣れない晒《さら》し斑《むら》という言葉を捉え、現実に引き戻される。

「緯糸《よこいと》は藍で染めるの、ううん、そうしたいの」

生き生きと張りのある郁子の声が伝えてくる、話の後先を繋げることができない耕生は戸惑い、すっかり冷めた珈琲をゴクッと飲み干す。

そんな耕生を無視するように聞かせる計画に、経糸への思いを熱く重ねて話す。

「経糸は生成りで、晒しは晒し斑が残るようになると思うがよ。経糸がそうだから、緯糸は藍と生成りにしたいの、ううん、そうするの」

耕生の戸惑いを感じ取れない郁子は、いつもと同じに、自分の考えを真剣に聞いてくれていると思って続ける。

聞きながら耕生が呼び戻したのは、自分の考えで晒させてもらえないかと強請《ねだ》った、あの蘇芳色と藍の二色縞だった。強請って挑んだのは、魅せられている幽玄という言葉の具象化と成し遂げた後に寄せられるであろう、周囲の賞賛と羨望の眼差しだった。

結果は、頭でっかちだった経験不足を、嫌というほど突き付けられ、打ちのめされた。

今もあの屈辱の惨めさは、消えないで残っている……。

なんとか辻褄合わせで事無きを得はしたが、自分を欺《だま》していることが、今も許せない。

胃が微かに痛みを覚えさせ始め、屈辱の傷に向き合って薄れさせていた耳に、

「経糸は生成り……晒し斑を……緯糸は藍染め……無地に見える縞を……」

の言葉が過《よぎ》る。

なんとか受け止めて、繋げて、郁子の話を理解しようとするが、現実感が伴わない。

思いを語る郁子の表情と一言に詰める熱気は、想像の世界と現《うつつ》との差を強烈に耕生に教えた。

そうか、と頷きを伴いかける納得を、理解する一歩手前で足踏みさせたのは、無分別の不惑だった。

いつも郁子が抱かせる距離感は、欲しがる対象にはしづらい雰囲気だったが、まっすぐ見つめて来る今日の眼差しからは凄艶《せいえん》を感じ、欲しい、郁子が欲しいと思わされた。

耕生の持ったこの欲望は、なんと言えばいいのだろう。

抑えはしたが、抑えさせたのは理性ではなく、潜在意識が持たせる怯えだったのか。

不惑の欠片を払おうと、立て続けに煙草を吹かす耕生の気持ちの揺れを感じ取った郁子は、その胸に縋ることもできたし、そうしたいとさえ思ったけれど、ひと時の感情に流されることはかえって、と思い、気持ちを振り切らせるために、珍しくジュースを、それも耕生があまり好まないブルーベリーのジュースを勧めた。

ちらっと見返る目線を、やり過ごす。

「飲めたじゃない、一度飲ませてみたかったが」

「思ってたより、旨かった」

郁子が、ちょっとだけお説教をする。

「食べず嫌いはブルーベリーだけじゃないよ、これからは食べ物もだけど、他のことも、食わず嫌いはやめない？」

「だすけえ《そうだな》」

耕生はそう言った後で、爽快感を味わった。

知り合ってから今日この時まで、一度も郁子から考えを押しつけられたことはなかった。

その考えはまるで自分の考えであったような、そんな気持ちに向けさせられていたことが思い返される。

初めてだな、だけじゃないよ？　そうしない？

グラスに半分残るブルーベリーのジュースを、郁子が半分飲んで耕生に残りを渡す。

それで耕生の気持ちは静まり、郁子も凪《な》いだのだが、鎮まる耕生の気持ちが感じた使命感に似た思いは、何なのだろうか。

郁子の話の大枠は、自分が考えていた世界と重なっていると思うのだが、どこかが違う、その違いにやっと気づかされた。

そうか、そうだったのか。

自分が求める幽玄な世界は、元糸が生成りであってこそ求めることができるというのか。

それを感じ取らされた耕生は、喉の詰まりに紛らせて咳払いをする。

二晩、耕生は考えた。その上で、やはり話すべきだと思った。

東京の生活を正直に話してくれた気持ちに応えるには、自分の未熟さを正直に話すのを恥だと考えるのは、間違いだと思った。

越後は越ノ沢の男なのだ、という自負にも背押しされた。

いつも通り雪見障子を上げた部屋で珈琲を味わった後、耕生は一切の飾りも言い訳も挟まず、事実と思いの丈のすべてを話した。

「自分では解っとると思うとったども、上っ滑りでしかなかったが、そうらったん《だったの》にこんまではめぐら《みんな》に助けられていただけなんに、いっちょめえ《いちにんまえ》になった気でいたんかと思うとこふとめわりぃ《はずかしい》がよ」

ふっと肩を落として、耕生は言葉を継ぐ。

「そうだというに、出た結果を悔やんでやなら《いやな》思いをさせたんかと思うと、まー《もう》しねえっから、かんべして《ゆるして》もらいてえ」

座り直し、膝に手を置いた。

「やら《いや》！　そんなんやら《いや》よ！」

凛《りん》とした声音で、激しく郁子は拒んだ。

「なーし《なんで》て謝んのよ、そんつら《そんなの》おかしい。あんたがしたことは立派なことでしょうが。どんな結果が出ても、悔やむなんておかしいでしょうが。失敗なんて、うちらが歩く道にはないんでしょうが。そん時そん時ん力を確認して、追いかけて行くと決めたでしょうが。だからうちは、あん時こう思うたがよ」

一気にそこまで口走ると、冷めて香りも失せた苦いだけの珈琲を含んで、目が合った耕生にも同じ珈琲を勧める。

ごくっ、と飲み干した耕生を、眼差しで労《いたわ》る。

短いけれど、二人にしか解らない、柔らかに和む秒針の刻みがそこにはある。

郁子は再び、言葉を継いだ。

「わするんがぁー《わすれたの》？　上布と焼《や》き物《もん》の話。あんた《あなた》はそん時こう言うたが。窯で焼く陶《すえ》は、窯ん中で舞い上がる灰や火の粉が熔《と》けて、創り手ん思いを超えた陶器になるがん《こと》はあるが、雪ざらしではそんがんは起きん。そこまで行かすんには、良い織り布じゃあなけらならん。

そう言うたんを何度も思い出しとったら、うちが駄目だったんだって分かったがー《のよ》。

あんた《あなた》ん感性を活かせる織り布を、うちが織れてなかったがんが、あんたを苦しめとったがぁー《ていたのよ》、そんが《それ》解ったが《の》。そんでは、どんげな織り布やったら、あんたん感性が求める上布になるんやろうか、とおもいつけとった《かんがえていた》らばあじかけた《きがついた》が《の》。そんで思い出したがや、そん時、せばさって《そういえば》思い付けさせ《ださせ》たんも、あんたなんがぁー《あなたなのよ》」

郁子は気づかないのだろうが、今日の郁子はこの郷の方言が強く混じって話をしている。

「常ん仕上げん一歩か二歩手前ん中にって、そう言うたがぁ《いったじゃない》。一歩か二歩手前ん晒しを考げえたら《おもった》、生平《きびら》じゃねえとそん状態が想像でけんで、生平ならって思うたら斑が残るんじゃあないんやろか、と思ったが。そんで晒し斑を考えたがぁー《んじゃないの》」

思いをすべて出し切った後の、爽やかな気分に郁子は酔って、頬が熱い。

郁子の迸《ほとばし》る情熱を、耕生は眩しい想いを持って受け止めると、二人で上布を突き詰めてみないか、一緒に歩いてくれないか、と求めた時の、大きく頷いた郁子の顔が浮かんだので、その顔がもう一度欲しくて顔を上げると、郁子が怖い顔で睨んでいた。

解っとる、だから正直に自分の間違いを話して、詫びることこそが男だと思うたからそうしたのだが、そうじゃない、自分が考えたことは立派なことだと言ってくれる、そう言って自分を認めてくれる、そん人がそばに居てくれるんだ。

振り払うために、耕生はこれまでの生き方を振り返った。

同じように夢を追いかけたことはあったが、何《な》んも掴み取ることができんかった。

それはいつもどこかに、もしかしたら、というマイナス思考が強かったからだと思う。

アールヌーボーのガラスも、そうだった。

遮二無二に向かったと思っていた生き様の中にも、いつも潜在意識としてあったのは失敗するのではないか、という気弱さと怖れだったと思う。

郁子が口にする、自分軸と他人軸という言葉を思い返した。

他人軸で考えるから、失敗を恥ずかしいことだという観念に支配されるのだ、と言われることに、今なら肯くことができる。

郁子の言ってくれていることは、恐らく、そんな言葉を欲しがっていた甘ったれの自分なのも判った。

耕生の仕草が、変わった。何も言わずに郁子の気持ちを受け止めるのはいけないと思い、誰にでもなく許しを求めて、これで最後にすると決めた自己弁護の言葉を吐いた。

「今まではいつも独りだった。絶えず気忙しい焦りに支配された後の、やり終えた充足感だけが人生を拓かせてくれると思い込み、足踏みすらも許せなんだ。失敗は自己否定だと思うとった」

だから……、と言葉を伸ばして区切り、過去の弁解にした。

「やーだ《いやよ》。自分独りだなんて考えるんは、やーだ、やだっ！」

厭《いや》だからね、と郁子は耕生の肩に頭をもたせて啼《な》いた。

「うちには、もう、あんたしか居ないんだから……」

みぐさい《みっともない》と自分に言って、耕生は腹の底から哭《な》いた。

涙に胸のつかえを洗い流してもらった郁子が、

「ねぇ、うちらって満たされとると思うがぁ。山登りに喩えたら五合目より先に来ていると思うがぁー」

だって、あんたん晒しもうちん機《はた》もでしょうが。

「後はおっ掛かり合う《よりかかってやる》しかねえがぁー」

と一呼吸置いて、目尻を寄せる。そうだなと思えることが、この男の生き甲斐になった。

もう人生の途中下車はしないぞ、と思う耕生がそこに居た。

こうして飯田耕生は、岩橋郁子と二人で歩む道に、最初の一歩を踏み出し得たのである。

郁子が提案する。

「何か実らせたら、そんから先歩く道に、名前を付けたいんよ」

「例えば？」

そん時になって実らした物を見ないと、良い名前は付けられんと思うよ。

そうだな、ということになったのだが、その日が来ることを信じた二人であった。

「そんとね、そん道でん二人の決めごとを思いついとるがやけど、聞いてくれるが？」

「何か面白そうなことか？」

「何んでん思いついたら、じっき《すぐ》にやってみる。考えてそくねる《しっぱい》んをおっかながる《こわがる》んはおやそおと《やめよう》思うが。こんからはそうしない？　うちらはちょっとばか《すこしだけ》、のめしこき《なまけもの》になるが」

確かに他人軸で生きていた自分に欠けていたのは、ゆったりする気持ちを求めることができない、いのすけ《ひねくれもの》だった。

図星を指された耕生は、頷きながら苦笑するしかなかった。

郁子の存在が飯田耕生の心の機微を、少しずつだが豊かにして行くのだろう。

二人軸でどこまでもが、耕生と郁子が今日までに学んだ、二人の人生哲学になった。

郁子は今日も、仕合わせ者だと感じる微睡《まどろ》みに揺れながら、昔はよく仕合わせとは？って考えもしたし、答えを求めてもいたのにと思う。

今はそんな刻《とき》を持たなくなっているのは、仕合わせが心の襞《ひだ》の中に、当たり前に存在しているからなのだろう。

思い返すと、そんな問いかけをしていた頃は、少しずつ不幸になって行く人生の黄昏時《たそがれどき》を意識していたのかもしれない、と結論づけられてもいる。

羞恥心をかなぐり捨てて哭《な》けたことで、心の澱《おり》を涙が流し去ってくれたと思う郁子が、心の襞をむき出しにする。

「いっちゃん好きらてば」

耕生の肩を引き寄せ、ほっぺにくちべろ《くちびる》を押し当てた。

三　一朶の雲

徳島から帰ってからの耕生は、誰からも生まれ変わって見えた。

目的を持った男が身に付ける、歯切れの良さを後ろ姿に浮かべている。

もしかしたらと郁子は、以前何かの本で目にした「血の酩酊」という言葉を思い出し、これって形を変えた、良い意味での「血の酩酊」なのだろうかと思ったりもする。

流石《さすが》と思わせる思考の広がりを、喜々として話してくれるようになったのが、郁子には何よりも嬉しいことである。

富江の喜びは喩える物を持たない喜びで、郁子に二重三重の幸せを感じさせてくれる。

その耕生が、息を弾ませて言う。

「染めは高校の部活で顧問だった先輩が、小千谷で『紺屋《こうや》』をやってるんで頼んでみる」

と目を輝かせる。

「ねえ、こうやって何なん？」

「染物屋のことをそう言うんだ。〝紺屋《こうや》の白袴《しろばかま》〟って、聞いたことがあるだろう？」

郁子は頸《くび》を傾《かし》げる。

「他人のことで忙しくて、自分のことを蔑《ないがし》ろにすることを言うらしいんだ。本当は自分の袴に、染め汁を落とさずに仕事ができるほどの高い技術を表す誇りだったのが、いつの間にかそっちは聞かなくなったそうだが」

耕生の身嗜みに、少しは気を回さないといけないことを、郁子は自覚した。


こうして一番薄い染めから一入《ひとしお》ずつ重ねて、その中から選び出すということで当面の目的は決まった。

それが決まると、郁子は二人で歩く人生の道筋を夢想するだけで、何も要らないと思う。

環境が気持ちをすくい取ってくれるのなら、甘酸っぱい脱力感に凭《もた》れて幻覚と睦《むつ》み合いたいと思うのだけれど、耕生はそんな雰囲気の郁子を思いやりながらも、今やれることは今という信念で歩き始めている。

とにかく考えるよりも行動と、十日後には瓶覗《かめのぞ》きから浅葱《あさぎ》まで八入《やしお》の平織りの染布を、番号と染名《そめな》を書いた付箋《ふせん》を剥がして郁子に渡した。その理由《わけ》は、番号が増えると濃くなるなんていう先入観は邪魔にこそなれ、何の力にもならないと考えたからだと重ねる。

「そこまでは考えんかった、おしょーしな《ありがとう》」

耕生の考え方とその豊かな検証感覚に、郁子の自信が揺らぐ。

「何かおかしなことを考えたりしてたら、きっと言ってね」

耕生は、人差し指で郁子の額をコツンと突いて頷く。

余分な表現をすべて取り除いて、郁子を可愛いと思う。

今の二人は何をしていても愉しく、同じ価値観の中にいるという安心感が、一層深く心を撚《よ》り合わさせている。いや、縒《しぼ》り込んでいる。

そのはずなのに郁子が今もまた機を止めて、越後晴れの空を眺めて溜め息を吐くのは、イメージする生平《きびら》の生成り色を、創り出すことができていないからなのだ。

生成りに近いと思う絵の具を、まずは薄めることから始めたのだが、中学以来絵の具に慣れ親しんだことのない郁子には、絵の具が上手く扱えない。

それでも思いつくことはすべてやり尽くし、もうこれ以上何をすればいいのか、それさえが判らなくなって、反芻ばかりしている。

見兼ねた耕生が教えてもらって来た小千谷駅前の画材店「イーゼル」へは、溺れる者の思いで連れて行ってもらった。

初めて「イーゼル」へ出かけた時のことは、十年経った今でも鮮明に覚えている。

店のドアを押すと、キャンバスを整理している女店員らしき人が振り返ったが、いらっしゃいの挨拶もなく、その目は郁子の後から入った耕生に向けられていた。

「飯田君？」

「おう、牧子か」

「ふさんこった《ひさしぶり》、帰っとるん？」

同級生だという村上牧子は、耕生を見ると目を輝かせ、暫くは二人の懐かしみと思い出語りが続いた。

「ごめんなさい、ほっぱなして《おきざりにして》しまって」

さっぱりとした瓜実顔の越後美人に、郁子は少し気押《けお》されたが、主人である村上は二人をそのままにして郁子の話に聞き入ってくれる。

耕生と村上牧子が、楽しげな笑い声を上げている。

それを聞く、主人の村上の表情が良い。

一通りの思い入れと、その色調《いろ》を欲しがる意味を話した後で、二人の話に合流した。

「高校二年だったよね、私を〝牧子《ぼっこ》〟って呼んだ同級生を殴って、庇《かば》ってくれたよね」

「そんなこと、あったっけ」

疑問符で聞き返す耕生を遮って、話に入ったのは主人の村上だった。

「私の初恋だって、今でもよく聞かされていますよ」

いいあんべえだな？《よかったな》　と村上牧子は夫からそう言われて、笑み崩した顔を郁子に向ける。

「うちね、子供ん時脹《ふく》ら脛《はぎ》の注射で、大腿四頭筋短縮症《だいたいしとうきんたんしゅくしょう》の障害が残ってたんよ、今もそうだけど。それを同級生が〝ぼっこ〟って私を呼んだの」

牧子《まきこ》をぼっこって読み替えただけだとその子は言ったけど、言葉の響きで、何となく良い意味じゃないのは分かるでしょ？　それで飯田君が、その児を殴って止めてくれたの。

ちらっと耕生を盗み見すると、楽しそうに頰を弛めて頷き合っているのを見て、突然憎らしくなった。二人の表情より、耕生の笑み崩れた顔が、なのだ。


気持ちよく快く、郁子の求める感性の色調《しきちょう》を理解してくれた「イーゼル」の村上から、ひと月近く過ぎた日に電話をもらった。

「貴女のご希望に添った色調《いろ》が、出せたと思います」

自信と言うべきか確信と言うべきなのか、村上の声はしっかりとした語韻で告げた。

耕生に連絡をとり、急いで小千谷へ出かけて色調《いろ》に対面した。

ひと筆、光沢のない写真用紙に刷《は》かれているそれは、紛れなく郁子が求める色調《しきちょう》だった。

「念のため、薄いのと濃いのを二色《にしょく》ずつ、作っておきましたよ」

にこやかな表情を浮かべて頷いてくれる村上の顔が、郁子の目には水に揺れて映った。気持ちですので、と差し出す手を押さえ、

「久しぶりに愉しい時間を持たせてもらいました、それで充分です、それに、ね！」

耕生に語りかける。

「楽しみにしていますよ、牧子と二人で」

村上は穏やかな微笑を浮かべ、今日は野暮用で残念がっていました、と笑顔を見せる。

「あん時の喧嘩、思い出したと伝えてください」

耕生の言葉に繋げて、郁子も村上の気持ちに甘えさせてもらった。

小千谷から帰ると、すぐにも広げようとする郁子の逸《はや》る気持ちを、耕生が抑える。

「今夜は持って帰る。明日ん朝持ってくるが」

五つの容器を持って、耕生が帰る。

一言も挟まないで頷き、耕生が帰った後の木戸を見ながら、これよね？　と卓袱台に広げたままの藍染の染布を、とんと指で押さえたのは、その時の耕生の言葉を思い出したからである。

村上が渡した容器には、村上の眼が定めた色調の容器に丸印を付け、＋①②と－①②の番号まで書いてくれていた。

だから先入観を持たせないために持ち帰り、自分が塗ってくることにしたのだろう。

これで一つ解決した。

安堵の気持ちに凭れて、郁子は心の底からほっとさせてもらった。

二番鶏のひと鳴きを纏った耕生だったが、今朝は早く五枚の生平色紙《きびらしきし》に会いたい。挨拶もそこそこに、待ちに待った五枚の生平色紙を卓袱台に並べ、微妙な色調にまず惹かれて目を凝らしたが、五枚の生平色紙は色調を教えてはくれない。

瞼を重ね、イメージする色調を呼び覚ました。

浮かぶ色調が消えないうちに、急いで五枚の生平色紙と照合しようとするが、どれもが私よと自己主張をして来て、決められない。

それならと、一枚ずつ重ねて見比べるのだけれど、五枚どれもが色調を同化させ、見分けさせてくれない。

この微妙さが欲しくて求めた色調なのだが、感性の眼を裸眼が見分けられない壁に突き当たらされ、諦めてこの考えを棄てる。

次に五枚の生平色紙それぞれに、八入《やしお》、八枚の染布を並べてみる。

二枚の生平色紙がどの染布にも合わないので外し、残る三枚の色紙に今度は八枚の染布を一枚ずつ置いて、色調の合わせを見る。

しかしこのやり方も、思い通りに溶け合う組み合わせを、見つけさせてはくれなかった。

耕生に見せると、晒しの経験則が郁子の目を開かせる。

「雪ざらしでは、生成りより染の方が、色落ちも色抜けも早いが」

今考えるのはそのことではないかな、とそれ以上のことは言わない。

こんな時は構わないのが郁子には向いているので、気の済むまで存分にやらせると決めている。そうした耕生の考えを活かして、何度も染布と溶け合う生平色紙を追うのだけれど、まだ見つけられないでいる。

それでも初心に戻って三枚の生平色紙を眺めているうちに、白に近い色ほど淡く、遠いほど濃い、ということに感づかされ、元に戻って、五枚を薄いと思う色から順に並べ直す。

晒し生平色紙をこれで三枚に絞れたのだが、それが前に選んだ三枚と同じかどうかは判らなかったけれど、それは無視して次の作業に入る。

改めて〝瓶覗き〟から八入《やしお》の染布を一枚ずつ並べてみることで、三つに絞ることができてほっとしたはずなのに、時間を置いて見直すと、残した三種類の染布の中に同じ入《しお》があるように見えて、またまた郁子を迷路に紛れ込ませてしまった。

三種の組み合わせから一つを選ぶことに、これほど難儀するとは思っていなかった。

一枚の生平色紙の中からひと色の染布を選び出し、選び出した三つの組み合わせから一つを選び出せばいいだけ、と考えていたその安易さが、郁子を苦しめている。

どれもその時はそぐっていたのに、時間を置くとどれもがそぐっているようには見えない。

なぜ？　と力んで見据え続ける目頭が、存在感を教え始める。

冷水で絞った手ぬぐいを持って、ごろりと仰向けになり、瞼に手ぬぐいを暫く当てる。

手ぬぐいに冷やされた目頭が、落ち着きを取り戻してくる。

さあ、と気持ちで呼びかけると、身体は勢いよく立ち上がり、腕を回し首を回して覚え始めた方言で呟く。

「みのせーがねえ、な」

諦めの方言なのに、屈伸して取り戻した気持ちが向き合わさって、三枚に絞れたのだから、五枚で失敗した時より目移りはない、と得心して始められるようにはなれた。

薄いと見える染布二枚と、濃いと見える染布四枚を外した。

一つずつ眺めて見つけ出すより、全体から一つを見つけ出す方が楽なような気がしたのは、間違いなかった。

気持ちが軽くはなったが、明度と彩度が重なるその色調を見つけ出せない時間が続く。

光の加減ではないのかと、卓袱台を廻して目を凝らすけれど、これも見つけ出させない。

求める色調は、間違いなくこの中にある。

見つけ出さなければ、それは自分の役割だからと思う気持ちが、枷《かせ》になりかける。

とは言っても、ただただ眼を凝らして睨むしか方途はない。

これ以外の方途を思いつかない思考力の浅さに、げんなりさせられ始める。

溜息を何度も大きく吐いたけれど、胸の痞《つか》えを吐き出してはくれない。蟀谷《こめかみ》が痛くなる。眉の付け根を押す指先に、眼の疲れが伝わってくる。

少し休ませなければと、うーんと背伸びしてカレンダーを見ると、これしきのことでひと月近くも経っていることに、改めてその腑甲斐《ふがい》のなさに、寂然と身構える。

昨夜、肩に置いた耕生の手を思い出す。

「えっくり《ゆっくり》見つめて見るがよ。おんも《おれ》眼を凝らしてみるがぁー」

耕生の笑った目元が残した頷きを思い出しながら、ぐっすり夢も見ないで朝を迎えた。

熟睡ですっきりした眼で、生平色紙と染布に向き合ったが、ドリップを待ち切れずに飲んだポットの珈琲で、苦味だけになった口を急いで漱《すす》ぐ。

待ちわびる粗挽きのモカが、いつもよりちょっと濃い香りを漂わせてくれる、それで覚醒させたはずなのに、思ったほどの思考力を回転させてはくれそうにない。

だからと言って、これ以外のことを思いつかないでいる。

こんなことを……という焦りに似た義務感が背中を押し始めるのを感じたら、突然、郁子は声を立てて笑った。

思い出したのだ。

「無邪気にやってみる野放図さも必要だろうって思うんよ、そうしない？　うちらは真面目すぎるんだよ、ね？」

いつだったか、耕生に向けた言葉をそっくり自分に向けたら、笑ってしまった。似てるんだ……。

意識した気持ちの切り替えを求めて、とりあえず外へ出る。

何日も生平色紙と染布の絡みと格闘して溜まった疲れが取り切れない眼を、少し休めてやらなければと、気晴らしも兼ねて魚野川の土手に足を投げ出す。

夏の名残を教える雲が、羊雲には少し早い空を流れている。

つば広の帽子で陽射しを避け、追っていた雲の流れから、遠い山の稜線と近くの川柳に焦点を合わせる目の運動に切り替えて、松の木に凭《よ》り掛かる。

やがてそれにも飽きて、ただ流れる雲を追うでもなく、ぼんやりと呆けかける。

こんな気分も悪くないね、と半ばの満足で呆け気分を楽しむ。

風に流されて、雲は足早に薄れながら空に溶けて行く。

一つ、また一つ、雲が風に吹き消されて行く。

形を変えて行く雲に、あれこれと夢見を託した頃が浮かぶ。

やがてうっすらと藍色の黄昏が降り始め、流される風に色を薄める雲が、空の色と溶け合って消えるのを、定めない意識のまま眺めている。

それは、見晴るかす彼方で起きたオーラであり、薄まる雲が空と溶け合うその瞬時に、雲と大気が発散させた幽玄が、郁子を粟立たせた。

立ち上がり、裾を払って次の機会を待った。

一朶《いちだ》の雲が、すーっと色を薄めて空に向かう。

空と溶け合う刹那に見せた雲の色合い、それは紛《まご》うことなき透明の色彩であった。

もう一度、と次の機会を待った。

黄昏が帳《とばり》を厚くして行く空を、風に吹き消されながら一朶の雲が流れてくる。

前よりも少し早く、雲が空に同化したのは帳《とばり》の厚さなのだろう。

溶け合う雲と空との融合を目にして、郁子は類推する感性の色調《いろ》を胸に抱いて駆け出した。

堤防から家まで、一目散に息を切らせて駆け通した。

途中二、三の顔見知りに出会ったけれど、挨拶もせずに駆け戻った。

木戸の開《あ》け閉《た》てまでが、もどかしい。

三和土《たたき》に脱ぎ捨てたスニーカーも無視し、卓袱台の生平色紙に駆け寄ると、目を落として一歩二歩、そして三歩と後ずさりする。

七、八歩目の後ずさりをする眼にそれは見えた気がしたが、幻覚感が強い。

何か他に見極める手段はないかと、魚野川の現象を思い浮かべて見つけたのが、引いたまま使ったことのない板襖《いたふすま》だった。

三枚の生平色紙を横に並べて、板襖に画鋲で止めたそれぞれに、同じ色調の三本の染布を針で止めると、上がり框《かまち》辺りまで下がって振り返った。

どれも生平色紙しか、見えない。

高鳴りかける動悸が、鼓膜を震わせ始める。

恐る恐る、生平色紙に近づいて行く。

左の生平色紙の真ん中に止めた染布が、微かに揺れながら薄く見え始める気がした。

そのまま板襖に近づくと、左の生平色紙の右端の染布が二つ目の姿を現した。

急《せ》き立てる気持ちを宥《なだ》め、意識した胸に深く吸った息を細く吐きながら、ゆっくりと板襖に近づき、左の生平色紙の右と真ん中の染布を残して、残りの色紙と染布を外した。

「晒し上がりの生成《きな》りはこの色調《いろ》なのね、あなたなのね。あなたが選ぶ染入《そめしお》は、どちらなんでしょうね」

二本の染布を、横向きに止めた生平色紙の中心を広くした左右に、縦にしてピンで止める。

太陽灯の光を投げてから上がり框まで下がり、歯切れの良い身捌きで振り返る。

間違いなく透明の色彩に会える、それも藍と生平との……。

高鳴る動悸を火照《ほて》る頬から項《うなじ》に感じながら、板襖にすり足で近づく。

右の染布が、水面にゆらりと浮くような感じで眼に映り始め、そのまま進む途中で、左端の染布が同じ感じで映り始める頃には、既に右の染布は姿を現しきっていた。

後ずさりしては近づく動作を、何度も繰り返す。

その度に織り布は姿を薄れさせ、はたまた姿を見せてくれるのだが、右の織り布の色調《いろ》に馴染めない気がしたのは、生平の存在感が薄められているように見えたからで、それに対して、左の染布が姿を見せた時の生平は、然程《さほど》に強くとは言えないまでも存在感を残しているが、こちらは染布の方が、存在感を薄めているように見える。

右の生平が左の生平より、薄く見える、そんな気がする。

一枚の生平色紙なのに、どうしたというのかと、郁子は悶々《もんもん》とし始める。

惑わされる郁子は、右の染布に貼り付けていた視線を、左に走らせた。

えっ！　紛れなく染布辺りで、生平は濃い色調《いろ》に見えるのか、思えるのか。

どうして？　何で、どうして？　と呟くことしかできない。

耕生に連絡して待つ間、綿のように疲れた気持ちを扱いきれないで、悶《もだ》える。

座っていられなくなって、ごろりと倒した身体が海老折り寝になる。

その枕辺に、速まる呼吸に気持ちを乗せて、耕生が駆け込んだ。

戸惑いは、綻《ほころ》ばす嬉し顔の後ろにひとまず隠し、

「めーる《みえる》と思うがぁー。見れ《みて》！」

耕生に立つ場所を指図して、板襖に止めた生平色紙を指す。

言われるまま、耕生は板襖に目を向ける。

「そのままえっくり《ゆっくり》歩いてくれる？」

感情を殺した郁子の声に従う耕生は、生平色紙を見つめたまま板襖に近づく途中で、目の錯

覚を感じたが、そのままゆっくりと進める足が止まったのは、自分の眼に起きた現象が、瞬時には理解できなかったからである。

染布が、視野に二つ、輪郭を浮かべたのだ。

「……」

大きく息を吸ったまま、言葉が出なかった。

「これは？」

「そのまんま、もそっと歩いて」

えーっと絞るような声を上げた耕生が、振り返る。

「なー！　あんたも、もしかしたら、生平がおかしいと思とらん？　同じ色紙なんにどうして違うて見えるんやろ」

改めて見直そうと振り返りかけた耕生が、何かに気づいた様子の目を郁子に向ける。

そうだ！　と思った二人の目が交叉して、どちらからでもない言葉を殆ど同じに掛け合い、頷き合って向かったのは、「富郷」である。

「いってえ、何ーがあったげな」

先入観を持たせたくはないので、とにかくちょっと見てほしいとだけ言って、富江を上がり框辺りで立ち止まらせ、板襖《そこ》に向かってゆっくり歩かせる。

「えっくり《ゆっくり》目ー離さんで、ほこんとこまで歩いて」

言われるまま富江は、目を生平色紙《きびらしきし》に向けたまま、ゆっくり板襖に向かって歩く。

「色紙を見たまんま、えっくり歩いてね」

言われた背中が、えーっ、と足を止めたのは、富江が発した驚きの声だった。

「ん？　こんは《これ》なんなんよ、なー！　なーしたがあか《どういうことなの》？」

後退《あとずさ》りして、と言われる前に富江は後退りした。

藍の染入《そめしお》が目に薄れて消えるのに、再び驚きの声を出す富江に、もうちょっと、近づいてみてと耳打ちする。

「どうしたが、こらー、なんちゅうこった」

左端の染布に驚きの声を上げた富江が、その場に立ち竦《すく》んで言葉を失っている。

右の染布をじっと眺めて、急いで左に視線を移して右の染布を見つめるのを何度も繰り返していた富江が、

「なあ、右んのはほっきりしすぎて、色が濃すぎるように見えるが。左んは薄すぎるようで頼りないのお。そんもだが、野暮ったくねーか？　郁《あや》っ子の夢ん話を思い出すと、もっともっと粋《いき》な物《もん》を考げぇさせられてたが。何んも判らんに変なこと言うようだども、濃すぎるのんと薄いんのやと思うがだけやがよ」

二人は頷いて、実はと郁子が二人の眼もそう感じたから、呼びに行ったのだと言って、

「濃いん方だと縞織と変わんないと思うたがよ。薄いんは見ようだと、汚れに見られそうに思

うたがよ、そんで富江さんにも、一緒に見てもらおうと思ったがぁー」

手伝って、と富江を引き込む。

手伝える嬉しさを身体一杯に表す富江と三人で、右の染布に近くて薄い染布と、左の染布に近くて濃い染布を探し始める。

それは思いがけなく、易しい作業だった。

六入《むしお》の染布からまず右の染布より一入下の染布を選び、続いて、左の染布より一入上の染布を選ぶことにする。

見定めに使った生平色紙に並べて、番号を付けて立ち上がる。

「まずは、こん染布に一番近くて濃い染入《そめしお》を選ぶがよ。選んだら背中に回した手ん指を立てて、イッセーノーで前に出すがよ、右が一よ」

良《え》えですかー、分かりましたかー。

保育園の保母さんのような口調で、郁子が二人に伝える。

肯く二人は、郁子の動きに合わせてゆっくりと板襖に向かう。

富江が、次に郁子が足を止めた。

少しして、耕生も足を止めた。

郁子が、イッセーノーとかけ声をかける。

かけ声で、三人が立てた指を突き出す。

郁子の指も、耕生の指も、富江の指も、三本立てている。

決まったのは、左の染布へのあてがいで、続いて右の織り布のあてがいを探し出した。

だけれども、それが何入《なんしお》なのかは判らない。

「決まったね」

「そうだね」

「何も分かんないけど、こんとこんの間《あいだ》の色調《いろ》が欲しいがよ」


耕生は「紺屋《こうや》」に電話を入れ、郁子と小千谷へ急いだ。

二人の話を聞き終えた「紺屋」の社長、河野貞孝は、にこやかな微笑みを浮かべ、

「郁子さん、今かたおめさんが説明してくんねた《くださった》がん《こと》を、感性とか視覚ではねえ《ない》、数値にけーごせる《おきかえる》とナノメートルの世界らねー」

「はい」

「なじょしても《どうしても》、かね？　やれっまか《むりにでも》、かね？」

河野の方言を解しかね、戸惑う眼差しを耕生に向ける。

肯く河野が、

「やれっまか、です」

「飯田、きんな《きのう》小林が来た」

ちょっと小千谷へ来たもんで、顔を見たくなったなんて言うて、お前ん話をしただけで帰ったが、あいつらしい。

「こんは俺《おん》にできるがん《こと》だ。何でもてっこする《てつだいする》がぁー」

「すんません」

「夢は語るもんじゃのうて、追いかけるもんだ。おまんが卒業記念のサイン帳に書いたの覚えとるか」

「こちょまっこい《くすぐったい》、すね」

「こん話で久しぶりに会うた後、あいつ高校卒業する頃は、どんなことを考えていたんか、そう思うて開けてみたら、こん文句だった。好いがん《いぃこと》だ、十七、八の心ん持って生きてられるなんて。なら、絶対に負けねえ、しっぺぇ《しっぱい》しねえ、というお前ん行動哲学も忘れとらんの？」

「はい、忘れとらんがです」

「判った、一週間くれ。郁子さんと一緒に花ば咲かすがぞ」

帰り際に、おい木村に会ってけ、気をつけろ車、と手を振ってくれた。

郁子は感動している。耕生の肩で、涙を拭いた。

「イーゼルへ、顔出ししとく」

「初恋なん？」

「忘れた」

忘れたりしてるはずはない、と思うと郁子は憎らしくなった。

耕生は正式に紹介して、二人を会わせようと思っていたのが、「イーゼル」に着くと郁子の方が先に立って、店のドアを開けた。

「挨拶してなかったけど、飯田君の奥さん？」

「今のが終わったら、そうなります」

女二人に、友情の双葉が芽ばえた。

「うちん片想《わたしの》いだった気がしとるがよ、モテたんよ、彼奴《あいつ》」

強請《ねだ》った思い出話への牧子の返事には、「紺屋」で求めた色調《いろ》の差ほどの優しい思いやりの嘘を感じて、郁子は嬉しかった。

六日経った夕方に、

「河野さんから電話をもらったんで、行ってくる」

晴れやかな声だった、と耕生は一人で出かけた。

富江を呼んで、郁子は帰りを待った。

持ち帰った染布の色調《いろ》は、流石と思わされる、まさに「紺屋」の技の粋《すい》であった。

自分たちしか見た者がいない透明の色彩だから、幻視だ幻覚だと嗤《わら》われて断られたとしても仕方ない色調《いろ》を、見事に具現してくれていた。

郁子とすれば、透明の色彩に出会えはしたものの、その定まりを倦《あぐ》ねさせた色調《いろ》の染布と並べて見分けろと言われたら、頭を抱え込まされるであろうそれは、研ぎ澄まされた、まさに河野貞孝の感性が創りだした色調《いろ》であった。

「あん眼識と審美眼は類《たぐ》い希《まれ》だ。小千谷に必要な時は、頼む」

河野貞孝に言われて、耕生は帰っている。

逸る気持ちを宥め、染布を板襖に止めて振り返る郁子の表情は、晴れがましさよりも怖さを浮かべている。

「逢っといで……」

耕生と富江の手が、優しく郁子の肩を押す。

頷いて、郁子は板襖に止めた生成り色紙を改めて眺めた。

郁子には、何かが違っているように思える生成り色紙に呼ばれた。

ゆっくり、ゆっくり、すり足で進む。

その現象は、水草がゆらりと揺らいでいるように見えたあの時とは違って、すっと何のためらいも見せないで、浮かんだ。

生成り麻布と何の違和感も感じさせない色調の、それは明度であり彩度であった。

「あーーーーっ」

一瞬立ち竦んだ郁子は、吐き出す感嘆の声の中で両膝を突くと、両手で顔を覆いその場に俯《うつぶ》した。

これで染は、小千谷の「紺屋」に任せるのは決まった。

なのに郁子は、戸惑いの表情を浮かべている。

これは生平色紙と染布の状態であって、生平麻布《きびらまふ》ならどうなのか、郁子は新しい不安に向き合わされて、耕生にその不安を打ち明けた。

頷いていた耕生が明るい顔を上げ、頬を弛めてこう言った。

「無邪気にやってみる野放図さも必要だろうって、言ったのは誰だ？　初めての挑戦なんだから、思い通りでなかったらやり直すことを教えてもらえたと思う。そうじゃなかったのか」

こんは、晒し斑《むら》を残すんじゃあのうて、生成りをどんくれぇ晒すかだと思うとるがよ。晒しで化身させて幽玄な世界に導かせるには、使う撚糸《いと》の生成りの色合いと、染撚糸《そめいと》の色合いに合わせた晒しをせんと駄目なんも判かっとるで、そこは二人ん眼で勝負するがよ。郁子さんが見た、だん《だれ》も目にしたことんねえ織り布を、そうらて《そうだから》晒さねばいけねえがぁー。

「そんための第一歩なんだ、そんスタートラインに立ててることを、喜ぼう、な？」

透明の色彩を生成で求めたら、眼にした人は、きっと錯覚ではないかと思うんだ。

その一瞬の感動を、渡したい。

抱き留められて、優しく頭を撫でられた。

四　二つ目の道標

縞に使う染汁《そめじる》が決まると、耕生が一つの考えを話す。

「今の苧麻《からむし》は化学肥料で育てとっから、皮が厚くて引きも弱《よえ》ーし、そんに柔らかみも薄いって言われとるが」

だから自然肥料で育てた苧麻が、奈良にはあるらしいので、それを探してくる。

「できたら明日んでも行こうと思うがよ。何もかも大昔に還ってやってみよう、な？」

あまりにも真剣に言うので、大昔という表現がおかしいと郁子は笑い、それにつられて柔らかな笑顔を浮かべる耕生の行動は早く、二日後には寝袋を積み込んで奈良へ出かけた。


飯田耕生は考えながら、奈良へ向かっている。

越ノ沢の上布に足を止めてくださったお方に、しばし幽玄の世界を彷徨《さまよ》っていただけるそんな上布を、雪で晒し上げたいのだ、と。

足を止めてくださった上布から、神秘的な深みを無意識に感じてもらって、美しいと思ってお求めいただける上布を、雪で晒したいのだ、と。

上布への羨慕《せんぼ》を刺激し、神秘的な深みでこそ見える化身と幽玄に魅せられ、彷徨っていただけるそんな上布を、織りあげ雪ざらしする。

それを二人で歩く〝いぎなせ道〟の魂にするための、やり方を考えている。

まず考えるのは、如何《いか》にして細い糸を造れるようにするのか、である。

苧績《おうみ》の技術もだが、苧麻の繊維を考えると、人工肥料での育成は大きく育ちはするが、繊維は太くはないか、と。

生成りも、目視では判じられない色調に、微妙な濃淡は出ているだろう。

その微妙さが、化身に繋がる境目になるのかもしれないのではないのか、と。

それならば、その色調の差を確かめる必要がある、と思った頭の片隅には「イーゼル」の木村の顔が浮かんだのは当然だろう。

「種も、分けてもらおう」

この挑戦には、やはり自分が意図する、自然環境で育てる天然物だろうと結論付け、奈良で求める二品《ふたしな》と、帰って訪ねる「イーゼル」へ依頼する内容を書き留め、思案を広げる。

これまでは色相だけだった染めも、生成りに合う色調を求めることで小千谷との繋がりを厚くし、互いの持つ業前《わざまえ》を共有させる中で、越ノ沢は織りと晒しで賄わせるようになるのだ、と。

ここまで考えた念いを自分に向けた耕生は、蘇芳色一色濃淡の縞上布を想い浮かべた。

化身までは自分の低い抽象度でも頷くことができたが、蘇芳色一色濃淡の縞上布が漂わせた神秘的な深みは、含みとして感じ取ることもだが、微かにも感じることすらできなかったのは、抽象度の貧しさなのだろう、と。

幽玄も文字面《もじづら》から読みとる、混沌としてあいまいなものとしか理解していなかった、と。

そこまで考えた耕生の行き着いた考えの先は、

「ということは、自分の感性は鈍っている」という自省だった。

なるほどそうか、幽玄を求めるのなら、含みを感じ取り読み取れる抽象度を、まず育まなければならないことに気づき、頭でっかちの無作法者を、あの時以上に恥入らされたのである。

これからは、日常で惹《ひ》かれ魅《ひ》かされて見返る対象の、成り立ちと行く先に、思いを広げるようにして行くことから始めようと考え、郁子が持たせたポットから、酸味と苦さをごくっと喉を鳴らして飲んだ。


郁子は、奈良から耕生が帰るまでに後腰帯《しまき》に麻紐を縫い付け、織りの支度を調え始める。

粂婆さまの鉛筆画を手本にして麻紐を縫い付けようと思ったのは、同じ環境にすることで、粂婆さまの感性に少しでも近づけられるのではないか、と思ったから〝まねこきになる《まねをする》〟と決めた。

「守破離《しゅはり》って言うがでしょう。らぁすけ《だから》、今んうちは守《しゅ》なんよ」

独りごちることまでが、愉しい。

布巻棒《からすぐち》に繋ぐのは耕生が帰ってからになるので、後腰帯《しまき》を両足の親指と人差し指に挟んで伸ばし、背中に当たる麻紐の感触を確かめながら待った。

二週間ほど経った夕方、耕生が奈良から持ち帰ったのは、望んで出かけた気持ちを充分に満足させる青苧《あおそ》である。

眼差しで労る郁子には満足な表情で頷きながら、早く苧引《ちょび》きして見せたいから、と話もそこそこに帰ろうとする。

たった二週間とは言え、「二週間も会えねっけ《あってないから》、ほんねせつねえて《ほんとうにさびしかった》」そう言って甘えたい郁子だったが、抑える。

「郁子さんの気に入る苧引きを、きっと持って来っから」

相変わらず耕生は、今も郁子をさん付けで呼んでいる。

「ねえ、さん付けで呼ぶんは止めてくらっしゃい、二人ん時は」

幾らそう言っても、耕生は聞き入れない。

「こん結果が出るまでは、今んままでいたいが」

耕生の拘りの理由は聞かないでおこう、と郁子は納得している。

奈良から帰った耕生が、先ほどから愉しげに母親の寿子に話を聞かせている。

「ほんでなー……」

言い淀んで言葉を途切らす息子に、寿子は乞われるより先に、〝手を貸したい、役に立てるなら役に立ちたい〟と思いの丈を話す。

「手績みと撚り掛け、そんに糸繰りや糊付けも昔んやり方でてっこしたい《てっだいたい》があー。撚り掛けは母屋の信子さんにも、てっこって《てっだって》もらおう」

言って寿子は、涙で顔をくしゃくしゃにして、大きく頷いた。

負け犬のような惨めさを引き摺り、耕生が帰って二昔近くになる。

寿子は耕生の半生を振り返らされる度、あの時どんなことをしてでも止めておくべきだったと、大阪へ出した日を後悔し続けていた。

その子が、目に光を宿して夢を語ってくれるのだから、母親にすれば、何を差し措《お》いてもできる限りのことをしたいと思う。息子の抱いた人生の目標に、どんな形であれ共生できるなど、それに優るものなど母親にとってあろうはずもない。

それにしても、奈良から帰ってからの耕生の足が遠のいている。

きっと苧《ちょ》引《び》きから苧績《おうみ》をしているのだろう、と思いながらも、やはり顔を見ない日が続くと、口でいくら強がっても心配になる。

そんな郁子を慮《おもんぱか》った富江が、ちょっと近所まで行ったから顔を出してきたよ、と耕生の様子を教えてくれる。

郁子からは、ポットに入れた珈琲を、富江に頼むこともある。

私は伝書鳩の富江さんですよ、何でも言いつけてやって、と戯《おど》けながら優しく見守っていてくれる。


ひと月余り経って、箱を担いだ耕生が無精ひげの軽やかな足取りでやって来た。

「なじらね《どうだろう》」

逸る気持ちを抑え、郁子は取るものもとりあえず上がり框で箱を開ける。

立ち昇る青苧の匂いに咽《むせ》ながら、そっと握ってみる。

しっかりと指を押し返す繊維を、強く握った。

「すごえー《すごい》！」

郁子の口から、驚嘆の言葉が跳ねる。

すごいね、すごいね、と重ねる。

それ以外の、それ以上の言葉は思い浮かばない。

揺らめく青苧の匂いに、郁子は幻覚さえ覚えかけている。

耕生の気持ちが籠る苧引きから精製された苧績《おうみ》は、撓《しな》やかな中に強い曳きを手応えで伝えてくる。

「奈良へ行って来てえかった《よかった》が。昔ん資料も随分見せてもろうた。昔は水では晒さんで織り布を灰汁《あく》と米のとぎ汁で炊いて、石臼で搗《つ》いて汚れを出し、そんを水でよすぐって《すすいで》天日で晒したそうなんだ。こんやり方が一番昔んやり方に近いがよ。

だーすけこんでやろうと思うがよ。

ほうして経糸も紡績じゃのうて、手績みの苧麻《ちょま》を使おうと思うがよ」

郁子は大きく肯き、耕生も好きになったモカをゆっくりと味わった。

奈良の話をもっと聞かせてほしい郁子だが、耕生はこの先の段取りを聞かせ始める。

「お袋がてっこしたいと言うてくれたが、なんかお袋、嬉しそうだった」

照れを隠し、わざとぶっきらぼうな調子で言ったが、母親を喜ばすことができたという嬉し涙を呑み込んだであろう、耕生の満足を郁子は見逃がしはしない。

郁子は耕生を通じて、よろしくの気持ちを伝えた。

「苧麻の種も、分けてもらってきた。三年後になるが、これができると郁子さんの考えとる、全工程を二人でできるようになるが」

満足げに大きく頷いた耕生が、段取りの確認に出かける。

翌日、はち切れんばかりの喜びが富江から届けられた。

「きんな行ったら、寿子さんばーかうれしいて、郁子さんに耕生のことよろしく頼んますと、伝えてほしいって言いつかってきたがぁー」

富江が潤んだ目を瞬《しばた》きながら、伝えてくれたのである。

あまりの嬉しさに、ただ富江に抱き留められて泣いた。

日ごと、夢から現実への道が拓けていく。

再びひと月余りが経った。

「おっかから、預かってきた」

まだ自分も見てないと言って耕生が渡す箱を、逸る気持ちのまま、上がり框で開ける郁子を迎えた寿子の撚糸《いと》は、柔らかにして撓《しな》やか、それでいて自己主張を忘れず二十弓を超えると思える出来栄えであった。

「気に入って、くれたかな」

誇らしさを含ませた声音で、耕生が謙遜する。

「すごえー《すごい》！　ねげえ《ねがった》通りがん、管巻《くだまき》すんのが恐いがぁー」

お母さんにきちんとお礼言うてね、とまだ会うのを遠慮する。

「おっかも、楽しみにしてるがぁー」

郁子は富江が届けてくれた、寿子からの言伝《ことづて》を耕生には話していない。

耕生にすら話さずにおきたくなるほど、寿子の言伝は何ものにも代え難くなっている。

いつか話をする時があれば、と思う反面、話すことで薄めたくない、という思いも強く、もしかすると一生、自分の中だけに仕舞い込んでおくことになるかも、とさえ思う。

そんな郁子の前で、耕生が目を細めて糸を握りしめている。

「本当に凄いね！　こん撚糸《いと》をうちが織んねんね」

伸子《しんし》を使って織る、織り布を浮かべてみる。

伸子とは、細い糸で織ると布に織り皺ができて、両耳の経糸が筬《おさ》にこすれて切れるのを防ぐ、竹製の織り幅を広げる道具なのだ。

二人は、寿子の気持ちが撚《よ》り込まれた撚糸《いと》を前に、思いを新たにした。

いくら眺めても手に取っても飽きることのない撚糸《いと》を置いて、郁子はドリップしておいたモカを、やっとカップに注いだ。

揺らめいて漂うモカの香りに包まれ、耕生がしみじみと言う。

「奈良へ行っていかった《よかった》。昔ん物《もん》はほーんに違うがよ。奈良ん晒しは天日だが、雪との接点がちょっとばか判ったが。生平《きびら》から晒すんには良か勉強になった」

遠い空の彼方を見る眼差しで、耕生が続ける。

「徳川幕府の保護も厚かったんで、資料も豊富やったし、必要なところは見せてもらえたがよ。そんに、知り合いもできたが」

郁子は微笑んで、耕生の話に寄り掛かる。

緯糸の試染《ためしぞ》めが、上がってきた。

明度《めいど》の差は判らない、それは当然と言わざるを得ないのは、そうであろう。

これだと選んで、迷わされた平織りの染め布と見比べるため、生平色紙に止めて確認する。充たされていくこの充足を、宥めきれない。

なじょしても《どうしても》なのか、やれっまかな《むりにでも》のかと問われ、やれっまかで《むりにでも》すと答えた時の、「紺屋」の社長河野貞孝の笑み顔が浮かぶ。

「イーゼル」の村上夫妻の微笑が浮かび、ぼっこさんが満たされ切った眼差しで耕生を見つめるのが、嬉しくて、憎らしい。

明日《あした》でもいいのにと言う郁子に、今日できることは今日のうちに済ませておきたい、と今から「紺屋」へ出かけるという。

「染めは、こんでいいな」

どんなに急いでいても、どんなに気持ちが逸っても、耕生は確認を忘れることがない。

恋人より同志、という言葉が瞭然と郁子の脳裏を過《よぎ》る。

「間違いない、お願いね。でん、急いで事故なんて嫌よ」

「晒し斑っちゅう大事な仕事が待っとるが、気いつけるがん」

遽《あわただ》しく耕生が出かけると、急に静かになる、いつも。

「おまんた《あんたたち》は仲が良うて、けなれー《うらやましい》なあ！」

二人の息の合ってるのを見せつけられると、焼き餅、そうジェラシーを感じる、と大袈裟に富江が言って冷やかす。

富江の口からジェラシーという言葉が出たのがおかしいと、いつもの流れで郁子が笑う。

「ぜえごもん扱《いなかもの》いして」

戯《ふざ》けて頬を膨らます富江の目が、優しい。

あまりにも順調に拓《ひら》けてくれる浪漫《ゆめ》への挑戦に心躍らせながら、反面それがあまりにも順調すぎて、郁子はおびえを感じて怖くなる時がある。

こんなに満たされていていいのだろうか、という不安が、怖さに繋がってくるのだ。

「おっかな《こわい》いの」

と郁子は富江の胸に縋る。こんな時は黙って抱き留め、まるで子供をあやすようにとんとんと背中を叩き、よしよしという仕草で頭を撫でてやる。

たっぷりとした笑顔は、郁子に向ける濃《こま》やかな愛情の証である。


今日も郁子は、しみじみ人生の道筋を不思議に思う。

越ノ沢へ住むようになったのはもう二昔前で、あの頃のことは薄れてはっきりと思い出せなくなっている。

苦しんで、悩んで、自暴自棄に堕ちかけたその記憶は残っているのに、どうして、という肝心のところが薄れて、風化している。

あの日、越後川口で雪崩がなかったら……。

ただ待ち時間が少ない列車が、上越新幹線でなかったら……。
その偶然と思いつきで、今の自分が在るというこの不思議。
振り返る時は、いつも持ち重りする仕合わせを自覚させてもらえるからこそ抱く、贅沢な不安を無意識に持つからなのだろう。

「もしも恋がとこしえに、川のようにながれるならば、
そして、時のあらがいも空しいものに終わるのならば、
この世のどんな他の悦楽も、とても恋には及ばないだろう。
もしそうならば、宝のように恋のきずなを佩《お》びもするだろう。
ところが、人の世の僕らの嘆きは死んでも終わることがないので、
いやでも飛ぶようにつくられている。
恋がそいつの翼をかざるのだ」

昔読んだ詩の一筋が、もしやと自分に重なって不安にさせる。
その不安が、不確かになっているその詩の最終章を呟かせる。

「恋とは翼を持っているものゆえ、いつもその翼を立て直して飛び去ろうとする。

だから、季節を限って恋をしよう、そして、その季節も春だけとしよう」


誰の詩？　だったっけ。

長い詩の中の断片的な一節だし、正確な言葉は薄れているけれど、郁子は自分の中に残っている、この詩の語らいを復唱する。

バイロン、だったっけ。

こんなことを考えるだけで、仕合わせである。


今年の初雪はそのまま根雪になるほどのどか雪で、毎年業者に頼んでいた雪囲いも、今年は耕生が囲ってくれた十一月の半ばに、緯糸の染めが一部仕上がってきた。

「空色辺りが郁子さんの求めた色調だそうだけど、やれっまか《むりにでも》だと求めた色調は、あえて名付けると「空色上水浅葱下《そらいろうえみずあさぎした》」かなって、河野さんおれしえ《うれし》そうだった」

と話をする耕生が、愉しそうだ。

藍染めは、瓶の中で発酵させた藍の染料に、布を潜《くぐ》らせて染める。

一度目を「藍白《あいじろ》」と言い、その後を「瓶覗《かめのぞき》」「白花色《しらはないろ》」「白藍《しらあい》」「秘色色《ひそくいろ》」「空色《そらいろ》」「水浅葱《みずあさぎ》」「錆浅葱《さびあさぎ》」「浅葱《あさぎ》」と潜らせる回数で染め色を表し、留紺までで四十八色ある。

空色上水浅葱下という呼び名からも、この色の微妙な入《しお》と色調が伝わる。

わがままな求めを受け止めて染め上げてくださった、「紺屋」の河野社長に改めて感謝の気持ちを思念伝達《テレパシー》する。

「河野さんは目的を聞いた時、晒し斑を残すことになると思う生平《きびら》と一体に見せる藍染めなんて、考えたことはねえ《な》かったたって言うてた」

自分が撰ぶなら、と経験から撰んだのが「水浅葱」だそうだ。

「空色」と「水浅葱」ましてそれに「秘色色《ひそくいろ》」を並べて見分けるのは、染屋でも簡単には選べないと思う。

それを一体どんなにして撰んだのか、知ってたら教えろって言われたから並べて薄いとか濃いとか悩んでた、と言ったら、

「そんで『空色』を撰んだのか。信じらんねえなぁー」

「水浅葱」を生平と同化させると、生平の存在感を崩す。

なんであれ、そん晒しでは晒したとは言えない生成りを残すことになる。

逆に「秘色色《ひそくいろ》」だと、同化させることはできても藍縞の存在感を薄めすぎる。

求められた希望《のぞみ》を賄うには空色しかないと結論づけたんだが、怖いねー、染め屋と同じ眼識を、否、審美眼を持っとるなんて。

それより、この明度と色調を染屋に求めたのが、もっと怖いねー。

「ありがてえと伝えてくれよ。勉強させてもろうた。本当に良い刺激をもろうた。おめさんた《おまえさん》

ちと一緒に、おんも浪漫を追いかけられるがん」

河野さんがそうも言ってた、と耕生が半ば以上の誇らしさを浮かべて話している。

郁子は自分の安易さに苦しんだことは、話していない。

それは言葉で表現できる明度でも色調でもないからなのと、自分で解決しなければならない自分の問題と捉えていたからでもある。

「とても微妙な、入《しお》の差だって」

イメージをそこまで膨らませることができるなんて、とても信じられない。

一度食事でもしながらと言われたのを、誇らしさを浮かべて耕生は話すけれど、奥にある河野の男気までは気づいてはいない。

五　六名空水

飯田耕生から相談された河野貞孝は、失意から立ち直った後輩が見つけた急がば回れの夢の実現に、携われることがなんだか嬉しいと思った。

だから本人が気づいていない染め布《ぬの》の種類をあえて問わないで、晒し斑《むら》が認められる程度の生平《きびら》にそぐわせる入《しお》を浮かべ、平織りの中で織り締の緩い布を選んだのは、緯糸《よこいと》から覗く経糸《たていと》を感じさせるのが、この夢追いの二股道《ふたまたみち》と考えたからだった。

手すさびで終わらせるなどは、染屋の矜持《きょうじ》より飯田の真剣な眼差しが許さないと受け止めて考えた河野は、満足できる染めを渡したのだが、それをもう一捻りと求められたのを、わがままと取るか自分への信頼と取るか、悪戯心《いたずらごころ》で尋ねてみたのだった。

「なじょしてもかね、やれっまかね」

「やれっまか、です」と答えたのは飯田だったな、目が輝いていたな。

この時の河野は、数日前に「イーゼル」の木村を訪ねていた。

「紺屋」は越後では名のある老舗である。そこの旦那さんが、前触れもなく訪ねて来たのを、木村は半ば以上の驚きで迎えた。

恐縮する木村に、持ち前の気さくさで河野が、

「後輩から質《ただ》されて、満足のいく返事ができなかったことを教えてもらいたくて」と言われたのには、訪ねて来られたこと以上に、驚かされていた。

電話で呼ばれ、要件だけを承って、というそれが引き継いで来た仕来《しきた》りで、「イーゼル」のように初代が営む店としては、考えられないことである。

その上、困って教えを乞いに来た、とまで言われたのだ。

「若いもんの夢に触れると、じっとしておれませんのは木村さんも同じと思って」

と、質し話を木村に聞かせた。

「色には透明色《とうめいしょく》と不透明色とがあるそうですが、生成りと藍の場合はどうなんでしょう」

「生成りが透明色になりますね。越ノ沢の……？」

あとの言葉をぼやかして、同じ思いの話なのかを確認する。

「そうです、どの程度の色調を考えたらいいのか、そう聞かれましてね」

答えられなくて、あなたを思い浮かべながら、創り直しを求めてきた入《しお》で賄わせようと、考えてましてね。

「そうですね、生成りは透明色ですが、越ノ沢のは重《かさ》なりではのうて《なくて》、寄り添いですから、膨張色と収縮色と捉える方がよろしいと思えますね」

「そうですか、そうだとすると、生成りの方が膨張色になりますね」

「そうですね、藍は収縮色ですから」

「そうしますと、弄《いじ》るのは彩度は影響が少なくなりますので、明度でしょうね」

「そうでしょうね、明度になりますね。同じ明度にした場合生成りと藍の重さを考えると、生成りが弾けると思います」

「と言われると、晒しでは追い切れない世界になりますね」

「そうだと思います」

「同じ色調と明度を考えておりましたが、藍の明度を抑えてみましょう。ここは一つ、紺屋《うち》の頑張りどころとして」

「明度の境に、優雅を求めようとしているのでしょうね、凄い着目ですね」

　常の晒しの一歩か二歩手前の生成り色を、と言って来た時を思い出しますね、と木村が零し、頷く河野が来た時と同じ気さくさで、

「今日は良かった、お訪ねして」そう言って「紺屋」の旦那さんは帰った。

　この回想を境に河野貞孝は、大阪から帰った飯田耕生の印象をすっきりと消した。

「判った、一週間くれ」

そう言って後輩を帰した後、作業場に籠った夫を妻の栞《しおり》は想っている。

腕組みした額に刻む縦皺《たてじわ》と、稚気を浮かべる夫の眼を見るのが栞は好きだ。

夜食に気持ちを預ける妻に、向ける意識は既に河野にはない。

頭を占めるのは、求められて引き受けたその色調と明度。

発酵させる麬《ふすま》や糖を弄《いじ》って「白殺し」に挑むべきか、それとも「空色」の後で一捻りすべきなのかの思案に、酔わされている。

流しでは粥《かゆ》を夜食に選び、赤味噌の味噌漬けを添えて作業場へ運んだ栞が目を細めたのは、縦皺を寄せた微笑隠《えみがく》しにである。

仕事に向き合う笑み顔を隠す渋面《じゅうめん》が、愉しそうなんですよ。

ねえ、空色が六入《むしお》で水浅葱が七入《ななしお》の間《あいだ》なのよね……。

「六七空水《むつなからみず》」と呼ぶのはどうかしら。

薄茶を勧めると、黙ったままの指がとんと栞の手の甲を打つ。

この人は嬉しさを、何倍にも膨らませて戻してくれる。

こんな時栞は、夫から〝んな〟と呼びかけられたいと思う。

「空色上水浅葱下」、これを「六七空水《むつなからみず》」と「紺屋《こうや》」で名付けた染汁《そめじる》も、染屋の常識を弄《いじ》った河野の感性で明度と色調を測った。

そこまでして造りだした染汁《そめじる》で、河野が久方ぶりに緊張を愉しんで染め上げ、依頼主の希望を賄える「試染《ためしぞめ》」を渡したのだ。

河野は、そんなことは飯田耕生に一言も話してはいない。

男の思いやりとは、こうした無口の中にこそ存在するのだろう。


まるで、不可思議な人間のように言うので、至極普通の人間ですよ、と耕生は吹き出しながらそう言って、二人で大笑いをしたという。

ちょっとばかり複雑な笑顔を、郁子は返した。

いずれにしても、二人の念《おも》いが息づく「六七空水《むつなからみず》」の染入《そめしお》なのである。

念のため、と耕生は撚糸《いと》の五分の一ほどを染めて来ている。

その撚糸《いと》は、捨てられたくず糸から寿子が撚《よ》った、嬉しい気持ちがこもった撚糸《いと》である。

郁子の満足した様子に安心した耕生は、電話でいいんじゃないのと言う富江に、

「直接話をしておくべきだし、確認もしておきたいから、やでまか行がんばねぇ《どうしてもゆかねばならない》」

そう言って出かけた耕生の背中に、無音の声で、しんけんらねー《いっしょうけんめいだね》と声をかける。

「好《い》いねえ」

あの律儀さが好いねえ、ほーんにあんたは、いい男を見つけたね。

「ご馳走さま《ありがとう》」

さらりと、惚気《のろけ》を意識して応える。

おや、まあ、という表情の富江が、

「わしもおれしぇ《うれしい》、だけどええか、しっかりと〝糟糠《そうこう》の妻《つま》〟になるがやぞ、いかな《いいな》」

「〝糟糠の妻〟って？」

聞き慣れない言葉を、問い返す。

「織り子と晒し職人の生活に、贅沢は望むな。粗末なまま《めし》も美味《おい》しく喰うて、貧しさも苦労と言わんで、分け合うて生きるちゅうことだが」

気にし始めて長い膨《ふく》よかさを過ぎたでぶっちょの身体を、どっこいしょと掛け声をかけて、今日も立ち上がる。

「おるせえ《うるさ》がられんうちに、けえるとすっか。わしも一緒に行くぞ」

えかった、ほーんにえかった《ほんとうによかった》、と富江は郁子の肩を抱いて帰る。

この挑戦に富江が工面して来た居坐機《いざりばた》には、捨て織りを終えた経糸《たていと》が後腰帯《しまき》を待ち、逸《はや》る気持ちが飛杼《とび》に掛かるのを緯糸《よこいと》が待っており、「六七空水《むつなからみず》」の染撚糸《そめいと》は別の飛杼に乗せている。

腰に麻紐を馴染ませた後腰帯《しまき》を踏み替え、切り替える綜絖《そうこう》が経糸を開け、飛杼が「六七空《むつなから》水《みず》」の緯糸を右から左へ経糸を潜《くぐ》らせ、トントンと二つ三つ、筬《おさ》が緯糸を押さえて織り締める。

右に左に飛杼を滑らせて、ひと筬《おさ》ひと筬、夢追いの撚糸《いと》を紡いでいく。

飛杼と後腰帯が心地よく躍動するのに合わせて、筬が紡ぎの旋律を拍子で奏でる。

無駄を削り取った所作からは、仄《ほの》かな色香が匂いたつ。

静かな眼差しには秘めた女の息衝《いきづ》きを覗《うかが》わせ、抑える情念を滲ませる束髪を、筬の音色に載せる綜絖と飛杼の動きが揺らす。

情念を織り紡ぐ郁子の手捌きに、富江は見惚れている。

郁子が奏でる耕生への慕いの丈が朝寒をしばし忘れさせ、耕生は経糸と「六七空水《むつなからみず》」の緯糸との明度を、ずっと眼を凝らして睨む。

郁子の手と足と腰が、個々に意思を持つ生き物の動きで居坐機を追い込む。

追い込みながら、心から愛おしんでいるのが見て取れる。

飛杼が、筬が、綜絖が、郁子の念《おも》いを汲み取って織り紡いでいく。

撚糸《いと》が威張っている、と後腰帯が腰に伝えるのを宥《なだ》めながらの数時間を、いつ刻と感じさせる時が流れ、並幅で五分《ごぶ》ほどを織り上げている。

誰からともなく溜め息が溢れ、ひと息吐く。

「どんげ？」

感じはどうか、と耕生が落ち着いた声で尋ねる。

じっと目を凝らしたまま、郁子は答えられない。

自分では納得できる感触はあるが、もう少し織らなければ判断できる感覚は持てない。

「二、三寸ほどは織ってみんと、判断できねーと思うが」

頑張るから、と二日後《あと》の朝を約束する。


翌朝は逸る気持ちに急かされて、朝食《あさげ》もそこそこに機に向かう。

鉄瓶の細く澄んだ奏《かな》でが、朝寒の強さを教えてくる。

悴《かじか》む手を温め、さて、と寒さに威張る糸を宥めて、一心に織り続ける。

満足な三寸余りの織り布に、三ミリ幅に「六七空水《むつなからみず》」の染縞を三ミリ間隔で四本織り締めて棄《す》て織《お》りをしたのは、下弦の月が中空に昇る頃であった。

い、い、い、まえがらみの織り布に鋏を入れ、煤茶《すすちゃ》の板襖《いたふすま》に下げて、眺める。

「六七空水《むつなからみず》」の縞は経糸と緯糸の生成りに負けない明度なのに、床しく寄り添い自己主張を控えていてくれている。

漠《ばく》と持っていたらしい不安が、杞憂《きゆう》に終わった安堵に凭れ、沈んだ湯船で身体を労る。

柔らかな湯気が呼び込むとろとろとした睡魔に招かれて、とろけるような眠りに落ちる。

遠慮深げな流しの音に目覚めると、ゆうべ作ったという茸飯《きのこめし》を持った富江に起こされた。

いつもながらの心遣いに、寝そけた《ねぼけた》目で頭を下げる。

かたわれ時を待ちかねた様子の耕生が、逸る気持ちを鎮めようと煙草を咥える。

郁子は熱い煎茶を淹れ、富江は茸飯を取り分ける。

熱さの緩んだ煎茶がほんのりと甘みを拡げ、緊張とは表裏《おもてうら》の期待に寄りかかり、上がり框へ移動する。

郁子が点けた白熱灯の中で、織り布はまだ眠っている。

眼だけを瞬《しばた》かせ、誰もが見えない縞を追っている。

「ゆっくり、近づいてくんなせ」

こんげに《こんなふうに》、と郁子が織り布に近づいてみせる。

肯いた富江が、耕生の同意を求めて足を踏み出す。

富江の後から耕生が続く、その足が止まったのは富江もほぼ同じだった。

生成り麻布を褥《しとね》にしたような風情で、何とはなく藍が霞んでいてくれているのだ。

緊張もだが、高鳴りを覚えた動悸が息苦しくさせ、それに耐え切れなくなった富江が、大きく溜め息を吐く。

それを合図のように、耕生が口を切った。

「ねげえどおり《ねがったとおり》だがん！　後はおんが《じぶんが》」

この織り布が飯田耕生に求めて突き付けたのは、幽玄な世界の具現である。

常の晒しの一歩か二歩手前に在《あ》ると考える幽玄の世界を、その手で掴めその眼で見ろ、と、本当《まこと》の生き甲斐を掴む場を飯田耕生に与えようとしている。

それを感じた飯田耕生が、刹那背筋に走らせたのは、挫折を払拭させてくれる場を与えてくれた岩橋郁子への感謝であり、何が何でもという猛々しい闘争心であった。

肩を気張らせ、ぶるっとひとつ武者震いをした。

そばでは心震わせる郁子が、意識の中で求めた透明の色彩を、雪ざらしから目覚める織り布に重ねて瞼に焼き付かせたのは、「六七空水《むつなからみず》」の縞が生成りの縞に挑む意地を、競う明度の加減に感じ取らせてもらったからである。

白殺しほどに晒したと見る生成りの撚糸《いと》に晒し斑を捉えた郁子は、雪の化身となった「六七《むつな》空水《からみず》」の縞上布が、嫋《たお》やかな越後越ノ沢の上布になるのを、しっかりと見据え得たのである。

触れずとも感じる柔らかな織肌に隠し持つ腰と引きが、心を寄せる訪い人《おとなびと》に与える満足に、今ひとつ、遠目には無地と見た上布が与える縞模様から、驚嘆と感嘆を感じさせたいのだ。

視覚が心を貫かせる想いに、襟足がそそめくのを感じる。

満足が深い溜め息に変わって、口を吐《つ》く。

郁子はゆっくりと、瞼を開ける。

そうしなければ織り布が消える、とそんな気にさせられたからでもある。

開けた瞼の先には、板襖に掛かる織り布がある。

郁子の眼差しを、紛れのない姿で受け止めた織り布を、優しく撫でた。

「雪ざらしでは、生成りより染めの方が色落ちも色抜けも早いが」

耕生の声が蘇っている。

この間隔で縞を浮かせては、驚愕でしかなくなる。

もう一歩か一歩半近づいて、縞を浮かばせたい。

その微かさが、観てくださる人に驚嘆を体感してもらえる、と郁子は思うのだ。

「六七空水《むつなからみず》」が色抜けする一歩か二歩手前で止めてもらえれば、と心は耕生に凭《よ》り掛かる。

それに耕生が挑むのだ。

「うちはこん染めで、いいと思う」

この染めで二尺ほど織って晒したい、と耕生を振り返る。

「うん」

郁子の肩に、富江が手を添える。

肩に置かれた富江の掌の温かさが、粟立つ身体を落ち着かせてくれる。

「晒し斑が残る経糸と『六七空水《むつなからみず》』の藍縞《あいじま》との鬩《せめ》ぎが、見えたような気がしたんよ。

経糸と緯糸とがしっかり自分を主張して、求め合《お》うとるがよ。そん闘ぎが今は必要ながん《こと》と思うがー。お互いが自己主張する中で、認め合うて寄り添ってくれると思うがよ」

そうなのだ、自己主張する生成りと「六七空水《むつなからみず》」は激しくぶつかり合うのではなく、競い合いを楽しむように、どこかで繋がっていたからこそ、真剣に競うような仕草が郁子には感じられ、裸眼で見ることができたのであろう。

二人にも見てもらえればいいのに……と、無音で呟く。

「わしんしょ《わしら》も、早う見たいがぁー」

富江が耕生に、言葉を向ける。

無言で大きく頷く耕生の中では、「六七空水《むつなからみず》」の色抜けに寄せる思いを、今少し深くしなければならないという小競り合いが生まれ、獲物に向かう野生の血が滾《たぎ》り始めるような、ふつふつと湧き上がる力を感じ始めていた。

郁子は肩を張る耕生を、縋る眼差しで見つめた。

耕生は改める様子で上がり框まで下がり、郁子を手招くとゆっくり織り布に向かう。

「六七空水《むつなからみず》」の縞が、すっと浮いてくれたその場所で足を止め、

「あと、一歩欲しい、な！　おんに任せてくれて、ありがとう」

郁子は言葉なく、全身の力が抜け落ちそうになった。

郁子はこの時、二尺丈《たけ》の織り布に八ミリ幅の「六七空水《むつなからみず》」の縞に八ミリ幅の生成りを十二織

れば、透明の色彩が現す雪の化身が、幽玄な世界を漂うのをしっかり見てもらえると確信した。

二人には本物の感動を味わってもらいたい、と思うそれは二人へ示す郁子の感謝なのだ。

それが計画できていることに、無上の喜びと仕合わせを噛みしめられる贅沢を、今、味わわさせてもらっている。

郁子は声を忍ばせて呟き、恥ずかしげな表情で二人を見ている。

二人はそんな郁子を、首を傾げて見ている。

(富江さん本当にありがとう。あなた、愛してくださいね、私が愛する以上に)

六　試し織り

組合から支給されている居坐機《いざりばた》には、雪ざらしの時期までに織り上げなければならない織り布が、掛かっている。

普通、着尺地《きじゃくじ》を織り上げるには、最低でも百日以上はかかる。

極上の細糸になると、百五十日から百八十日はかかる。

幸い今架かっている織り布は、既に二丈ほどは織ってある。

だから、試し織りの時間は充分にとれる。

「雪ざらしには、間に合わせるよう、頑張るね」

晴れやかな表情が、自信を滲ませて耕生と富江を見返っている。

少しくらいの無理はしてもいいが、無茶はしない、と二人に約束させられた郁子は、解ってると頷くのだが、少しくらいの無理や無茶は、かえって今は生き甲斐になっている。

ちょっと無理をしたかな？　と肩や腰に重さを感じる時、郁子にはそれが生きている実感を抱かせてくれるのだ。

まして耕生と掴む夢であればなおのこと、少しくらいの無茶はかえってしてみたくもなる。充実しているのだ、心も身体も……。

もう妄想ではなく夢でもなく、確かな輪郭を持った浪漫に進化している。

それもすぐそこで、幻覚がやっと幻視に昇華した浪漫が、具現させた姿を見せてくれようとしているのだ。

少しくらい無理をしても、無茶をしてもと思う、生きている確かな実感が、背中を押す。

約束させた二人にも、そんな郁子の気持ちは充分過ぎるほど解っている、だから余計に口《くち》煩《うるさ》く注意もする。それで何とか、三人のバランスが取れている。

ひと月は瞬く間に過ぎて師走に入ると、親類縁者のいない郁子まで何かと気忙しくなる。

保存会の忘年会は、毎年「全国大会」の結果が話題になる。

「悔しいけど、参加賞だけのその他大勢だった」

と敬子が報告し、二年続いて加賀と争った実績を汚しちゃってごめん、と頭を下げ、ちらっと郁子に目線を投げてよこす。

郁子は明るい表情で、軽く頷きを返す。

まだ一度も出品していない織り子や保存会の年長者たちが、口々に慰めと叱咤《しった》激励する中を明るく、その一つ一つに応えながら敬子が郁子のそばに来た。

「郁子さんの評判、すっごくいいかったがぁー」

座りながら耳元で囁く。

「おおきにはや」

わざと掠らせた声で方言を使い、お疲れ、と猪口を合わせる。

「きょんなは、なあして審査会に出さんかったが」

理由を言わないで、郁子は十二月の審査会に出品しなかった。

敬子にどうしてかと聞かれ、耕生に相談しないで話すことには一抹の思いはあったけれど、いずれは判ることとなのだから、隠している方がかえって、と思い、輪郭だけを掻い摘まんで話して聞かせた。

「そうしっと、もう織り始めとるがぁーか?」

頷いて、試し織りの話をする。

敬子の口伝てで、既に昔のやり方で試し織りを始めていると聞かされると、半ば愚痴話の場でしかなかった忘年会が、俄然熱気を帯びた保存会本来の場になった。

「織りが八分で晒しが二分、と言われてた上布が」

それだと五分《ごぶ》と五分《ごぶ》になんのか、という不安と不満が出る一方で、織りをより良く仕上げるのが雪ざらしなんだから、本来の姿に戻ったんではないのか、という肯定意見も出る。

様々な意見が乱れはじめるのを、とにかく期待してでき上がるのを待とう、というところで話は落ち着いた。

話が落ち着いた部屋の隅では今年も最年長のとめが、年々減っていく績《う》み子《こ》や織り子の心配を仕方話《しかたばなし》で愚痴った後は、お決まりの昔話を始めている。

それを目端《めはし》で捉えながら、郁子は敬子に聞かれるままこの後の計画も話した。

「ほんじゃあ、来年も出せられんな？」

敬子がそう言いながら密かに頷いているのを、微笑ましく見やる。

もう少し根気があれば、いい織り子になるのに惜しい、と言われている敬子なのだ。

きっと来年はいい結果を出すだろう、と郁子も敬子に期待している。

「頑張らっせ！」

帰り道で声をかけると、郁子さんも、と明るい声が返ってきた。

試し織りが進むと耕生は機《はた》の調節に足繁く顔を見せ、招木《まねき》の具合や特に後腰帯《しまき》と布巻棒《からすぐち》の繋ぎは、経糸との意識を繋ぐ大事な所だけに、丁寧に調整してもらっている。

富江が手作りの夕食を、差し入れてくれる時もある。

「ちゃんと喰っとるが？」

あんま根《こん》を詰めんじゃないよ、身体が大事なんだから。

と言いながら、試し織りのはか《すすみぐあい》を真剣な目で見ている。

時には、郁子の気を紛らわせようとして、

「のめしこいでた《なまけてたか》？」

はか行ってねえようだが、と言っては二人で大笑いもする。

「あまりプレッシャーかけんで、うちにはうちんやり方があるが」

憎まれ口を叩きながらも、確かな眼を持っている富江の意見も小言も、真剣に聞く。

「機ん音で調子ん良い悪ー《わるい》れは判るって、耕生さんの婆さまも言うとったが」

ここんとこいい音だよ、と柔らかに富江が頬を緩める。

決して世辞を言わない富江だから、その一言で安心する。

撚り斑のない撚糸《いと》は、置き換える飛杼《とび》の差を感じさせない。

だからのめり込んでしまうの、と郁子は愉しそうに話す。

七　懊悩《おうのう》

富江がスキー客で暫く来られないから、と言って二週間余りが経ったその朝、郁子はいつものように珈琲を味わってから、手順通り白熱灯を太陽灯に点け替え織り布を確かめる。

耕生の考えで始めたこの試みは、正解だと満足している。

「太陽に近い光で見るのが、いいと思うがよ」

これを使って見るようにしよう、と試し織りを始めるのに合わせて買ってきたのが、太陽灯である。

「さっざ使《ながく》っとると目もこうぇる《つかれる》し、変に慣れるんもいくない《よく》がぁー、だーすけ《だから》使うんは確かめる時だけにさっせ《しなさい》」

という耕生の忠告通り、織り始めと確認したくなった時だけ点けている。

機を追い込む拍子も耳に変わりない安心感で、織り始めの時も織り止めの後も、あえて強く意識して見ることもなくなっていた。

なのに今朝は、何気ない郁子の眼を、訝《いぶか》らせた。

筬《おさ》の拍子が織りの良し悪しの判断になる、と肯かされ、富江からも良い拍子だと言われて安心していたはずではなかったか。

なのに、一体どうしたというのだろう……。

現実を受け入れられなくて、やり場のない焦燥感に苛《さいな》まれ始める。

まさか、と過《よぎ》ったのは後腰帯《しまき》の張りだった。

後腰帯の張りが弱ければ、経糸の張りは当然甘くなる。経糸の張りが甘いと竹筬《たけおさ》で幾ら織り締めても、経糸が受け切れなくて織り詰めが甘くなる。

後腰帯の加減が機の生命であり、織り子の勘の良し悪しが問われるところでもある。

一週間ほど出かけるのでと、五日前に後腰帯と布巻棒《からすぐち》の繋ぎは見てもらったばかりだから、そんなはずはない。

機を離れ、いつもの所から眼を凝らして見直して見る。

見える気がする。確かに織り詰めの違いが、見える気がするのだ。

うっすらなのか微かになのか、「六七空水《むつなからみず》」の染縞が見えている気がする。

無駄と判りながら立つ場所を確認したが、ここからだと縞が見えるはずはない、無地でなければならないはずではないか。

何度も眼を凝らすが、緯糸が経糸と溶け合っていない、そう思えてしまうのだ。

微かとは言え、感じてもいけない縞が見えるのではと思わされる織り布の、晒した後を考えると郁子は愕然とさせられ、立ち竦《すく》まされた。

疲れなど、ない。気が緩むことなど、あろうはずもない。気力が萎《な》えるなど、断じてない。

それなのに一体、どうしたというのだろう。

改めて眼を凝らす。しかし何度眼を凝らして見直しても、「六七空水《むつなからみず》」の縞が頼りなげに眼に映って来るような気がするのだ。

ふっと、耕生と富江の判断を、と思って即座に打ち消したのは、これは、織り手が後腰帯《しまき》との鍔迫《つばぜ》り合いに負けた、織り手にしか判らない未熟の結果なのだ。

耕生も富江も、きっと変わりないと言うだろう。

口を噤《つぐ》んでいれば、恐らく誰にも判らない、その程度の織り斑なのだろうが、この負けを見過ごすことなど、郁子にはできようはずはない。

そんなことをすれば、すべてを偽ることになる。

今日まで育んでくれた富江に、後ろ足で砂をかけることになる。

耕生の心を、踏み躙《にじ》ることになる。

この郷の人たちを、裏切ることになる。

それよりもなによりも、上布を踏み拉《しだ》くことになる。

まして自分を偽るなど、できようはずがない。

それは、自分で自分を縊《くび》ることにほかならないではないか。

郁子は取り乱す。

悩然《きょうぜん》とした捉えようのない思いが、思考回路を破壊していく。

無駄と知りながら、解りながら、織り布を指先でなぞり、掌で感触を探る。

何度も繰り返さずにはいられないのは、そうでもしていなければどうにかなってしまいそうな怖気《おぞけ》に、押し潰されてしまう気がするからでもあった。

既に無駄とすら考えられなくなった意識が、太陽灯の角度を何度も変えさせて、見直させて見つめさせるけれど、感じることさえも許されない「六七空水《むつなからみず》」の縞が見える気がする。

縞がおどおどとした顔を、覗かせているように感じさせるのだ。

逃げ出したくなる。居坐機の前から、逃げ出したくなる。

だが理性が、織り手の矜持を思い起こさせ、見つめて見極めて原因を探し出せと命じる。

どれほどの時間が過ぎたのか、火鉢の熾火が弱ったのを鉄瓶の音に教えられ、我に返った。

火鉢に炭を足し、奥の火鉢にも炭を足し、落ち着く手段も兼ねて、忘れていた朝飯《あさげ》の支度をするが当然食欲は湧かない。

それでも義務感だけで残り物の食事を摂ると、気持ちは落ち着きを取り戻してくれた。

ほっとした気持ちが珈琲を欲しがるようにもなったので、インスタントを淹れる。

珈琲に覚醒されて、紛れのない現実を再認識させられると、無性に悲しくなった。

濃いめの珈琲を口に含むと、胃液が拒否反応で突き上げ、洗面所に走らされた後は、ついさっき無理に流し込んだ朝飯のすべてが、吐き戻された。

その苦しさが浮かべた涙が哀しみに変わって、押さえるタオルの中で思いっきり泣いた。

足をばたつかせて啼いた。慟哭した。

郁子は泣き疲れた。

疲れが、やっと普段を取り戻させた。

落ち着くと、もう少し珈琲が欲しくなる。酸味を帯びた香りの、熱いモカが欲しくなる。

ゆっくりと、ドリップされるのを眺める。

琥珀《こはく》色の雫が、蒸れた珈琲豆の香りを包んで滴《したた》って落ちる。

棚引くほろ苦い香りを、胸深くに吸い込む。

雫の音が次第に低くなり、やがて満ちた耐熱ガラスの中で波紋を揺らす頃に、郁子はやっと本来の冷静さを取り戻せた。

織り手の眼で、織り布を見極められる状態に戻れた。

なんで？　どうして？　と混乱するのではなく、すべて現実と受け止められるように、やっとなれると、今するべきは、振り返るのではなく、前向きの判断だと気づけた。

気づけはしたけれど、ではどうすればいいのか、その方途がすぐには思いつかない。

急かせる気持ちには、ゆっくりゆっくりと肯けるようにはなった。

何度か着けては外した後腰帯《しまき》を改めて腰に着けると、原因は経糸の弛《ゆる》みしかないという結論を改めて糺《ただ》し、経糸の弛みは後腰帯の張りの弛みしかない、と基本を復唱する。

後腰帯の張りが弛んだと思える、織り目を捜し始める。

それが判れば織り幅が判る。織り幅が判れば日数が読める。

日数が読めればその頃に何があったのかが分かり、もしかするとその理由《わけ》も解るのではないだろうかと、丹念に織り幅を追った。

眼と掌で、何度も何度も繰り返し追った。

見つけた。やっと見つけ出した。

織り幅から読み取ると、約三日前になる。

三日前、三日前、三日前……、あっ、と思い当たった。

一週間ほど留守にするから、と耕生に後腰帯《しまき》と布巻棒《からすぐち》の繋ぎを見てもらった翌日、珍しく入浴した後にテレビを観た。

作家宇野千代の生き方が、ライトアップされた桜の老木を背景に、語られていた。

彼女が情熱を傾けて守った桜と、地域の人々の保存にまつわる数々のエピソードが語られていく画面に咲き誇るのは、岐阜の山里根尾村の「淡墨桜《うすずみざくら》」であった。

「淡墨桜」が郁子に思い出させたのは、

陶然《とうぜん》と　ただたうぜんと　花の中

と、薄墨桜の下《もと》で詠んだ俳句だった。俳句が失念したはずの出来事を思い出させ、思い出が想い出となって、尾島省吾へと繋がった。

一八九一年に東海地方を襲った、濃尾地震の爪痕「根尾谷地震断層と観察館」では、地震の恐怖を再現する立体映画を怖々《こわごわ》と観賞した後で訪れた桜の里「淡墨《うすずみ》公園」は、人波が溢れていて、とても桜を愉しませてもらえる状況ではなかった。

夕方には人出も少なくなり、ライトアップもされると耳にしたので、ここまでの途中にあった「織部の里」へ引き返し、省吾の好みに合わせて織部焼きを見歩いた。

「古田織部は安土桃山時代の武将なんだが、織田信長に重用された茶人でもあるんだ。その織部が茶道具を自分で焼き始めたのが、この織部焼きで、当時としては華やかで新しい風を興した焼き物だったらしい」

そんな話を楽しく聞きながら見歩いたことや、浅草の骨董品店では、この織部は古い物なんだ、と説明されたことが思い出された。

「見てごらん、表面に網の目があるだろう。これはね、織部焼は型を使って形を造ったんだ。その時、型木と土が剥がれやすいように、型木の上に蚊帳《かや》を敷いて土を置いたから網目があるんだ。それと、緑が織部焼の命なんだ。中国から入ってきた華南三彩の緑色への憧れが、織部の緑を産んだそうなんだ」

日本人と中国人の感性の差が、焼き物には如実に出ている、と説明もされた。

話を続ける省吾が、愉しそうに微笑んでいたのを思い出した。

「中国では自然釉《ゆう》の流れは失敗とされたけれど、日本ではけしきといって、焼き物の妙《みょう》を表現しているとされているんだ」

けしきと形の面白さ、それに文様の多彩さも楽しく話していた。

歴史を好み、焼き物が趣味だった省吾が、その時に話した言葉の切れ切れがしっかりとした語韻で浮かんだり、はたまた断片的に浮かんで浮游《ふゆう》したりした。

「安土桃山時代は、人々が自由に生きられた時代だったらしい」

傾奇者《かぶきもの》と言われる奇抜な衣装を身につけた者が、町に溢れてもいたらしい。

男が赤い着物を着て、髪は茶筅髷《ちゃせんまげ》を通り越した長髪で、城下町を闊歩していたらしい。

その代表格は、やはり織田信長だろうな。

こんな話になると、省吾は生き生きしていた。

想い出の中に息づく省吾を、懐かしいという感情とは異なる思いで呼び覚まし、記憶の蘇りに任せた。

蘇る記憶が思い出させた断片が、何も言わずに別れた呵責《かしゃく》を詫びの言葉で浮かばせたけれど、口にはしなかった。

途切らせた想い出が再び浮游し、菊花石を見た湧水公園では珍しい淡水魚を見た記憶も還り、少し早めの夕食を済ませ根尾村へ戻った時は、宵から夕にかけての帳《とばり》が桜の里に降り始めていた。

郁子にこの桜を是非観たいと思わせたのは、美容院で手にしたツアーズ旅行のパンフレットだった。淡い墨の桜と書いて「うすずみ桜」と読むことに心を誘われたそれと、この桜の刻み続けて来た歴史だった。

継体天皇が生後五十日で皇位継承を巡る迫害を受け、尾張一宮から美濃の山深くに逃れたと言われている。

二十六歳で即位なされるまで住まわれておられた根尾村を、仮の住まい「薄住《うすずみ》」とお遺しになられた和歌に託され、古人《いにしえびと》がお手植えの桜に「淡墨」の文字を充てたという説明書きを読んだ時、古人の豊かな感性と優雅を抱き留める「淡墨桜」を、是非観たいと思わせたのだった。

継体天皇がお遺しになられた、御和歌《おうた》があった。

身の代《しろ》と 遺す桜は 薄住よ 千代に其の名を 栄盛《さか》へ止《とど》むる

桜はその花びらを、古人が名付けた淡墨の名に添うよう、散り方には薄淡く墨色を浮かべるようになった、とも書かれていた。

暮色が忍ぶ桜の里「淡墨公園」へは、根尾川に架かる桜橋を渡って駐車場へ車を入れ、なだらかな上り坂をまばらな人影に連れ添って上ると、まだ生え揃うには間のある芝の広場に出る。

訪《おとな》い人を迎える「淡墨桜」は、白と見まごう花びらを咲き初《そ》ませていた。

その華やかさを抑える姿で、薄墨桜は真正面で郁子を迎えてくれた。

一瞬感嘆の戸惑いを感じて立ち竦《すく》まされてしまったが、折しも放たれた白色《はくしょく》のライトが、髪を靡《なび》かせる川風に舞う花片《はなびら》を巻き取り、そのあえかさゆえを人は愛《め》でるのであろう花びらを、郁子は手のひらに追った。

立ち竦まされたこの身体は、「淡墨桜」に抱き締められている、と感じた時、陶然という文字が浮かび、その響きに酔わされ、薄墨の桜に酔わされているという確かな自覚に凭れ、「陶然《とうぜん》と　ただたうぜんと　花の中」と詠んだのだった。

突然、哀しさとは違うかなしびを感じた。

「このかなしびは、何なのか……」

自分への問いかけの中で、万葉の昔は愛の文字を「かなし」と読んでいたのを思い出し、このかなしびの感情は、愛なのだ、とその時は思ったのだけれど……。

記憶が混濁し始め、テレビの語りが次第に耳から遠ざかっていった。

棄て去り、忘却《わす》れ去ったはずの省吾の面影が、脳裏に浮かんだ。

が、尽《す》がれた記憶には懐かしさが湧いて来ることはなく、絆《ほだ》されることもなかった。

はずなのに、なのにその夜、夢の中で省吾と肌を合わせた。

これは夢、夢なのだと打ち消しながら、郁子はあられもなく身体の疼《うず》きを感じた。

羞恥よりも品下《しなくだ》り、と思う嫌悪感が目覚めの中にあった。

急いで追い焚きした浴槽に沈み、丹念に身体を洗ったけれども、自戒は残った。

この淫靡《いんび》な潜在意識は、女の性《さが》なのか。

そんな思いを、たとえ自虐とは言え片隅に走らせた自分を、詰《なじ》ったはずではなかったか……。

こうして今思い出しても総毛起つ嫌悪感は、抑えたのではなかったか。

激しく首を振り、振り払ったはずではなかったか。

しかし、織り布の乱れはその後からなのだ。

いかに自己弁護をしようとも、気持ちに弛《たる》みが出たことは織り布が如実に現している。

手鋏《てばさみ》を握り、織り布を切った。

織り布を切ったことで、気持ちに区切りをつけられはしたものの、己の猥《みだ》らさを赦《ゆる》せない自戒が身の置き場を失くさせる。

居坐機に詫びた。

奥歯を噛みしめ、突き上げる嗚咽《おえつ》を噛み砕いた。

泣いて済まされることでは、ない。

嗚咽と一緒に涙も飲み下し、ただただ、居坐機に詫びた……。

一心に、大道具を拭い清める。

それより外にすることとてない郁子は、無心に清める。

清め終えると、僅かずつ戻る織り手の意識が、筬に残っていてくれた経糸の糸筋を整えながら、織りたいという気持ちを強く呼び起こさせた。

それが耕生への純粋な思いを馳せさせ、馳せる思いが耕生にすべてを正直に話すことを決めさせた。

たとえ夢の中とは言え、性《さが》と心の葛藤があったのは、確かな事実なのだから。

揺れて平常心を失ったことは織り布が示している、それも日を重ねて三日間も……。

どんな形にせよ耕生を裏切ったことが申し訳なく、それが郁子を堪らなく切なくさせる。

そんな自分を隠すなど、できはしないし、してはならないと心に決めたはずなのに、なおも女を意識させて逃げ道を探させようと、卑劣な声が耳元で囁く。

「つまるところ、いつまで経ってもお前には穢《けが》れた過去を消すことはできはしないのだ。お前は壊れてしまっているのだ」と。

そんなことはないと、失いかけていた矜持を持ち直させようとする中で、やはり切なく求めるのは耕生の許しだった。ひとえに許しを求める心が、わなわなと身の置き所《どころ》をなくさせ、何も言わず、ただ強く抱き締めて愛して欲しい、と願う。

そうしてもらわなければ、私には記憶を断ち切ることは出来ないような気がするのです。

愛して下さい私を。愛されたいのです、あなたに……。意識してしまった女を抑えるため、手首を歯形が付くほどに噛んだけれど、懊悩《おうのう》は鎮まってはくれない。

あーっと、虚しさの吐息を吐いたその時、受話器が穏やかな音色のベルを鳴らした。

あなた？　刹那に浮かべたのは耕生である。

「んな、邪魔したかな」

機の邪魔にならなかったかを気にしながら、実は話したいことがあるのだ、と続く耕生の声が耳に優しい。

咄嗟《とっさ》には声が出なくて、ひりつく喉で大きく息を吸う。

「んま、向《すぐに》こう《こっち》へ出《き》て」

お願い、すぐに来て、とやっと吐き出した声が掠れる。

言葉を重ねて、重ねて郁子は受話器を握りしめ、甘える。

どうした？　とも聞かずに電話は切れた。

不通音を聞きながら、受話器を戻す。

状況が、掴み切れない。耕生がどうして電話をかけてきたのか、どうして何も聞かないで受話器を置いたのか。

今、何をしなければいけないのか、なにもかもが判らなくなっている。

消し代えた白熱灯の下で、鉄瓶が澄んだ音を立てている。何かをしていなければ、どうにかなってしまいそうになる。

礼節《れいせつ》を失ったこんな自分を、見せたくはない。矜持が頭をもたげるその矛盾が、なおさらに郁子を惑わせる。

居坐機の前に座り直し、木肌の冷たさに触れる。

無心に一連の動きに没頭することで、乱れを抑えようとする。それしか心を鎮める手だてはない。

予備の飛杼《とび》を拭いセギ杼《ひ》も拭い、後腰帯《しまき》を付けて、経糸を上下させているように踏み込む。

そんな動きの虚しさが、しでかした不様《ぶざま》をひときわ悔しくさせる。

柱時計がいつも通りの響きで、夕飯時を教える。その時報に混じって微かに木戸を叩く音がする。

駆け寄って、小声で、はいと答える。

「なぁした《どうした》、なぁしたがぁー?」

急いで木戸を開け、頬被《すっこかぶ》りの耕生に木戸を潜《くぐ》らせ、何も言わないで耕生の胸に縋った。

「なあしたがぁー……」

「……」

郁子は、首を振って耕生の胸により強く縋り付く。

車とは言え、夜道を来た耕生の身体はわなわなと震えている、その手を胸に抱き取り木戸を後ろ手で閉めた。

木枯しのか細い啼き声が消えた、暗くて重い空間に立たされている。

吸った息はそのまま吐き出されて、深く身体の奥深くまで沈んではくれない。

縺《もつ》れあって部屋に上がると、耕生は無言で郁子の唇を塞ぐ。微かに開いた唇に耕生を感じると、頭の芯が奈落に引き込まれるような眩暈《めまい》を感じさせた。

「助けて……」

やっとの思いで、囁くように哀願する。

「なーしたがぁー?」

「離さんでくんなせー」

抱いてくんなせー、と雫を湛えた郁子の目が哀願する。

「なじしたがぁ」

話してもらわんと、なじょうしたらえぇもんだが、わかんねえが。

「……」

耕生は郁子の肩を揺する、落ち着けと揺する。

「かんべすね《ごめんなさい》、こんげにめぐせえうちで《こんなにみぐるしいわたしで》」

重ねる吐息が戸惑いの深さを教え、なおも話す郁子を遮り、耕生は居坐機を振り返った。

「織り布を切ったようだけど、そんに関係があるがぁー?」

郁子は頷いた。

「実は、おん《おれ》にも話がある。やでまか《どうしても》聞き入れてほしいがん《こと》があるがぁ」

でん《でも》、それは話を聞いてからでいい。

その前に、熱い珈琲が欲しい。

ごめんね、と急いでカップを満たすまでの時間が、少しだけ冷静さを取り戻させてくれた。

「織り布を切った訳が、あなたにかんべして《ゆるして》ほしいことなんがぁー」

煙草を出した耕生が、灰皿を求めずに仕舞う。

何から話せばいいのだろう。どのように話せば、判ってもらえるだろう。

纏めきれない意識で、郁子は話のとば口を手探る。

心が藻掻くばかりで、言葉が見つけられない。

それは藻掻き続ける心が綻った、何度目かの時だった。

託言《かごと》を捜そうとするまやかしの気持ちが、潜在意識の隅で寝返りを打つのを感じた郁子は、顔を上げて耕生の目に映る自分を見つめると、洒脱も矜持も春の雪代のように、詫びる心に沁みさせて消した。

たとえ夢でとは言え、思い出を反芻《はんすう》してしまったことを話すと、見下される自分が見えた。

「それよりも、その日から三日も織りに乱れが出たの、自分でも驚いているのは、十年以上も振り返ることはなかったのに」

と目を逸《そ》らさずに話し終えることはできたけれども、夢の中で省吾と肌を合わせ、夢と打ち消しながらあられもなく身体の疼《うず》きを覚えたことは、話せなかった。

「あん桜さえ見んかったら、こんげことにはならんかったと思うが」

郁子の言葉を、耕生が柔らかに打ち消した。

「やれまか消《むりやり》やそうとしたから、風化しきれんまま縮《うずくまって》かんでいたがぁー」

これからの時間のすべてを遣《つか》って、罪滅ぼしをします、と甘えた。

「でん、昔《こと》んがんは風化しとるんよ」

語尾が無意識に上がっている。

耕生は、郁子の語尾の変化を敏感に感じ取っている。

「かんベーな、おんに、もうちいっとずく《いくじ》があったら、うんな《あんた》にこんげ思いをさせずに済んだと思うが」

かんべんな、と、耕生が詫びながら続ける。

「思い通りの上布ができるまで、なんて自分ん拘りを押しつけたがん《こと》を、くどくっ《ぐち》とったがよ。かたっぱり《いじはって》で約束したり、言い切ったりせんきゃ良かったと、くどくっ《ぐち》とったが」

耕生はこの夜、饒舌《じょうぜつ》に自分を語った。

「あがいな約束せんけばいかったと何度思ったか、何度もあんたが欲しいと思うたがよ、おらがん《じぶんのもの》にしたかったが」

「……」

「さっき、聞き届けてもらいたかがんがある、って言うたんは、こんことなんだ」

二人は見つめ合う眼差しを、郁子は耕生の胸に、耕生は郁子の胸に降ろした。

二人に言葉はいらない。耕生の腕にその厚い胸に抱き竦められて目を閉じた。

「好いな？」

郁子も回した手に力を込めた。

甘美が背筋を走り抜け、郁子の全身を硬直させる。

言いしれぬ安堵感に包まれて、許し合い求め合い愛し合う、その、時の移ろいの中で郁子は生と性の悦《よろこ》びを知った。

いつしか安息の中に、郁子はすべてを委ね切っている。

この腕に縋り、この胸に寄り添っていけばいいのだ。

かなしみがこみ上げて来たけれど、涙が滲んできたけれど、しっかりと耕生の背中に回した手で実感しているのは、このかなしみは愛を愛することのかなしみであることだった。

限りなく愛《かな》しく思う心で、耕生の胸に頬を埋め、匂い立った。

郁子の汗ばむ額に乱れる髪を、耕生が撫で上げる。

「好《え》ぇな、やれまか忘れようなんて思わんでいいが、そんよりそのんがんしたらだちかんちゃ」

思い出したい時は思い出せば好《え》ぇが。きっと忘れさせるがぁー、と笑顔を見せる。

「あんね、淡墨桜を見た時思い出したんは、そん時に詠んだ俳句なんよ」

……陶然《とうぜん》と　ただたうぜんと　花のなか……

この俳句を思い出したのだと、郁子は拙さを恥じる。

「とうぜんと、ただとうぜんと、花のなか」

耕生が暗唱しながら、遠くを見ている雰囲気で、

「俳句の素養はないけど、綺麗な俳句だと思う。満開の桜に抱かれて、両手を拡げている郁子を見るような、そんな気がしてる」

俳句を褒められたことよりも、初めて、あやこと呼ばれた嬉しさが耳をくすぐった。

「おおきにはや」

たぶん俳句を褒めたことへの謝辞だと思っているだろうと思ったが、郁子はあえて言わなかった。それを話さないでいられることにも、仕合わせを感じている。

言葉など不要な営みが、かほどに心の真実を伝え合えることに、言葉のない時間の中で感じ取り合えるものこそが、本当の仕合わせなのだということを、郁子はこの時知った。

翌日から二日かけて、「千切り」と「綾掛け」を終えると、二人でという実感を強く抱き締

めあった。

雑念を振り切った後の織り直しは、快調に織り締め紡いでいった。

この人と共に、という約束が交わされたことを、富江は気づいている。

けれども、「郁《あや》っ子、綺麗になったよ」

その一言だけだった。

織り布を切ったことも、富江は知っているはずだが、何も聞かない。

「なじょしたがや?」

もし富江がそう聞いたら、郁子は正直に話をしただろう。

だからと言って、あえて自分から話をしようとは思わなかった。

富江には、耕生とのことを密《みそ》か事《ごと》にはしたくはなかったが、濃《こま》やかな思いやりを言葉で薄めることもしたくない。

だからこの時も、惚気を感じさせるありがとうだけにした。

八　村八分

馴染んだ越ノ沢の年の瀬が今年も来て、新しい年が明けた。

初詣には去年晒した端布を踏桶《ふみおけ》に入れ、耕生が納めていることを知った織り子たちから、一緒にと誘われて詣でることになり、今年も耕生は初詣のための雪掻きをした。

郁子は織り子仲間たちと、耕生が雪掻きをした石段を上がる。

形どおりに交わす新年の挨拶の後は、保存会で去年の反省と今年の意気込みや世間話になる。

昨年の大会に撰ばれたのは雪子だったが、結果は前の年の敬子と同じだった。

「結果は残念だったけど、雪ちゃんの織りはとても良かった」

敬子は褒めた後で、もしかすると今年も、と言っている。

大会に出品した雪子の蚊飛白《かがすり》に、郁子も感心させられている。

「私も、見せてもらった」

織り締めが本当に綺麗だった、と心底そう思ったことを雪子に伝えた。

雪子は郁子に褒められたのがよほど嬉しかったらしく、嬉々とした表情で、教えてほしいと求めてくる。

「一緒に織るがぁー？　こらっしゃい《あそびにおいで》」

「郁子さんが来てから、居坐機って呼ぶ響きまでが歴史を感じさせて、そっけえ雰囲気がけってかって《かえってきた》、会長さん喜んでた」

そんな嬉しいことも教えてくれた、雪子の笑み崩した丸顔が人懐っこくて可愛い。

「今らぁすけ《だから》言うがやけんど、うち郁子さん何年保つかと思とった」

「家《うち》んかかなんか、何でん始めるんも止めるんも簡単だども、続けるんはてーへんだ。

こんげな《こんな》おごっつ《たいへん》ながん《なこと》をせけんもん《よそもの》には、と言ってたがんに、こん頃は、わしらも負けてらんないって、うちを追いまくるがぁーが？」

笑いを誘っている誰かの声が、聞こえている。

「うちもほーんに続くんかって、正直、半信半疑も疑ん方がでぶさ《おおき》かったが」

うちも、うちも、わしもと、みんなが口々に言い始める。

「おもっしぇそうだから、ちょっこらつまんで見ただけだんが」

なんて言いながら東京へ帰るよ、と殆どの人が思っていたのを改めて知った。

それは本当のことだろうと思う。

郁子自身、ここまで上布に魅せられるとは、思ってもいなかった。だから、肯《うなず》けた。

「れも郁子さん、こん越ノ沢から出ません、地《じ》の者《もん》になるが」

敬子が悪戯っぽい目で、見返る。

「みんなに教えたげるが、郁子さんと耕生さん結婚するがぁー」

敬子が大声で披露する。

えーっ、本当に……。

驚きと羨望、納得と怪訝《けげん》、いろんな表情が混じり合っている。

そんな表情に見つめられながら、誇らかな笑顔が郁子の顔を満たしている。

はち切れるような幸福感が、胸を膨らませる。

仕合わせとは満足感、という幸福論が、ここでも郁子自身の中で証明されている。

「そう言《こと》うがんだで、よろしく！」

負けずに声を張って、郁子は方言で重ねる。

「今ん機が上がったら、うち、飯田耕生さんと結婚するが」

拍手が起きた。歓声が上がった。おめでとうの合唱が、部屋中に響いた。

郁子は満面の笑みで、耕生は緊張した面持ちで、頭を下げる。

織り子仲間たちからの、祝福の声が鎮まると、

「な、もっと詳しく教えてくれん？　今挑戦しとる織りって、どん辺りまで進んどるが」

次々と質問が飛んでくる。

流石に話が織りになると、真剣な眼差しにどの顔もなる。

「もうちょっくら待って、上がったんを見てもらうしかないが」

口では説明しきれない、明度と彩度の深さを理解させる言葉を思いつかない。

だからと言って、それを口にすることは憚られる。

「考えとる織りを、考えとる通りに織り上げる自信も、実はそんなに強くないが」

だから織り上がるまで待って、とそこまで言えば、居坐機の難しさを知っている織り子たち
だから、楽しみに待ってる、頑張って、と励ましをもらった。

しかし公然と二人の仲が知れると、郷者《さともん》のそれぞれが、立場と環境で異なる反応を示したの

は、当然とも言えよう。

その反応は、表面的には好意的に見えるけれど、大阪から逃げ帰ったと見られている耕生と、幾ら時代は拓かれたとはいえ、この郷人《さとびと》にとって郁子は、「どこん馬の骨かもわからん旅んもん」という存在であるのもまた、紛れのない事実である。

地《じ》の者《もん》は、良く言えば正直、悪く言えば奸譎《かんけつ》である。

建て前と本音を上手く使い分けなければ、生きていけなかった時代が長くあったことも、間違いのない事実であり、それは生きる知恵なのである。

ただ現実に起きている郁子たちのことには、僻《ひが》みが妬《ねた》みになって、湖面に投げた石礫《いしつぶて》の波紋のように、広がっているのも事実である。

村十分《むらじゅうぶ》ではなく村八分。

村内《むらうち》の付き合いは一切断ち切るとは言え、婚礼と弔いだけは関わるというこの諺《ことわざ》が内に抱いている、人間社会の憎しみの深さと、それを乗り越える本当の意味での、人間愛なのか知恵なのか。

いかに時代は移り変わろうと、表面的には薄れて見えなくなろうとも、変わらず澱《おり》のように沈殿しているのは、この郷やこの国が備え保《も》つ気質《かたぎ》であり、消し去ることのできない民族性なのだろう。

日々の生活は、表面的には何も変わりはしない。

だけれども、内面では少しずつ変わり始めた。

季節の野菜が勝手口に置かれていることを、いつの間にか自然なことのように感じていたのも、気がつくと五日に一度が十日に一度になって、今では殆どそれもなくなっている。

女一人で励む織り子の生活は、慎ましくしなければ成り立たない。

富江が向けてくれる気配りと心配りに甘えて、民宿の忙しい時には使ってもらい、充分過ぎる手当や食材を、残り物で悪いねと気遣ってくれる言葉に影で手を合わせている。

「くたまにせんで《きにしないで》」

富江は変わりなく、明るく励ましてくれる。

耕生が、足繁《あししげ》く畑の野菜を届けてもくれる。

そんな二人の他に、敬子がよく出入りするようになった。

何となく雰囲気で判るのだ、と言って敬子が憤慨する。

「こんげやけんざいご《いなか》は、好きんね《きらいだ》いが」

語気も荒く口汚く批判する敬子の言葉を、郁子は微笑みだけで聞き流す。

決して敬子を疑っているのではないが、同調して仮にも、同じような批判がましいことを言うのは、強く戒めている。それは富江たちからも、遠回しながら言われてもいる。

「中国の諺に、何とかかんとこでは履き物《もん》を直すなって、言うんがあるが」

それそれ、と富江が明るく知識を披露する。

郁子は「李下《りか》に冠《かんむり》を正さず？」と富江とは違う諺を思い出してみるけれど、それもこれも違う気がしている。とにかく聞いても同調しない。

語っては駄目な言葉があるのを、弁《わきま》えられるようになっている。

「加賀に勝ったら、厭《いや》でん、郷ん織り子と認めざるを得なくなるが、頑張るしかないが」

それしかないんだね、と健気に郁子は富江の言うことに頷く。

それでも保存会の中には、あからさまに郁子を無視する空気は、濃くなっている。

まさかと思える人の無視には、驚くよりも虚しい気分に気持ちが覆われてしまう。

負けられない、こんなことに負けて上布を諦めるなどできようはずがない、と気持ちを強く持とうとするすぐその後で、やっぱりここも他国なんだ、と思わされる気持ちに負けそうになる。一日のうちに何度、陰《かげ》と陽《ひなた》の繰り返しがあるだろう。

それが鬱《うつ》と躁《そう》とに置き換わる怖れが、覗き始めたりもする。

耕生の胸に抱かれながら、ふっと思いを口にする。

無言で髪を撫でられると、いつも胸を温《ぬく》ませられる。

言葉ではなく、示してくれる思いやりと優しさのすべてが、和《なごみ》に誘《いざな》ってくれる。

その実感に、今も寄り掛かっている。

この人さえ居てくれれば、どんなことにも耐えられる、頑張れる。

すべてを前向きに考えられるように早くならなければ、こんなことで時間を使うなどもったいないと言い聞かせて、頷く。

耕生の腕枕に甘えると、微かな雪の匂いを感じさせられて、深ーく吸う。

胸一杯に吸った雪の匂いに誘われて、揺らめきの世界に溶けてゆく。

もそっと微かになる雪の匂いが、郁子を包み込んでいく。

「飯田耕生が見るんは郁子、岩橋郁子が見るんは飯田耕生、それ以外に目を向けるんは、二人が追いかける上布だけでいいが。来る者は拒《もん》まん。去る者は追わん。そん結果二人っきりになったっていいれー《いいよな》、ん？」

耕生が耳元で呟いてくれる言葉に、無言でしがみつく。

「そうね、ありがてえ《ありがとう》」

気持ちが漲《みなぎ》っていく。こんな小さなことに拘っている暇なんてないんだ。

心を研ぎ澄まして、試し織りの幻影をもっと艶《あで》やかに思い浮かべられるように、しておかなければならないではないか。

そうした挑むという文字に背押しされるストレスが、ある種の快感に昇華してくれ始めた頃に、待ちに待った風花が舞い始め、二月になると雪原《ゆきはら》一面が純白の輝きを見せて来た。

この里の雪は、一降りごとにその白さを増してゆく。

「一番雪は、灰色だが」

空気中の汚れを包《くる》んで降るから、灰色で汚いがぁ。

越ノ沢へ住み始めた頃には、そう教えられてもそれが理解《わか》らなかった。

何度説明されても、見分けが付かなかった。

雪は白くて綺麗、といういつの間にか植え付けられた意識を、取り払いきれなかった。

それが今では、そのように薄汚れて見えるようになっている。

初雪は本当に灰色に見える、だから雪ざらしは何度も降り積もって微塵《みじん》も汚れのない雪になってからでなければ始めないんだ、と耕生からも教えられている。

今年の雪質は素晴らしいと感じるので口にすると、耕生が大袈裟に褒める。

「雪を見分ける眼を持つようになったがぁー？　今年ん雪の良さを言い当てるなんて、もういっちょめえ《いぃちにんまえ》の晒し職人の眼だが」

凄え《すごい》ー、凄え《すごい》ーと、耕生が大袈裟に褒める。

「そんまで言うと、ぬし《あんた》がまるでてんぼこき《うそつき》に見えるが」

頬を膨らませて拗《す》ねてみせる頬《ほ》っぺたを、耕生の指が……。

郁子はすべてが愉しく、満たされ切っている。

「そうらろも《そうだろうが》、今ん郁子がほーんの《ほんとうの》郁《あや》っ子《こ》なんだぞ、おい、あんま心配掛けんでねぇ《かけるんじゃない》」

富江に呼ばれて、叱られる。

二階へ駆け上がって、押し入れの布団に顔を押しつけ、わーーっと大声を出し、叱ってもらえる嬉しさを表現する。

上布という古《いにしえ》の浪漫を守り続ける中で大事なのは、携わる者の心が年齢を感じさせない若さを持ち続けることだろう。

戸籍上の年齢ではなく、好き心と情熱があれば、それが青春なのだから……。

最終章は雪ざらし、という幽玄の世界に委ねるのだけれど、そこへ繋げる道に携わる者たちが絶えず描くのは、一撚《ひとより》の糸が紡ぐ経糸であり、一打ちの緯糸が織り出す織り布である。

それこそが、経糸は運命、緯糸は生き方、と言われるゆえんなのだ。

浪漫《ゆめ》を追い求め続けた若さが、郷の苦難を支え抜いた力であり、刻み続ける歴史の源は、精神の若さなのだ。

若さ、いや若々しさは、幾つになっても持ち続けられる、心なのだ。

郁子は重ねる年齢に逆行するように、若さを取り戻している。


今年は牡丹雪が何度も降った後に、細《ささ》めの粒雪《つぶゆき》が積もっている。

「雪中《せっちゅう》の空気の清浄さが、晒しの命」とは、何度も聞かされた言葉である。

降り積もる雪が山野から色彩を奪い、魚沼三山《うおぬまさんざん》を次第に水墨画の一曲《いちきょく》の屏風に描き変えると、やがて水墨一双《いっそう》から一隻《いっせき》の屏風に生まれ変わらせていく。

五日前に織り上げた二尺余の試し織り布に眼を凝らす郁子は、網膜に呼ぶ色調と寸分も違いのない織り布に仕上がったと思え、強張《こわば》りを解いた肩の重さを感じた後で、さてと気持ちを切り替えたのは、今からこの織り布を灰汁《あく》と米の研ぎ汁で炊いて、浮かせた汚れと糊を臼と杵《きね》で搗《つ》いて落とし、水で洗って三和土《たたき》に吊して雪ざらしに備える、という新しい手順の前処理に向き合うためである。

これから先は、耕生の指示を如何に理解してやりこなせるか。

書き留めた手順通り前処理を終えた織り布を、三和土に吊した。

織り布から、ぽとりぽとりと水滴が落ち始めると、もう朝が待ち遠しくなる。

微睡《まどろ》みが、現《うつつ》との境を揺れさせただけのような朝を迎える。

「今から晒すよ」

ちょっと寝坊したと、耕生が陽射しが強まりかける頃に声をかけた。

「緊張しすぎて、手が震える」

そんな冗談を言った後、神妙な顔で織り布を受け取る。

「晒しを止める見定めは郁子にしてほしい。郁子じゃないと最後の確認はでけんが」

「はい」

頷きはしたけれど、心配が大きくなる。

雪ざらしの止めに女が口出しをするなんて、本当にいいのだろうかと心配になる。

それを言うと、

「少し神経質になり過ぎとるがよ。よしんば誰かが何か言うても、対応するんはおんだ。

おんの感性やと自信がないがよ。だーすけ、郁子の力を借してほしいが。な、おんに力を貸してくんなせや」

いつもはあまり聞くことのなかった、曇りをどこにも感じさせない耕生の言葉が、郁子の胸を篤くする。

「……」

無言の肯きだったが、耕生は郁子からの何よりも強い信頼を受け止めていた。

耕生もまた、無言で返した。

言葉を必要としないで共有する時間が、今の二人にはある。

頷きがあり眼差しの交わりがある。思いはそれだけで通じ、心はそれだけで満たされる。

至福とは斯《か》くも素晴らしく、情緒纏綿《てんめん》とは斯くも穏やかでいられる場なのか。

拵《こしら》えものではなく、代償を求めないからこそ愛と呼べるのである。

郁子は切なく想う、耕生に愛されたい……と。

それは耕生を愛するために愛されたいと願う、愛《かなしみ》の愛である。

今の郁子には、愛《かなしみ》の本質が見えている。

雪沓《ゆきぐつ》の上に樏《かんじき》を付けたのは、雪原《せつげん》に穴を開けないようにと思う気働きである。

耕生は、その出《い》で立《た》ちを満足そうに見やって、頷く。

踏桶《ふみおけ》で足踏みをするかしないかに、意見の違いがあったが、

「足踏みは、晒す時間を短くするのを目的にしているんだ」

だからここは奈良んやり方とも違えて、すべて雪に委ねるという耕生の考えを採った。

「いいねえー、あとは雪に委ねよう」

赤子を扱うよう、と思わせる手つきで耕生が織り布を雪に預ける。

その時、織り布は背筋を伸ばし力強く自己主張をした、と郁子には見えた。

この先は、雪と太陽と織り布が綾なす、人智の及ばない未踏の世界である。

織り布と雪とが愛《いと》おしさを求めて慈しみ、嫋《たお》やかに目合《まぐあ》ってくれるのを待つだけである。

雪と織り布をいつ離別《わか》れさせるか、それを過《あやま》たずに見定めるのが、晒し職人の技である。

非常に重い、技の切れが求められることになる。

ゆったりとした動作で、耕生が見上げる。

郁子が不安げな表情で、織り布と耕生を交互に見返る。

「心配いらない。織り布を拡げた感触はとても心地よかった。なじょも《だいじょうぶ》」

改めて耕生から言われると、郁子は心の底から安堵する。

耕生が胸のポケットから、折りたたんだ紙を手渡した。

「郁子に、伝えておきたいことだ」

二つ折りの紙を受け取り、耕生を見上げる。

読んで、というそぶりの耕生が小さく頷く。
開くと、郁子を思いやる耕生の心の丈が、四行の詩で書かれていた。

蒼《あお》い水面に 沈もうか
深い木立に 溶けようか
人の住む世の 人の世に
もしもお前が 負けるなら

目頭が熱くなって、文字が霞んで見えなくなった。
嗚咽《おえつ》がとめどなく零《こぼ》す涙で、耕生の顔が見えなくなる。
あーっ……、零れた深いため息が、耕生に向ける感謝の思慕《おもい》に変わる。
これ以上の言葉が、あるだろうか。
涙を拭って、もう一度読み返す言葉が声にならない。
わななく唇と潤む瞳に見つめられて、耕生にはそれで充分だった。
巻機山から朝陽が上るのを待ちかね、雪に語りかけ織り布に語りかける。
「私たちのように……ね」
自己主張を鎮めた織り布が、力を抜いて雪に寄り掛かっている。

「いいね！」

耕生も明るく、晴ればれとした顔を見せている。

幸いこの数日は、雨もなく雪も降らないでいてくれる。

郁子の織った二十三弓の筬《おさ》通しは、一弓《ひとゆみ》八十本の糸だから千八百四十本の糸になる。

越ノ沢でもこの数の糸は、久しくない織り布である。

天保の改革で華美が禁じられた煽《あお》りで、それまで十七弓を最低に二十四弓、二十五弓と、二千本の糸数まで織られていた上布も、糸数を十一弓以上は織ってはいけない、という規制を受けた歴史がある。

そんな物は上布ではない、粗布だ。上等の布、それを上布と呼んだのではないのか、という恨みさえ興った。そんな苦難を乗り越えて来た上布だからこそ、伝統を守ろうとする気概が篤《あつ》い、と言えるのだろう。

九　一歩

晒し始めて、十日目の朝、

「こんから先ん判断はおんもするが、続けるんも止めるんも郁子の判断でないと決めらんねえ。雪は目を眩《くら》ませっから、家の中で見比べてほしい」

織り布はおんが持っていくが、今日からは雨戸を開けねえでくれ、と言い残した耕生は、時間刻みで見定めるため、濃いゴーグルをかけて立ちはだかる。

既に今朝から織り布が手渡される回数も、六度目になる。

ほの暗い部屋に太陽灯を点して、雪の匂いを湛える織り布を拡げ、静かに開く瞼でじっと眼を凝らし、無言で首を振る。

頷いて竹竿《たけざお》で織り布を受け取り、木戸を閉める。

静かな充足の時が流れ、満たされ切った一日を閉ざす。

十四日目の午後に、「ござせ《おいで》」と呼ばれた耕生の声が、違って聞こえた。

織り布を架けた竹竿を持つ耕生の頬が、心なしか朱に染まって見える気がした。

受け取る郁子は、織り布からというより織糸からの温みを感じ、網膜に呼ぶ生平麻布《きびらまふ》を焼き付けている瞼を開く。

「六七空水《むつなからみず》」の縞が、雪との嫋やかな目合《まぐあ》いの余韻に揺れているのが、感じられた。

それは紛れもなく、求めてきた縞の色調であった。

確かな色感《しきかん》を受けとめられた気持ちを抱きしめて、膝を折る。

うっすらとしっとりと、「六七空水《むつなからみず》」の染縞が、生平の色調と絡んでくれている度合いを充分に満足させてくれた。

「あーっ！」

晒しを止めることに、迷いはない。
雪の匂いを纏う織り布が、早く早くと急《せ》き立てる。
掌に伝える織り布の意思を、目顔で伝え合い大きく頷き合った。
丁寧に水で濯ぎ、三和土に吊し干しする。
夕陽が沈む頃、耕生は木戸を開けて、軒下に吊し干しを始めた。
空風《からかぜ》を受け止めて、織り布が重たげに揺れ始める。
空風をやり過《す》ごして、織り布が淑《しと》やかな揺らぎに変える。
空風に凭《よ》り掛かり、織り布が馥郁《ふくいく》たる香りを棚引かせ始める。
空風は夜の明けるまで、織り布に戯れ続けた。

東雲《しののめ》を待ちかねた耕生が、払暁《ふつぎょう》の木戸を控えめに叩く。
見交わす眼差しには、不安と期待が目まぐるしく交差する。
ふっ、と零す吐息までが、不安を募らせもする。
気持ちを紛らわせる煙草を、耕生が強く吐く。
あれほど好きな珈琲の、味も香りも今朝はまるで判らない。
雨戸の節穴に朝の気配を感じて、郁子は肩の力を抜いた。
早く逢いたい、と思う気持ちと不安感が与える怖さが、綯《な》い交《ま》ぜになる。

織り布の揺れを確認に何度も軒先に足を運ぶ耕生は、やがて織り布の揺れが軽やかな舞に変わるのを確かめ、緊張した面持ちで木戸を開けた。

織り布が耕生の気持ちのままに、揺れている。

竹竿から離された織り布を受け取り、郁子は瞼を閉ざした。

耕生が、雨戸を払う。

雪見障子を下げた柔らかな明かりが、部屋を支配する中で、郁子は正座した膝に織り布を伸べて、撫でた。

優しく、愛おしく、撫でる。

柔らかな織り目の奥から、たしかな腰と曳きを掌が感じとる。

感触の残る意識で、閉じた瞼に残影《ざんえい》を呼ぶと、ぼんやりと浮かんで、ゆるりゆるりと鮮明になってゆく影に眼を凝らして、郁子は恐々とした動作で瞼を開ける。

けれどもすぐには織り布に逢うのが怖くて、耕生を見上げる。

微かな笑みを浮かべた柔らな眼差しが、さあ、と促す。

頷いて膝の織り布を胸に抱いて板襖に止めると、上がり框《かまち》付近まで戻った。

強張る肩が、いやが上にも緊張感を高める。

そんな仕草の肩を解《ほぐ》し、「行こう」と、小声で耕生が呼びかけた。

鼓動が速くなって、蟀谷《こめかみ》への血の流れが激しくなる。

眼差しを板襖の織り布に貼り付けて、すり足でゆっくりと踏み出す。

常の一歩か二歩手前で晒しを止めることは叶った、と思う晒し生成りが、「六七空水《むつなからみず》」の縞を抱き留めてくれているだろうか。

閊《せめ》ぐ不安と期待を宥《なだ》めながらに敷居を越えた辺りで、織り布が微妙な変化を見せたように感じたのか、見えたのか。

踏み出しかけた足をそのまま次の歩幅に移ろうとした時、晒し斑を残していると見受けた経糸に、「六七空水《むつなからみず》」の緯糸が寄り添っているのが見えた。

眸《ひとみ》が瞠《みは》らかされ、あーっと、無言の感嘆が身体の奥深くへ吸い込まれた。

何と言い表せば良いのだろうか。

経験のない衝撃に身体は硬張り、織り布を指し示す手が小刻みに震え始める。

「おさま《あなた》ー……」

掠れ声が後の言葉を伝えさせない身悶《みもだ》えを、必死に堪《た》え、

「こんよ《これ》、こん色《いろ》調よ、こん色調《しきちょう》よ！」

低く抑えた声で叫ぶように伝えると、待ちかねる耕生が急ぎ足になるのを、

「そこで止まって、そこから見て！」

立ち止まった晒し職人の眼には、晒した生成りの薄まり以外、何の変哲も見受けられなくて、思わず目線を泳がせた。

それを耕生も同じ色調《いろ》を認めた知らせと理解した郁子は、ほっこりと笑顔を浮かべる。

しかし内心焦った耕生は、瞬《まばた》きを繰り返す。

何度かの瞬きの後で、改めて深く眼を凝らして見つめ直すと、息遣いを感じさせる幻惑に絡め取られているような、そんな気持ちにはなった。

「ござせ」と呼んだ時には、微《かす》かに晒し斑があると捉えた。

その思いまでが、そんな気がしただけの幻視だったのか、と耕生が自己納得させたのは、おぼつかない感性を、自覚させられたからだった。

「おんに預けてくれないか」

耕生がそう言って、郁子の目を見つめた。

「お任せします」

板襖に止めている織り布を、郁子は耕生に委ねた。

「確かに預かりました」

織り布を晒しで包み、木戸を閉めた。

郁子は再び雨戸を閉じると、先ほど見極めた織り布の色調を瞼に呼んだ。

少なくとも郁子には、「六七空水《むつなからみず》」の縞《しま》が思い描いた姿で生成りと紡ぎ合って見えた。

織り布を預かり直した耕生は、生成りの弾けをもう半歩か一歩、遅らそうと思っている。

「六七空水《むつなからみず》」の明度と生成りの明度から、同じ鎮まりになる明度と見て取ったので、約二時間を半分の裏返しで追いかけることにしている。

短くて長く感じられる二時間後、耕生が織り布を持って木戸を潜《くぐ》った。

語りかけのない眼差しを交わし、耕生から郁子へ織り布が手渡された。

受け取る郁子は、織り布というより耕生の体温を掌に感じている。

それは紛れもなく、求めて行く「いざなせ道」の道標《みちしるべ》になる温もりであり、歩いて行く歩幅と踏み締める手応えをしっかりと感じさせてくれた、掌の温かみである。

既にこの二時間の結果に対しての慮《おもんぱか》りは、どこにもなくなっている。

「おんに、預けてくれないか」

ずっと待ち続けていたこの言葉で、今はもう何も要らない、と郁子は思っている。

織り布は何度でも挑戦できる、しかし、なのですよ、と耕生を盗み見る。

織り布が、早く早くと急《せ》き立てて来る。

郁子は織り布を抱きしめて走り、丁寧に水で濯いで自分で吊し干しをした。

夕陽に変わる気配頃まで吊し干しをした織り布を、耕生が軒下に吊し干しをして帰った。

今朝も払暁《ふつぎょう》の木戸を控えめに耕生は叩き、用意しておいた朝飯を食べる。

「楽しみだね」

明るく呼びかける。

「なーしてか、おっかねえ気分だが」

「嬉しかったよ、あんたに最後を任せるがん《こと》になって」

「あと、半歩か一歩欲しいなって、感じたが」

「うちはあん色調《いろ》見たら、もうなんも考えられんかったが」

　朝陽が巻機山《まきはたやま》の頂を越えた気配に、耕生が軒下の織り布を迎えに木戸を潜る。

　雨戸を開け雪見障子を下げた柔らかな明かりが、部屋を支配している。

　郁子は正座した膝に織り布を伸べて、撫でた。

　優しく、愛おしく、撫でる。

　柔らかな織り目の中に残る、腰と曳きを掌に感じた。

　その感触を抱き留め、瞼に残影を呼ぶ。

　ぼんやりと浮かんで、ゆっくりと影を鮮明にする残影に眼を凝らし、郁子は瞼を開ける。

　けれどもすぐには織り布に逢えなくて、耕生と見交わす。

　柔らかな眼差しが、さあ、と促す。

　掌からも凝らす眼からも、昨日の感じと違った呼びかけはない。

　昨日のあの二時間は一体、と思う意識が掠めたが、頷いて板襖に止めると上がり框まで戻り、並んでゆっくりと板襖に向かった。

　敷居を跨《また》ぐまでは、昨日の様子と変わらなかったのだが、一歩をすり足で進めた後の眼には、

「六七空水《むつなからみず》」の縞が微妙な変化を見せた、と、昨日は感じさせられたのではなかったか、と訝りを感じながら次の歩幅に移る。

郁子が眼にしているのは、生成り無地の織り布である。

うん、と頷く思いで踏み出し、そのまま次の歩幅に移ろうとした時、生成り無地の織り布にゆらりと何かが揺らめいたような感じを持った。

次の歩幅を半歩進めた時、その揺らめきが「六七空水《むつなからみず》」の染縞に変わりかけ、一歩の歩幅を進め終えると、晒し生成りの緯糸に寄り添う「六七空水《むつなからみず》」の縞が浮いたのである。

後ずさりをした。

「六七空水《むつなからみず》」の縞は、生成りの緯糸が弾けるのに合わせて薄れて消え、眼に見えるのは無地の生成り麻布《まふ》である。

手を繋いで歩幅を詰めると、〝あーーーっ〟と郁子が歓喜の声を上げたのは、「六七空水《むつなからみず》」の藍縞が再び浮いてくれたからである。

この晒しの微かさが、近代化したさらし粉が作り出す紛い物に、本物にしか持つことができない美の本質を突きつけたのである。

その微かさが、「六七空水《むつなからみず》」の藍縞と弾ける生成りの緯糸とを、解け合わさせたのだ。

二人で上がり框まで後退りして、改めて縞の浮きを確かめる。

郁子は昨日の確かめと違って、一歩近く近づいたと思っている。

敷居を越えた時から、すり足が昨日出会った歩数を思い出させている。

その歩数を越えた時、郁子は耕生の手をきつく握った。

耕生が、微かにうんと頷いたのが分かった。

昨日の二時間は、自分にはない晒し職人にしか持ち得ない、この人にしか持ち得ない感性なんだと、郁子は誇らしくなる。

もう一度繰り返してみると、一度経験したからなのだろう、もう出会える、もう浮いてくれる、という思いが先に出て、出会った感激が薄い。

誰かの変化で確かめようと思った二人は、いつも通り富江を呼びに走った。

「一緒に見てほしくて」とだけで、引っ張るようにして連れてこられた富江が、上がり框から郁子に従って敷居を超えた後、あっきゃーと声を上げたまま、その場に泣き伏した。

やっと息を鎮め、呼吸を整え、

「これだがや、郁《あや》っ子《こ》の夢ん話を聞きながら、想像しとったんは」

涙で顔をくしゃくしゃにして振り返ると、郁子に武者ぶりつくように富江が抱きしめる。

この時耕生は、郁子の感性に身と心で触れた。

これが郁子という女が、感性だけで描いた幽玄な世界なのかと、畏怖に近い感情を抱かずにはいられなくなった。

そばで無我の中を彷徨う郁子を、引き寄せる。

「おしょーしな《ありがとう》」

郁子の口から、耕生への感謝の言葉が届けられる。

そんな気遣いより、もっと自分のことを嬉しがり誇ってもいいではないかと、耕生は思う。

「ほーんに《ほんとう》、おしょーしな、一歩だったんね」

重ねて、耕生に身体を預ける。

抱きしめながら、震えに任せる声で、

「俺にも見えた、郁子と同じ透明《おんな》の色彩が見えた」

耕生は無意識に〝俺〟と言って、肩を抱く手に力を込めた。

裸になり切った男の身体は熱く、郁子と心を溶かし合えた充足にくらりとする。

この充足の刻《きざみ》こそが、二人に与えられるエクスタシーなのだ。

郁子を抱き締める飯田耕生の中で、アールヌーボーの硝子が、砕けて消えた。

シャルル・マルタン・エミール・ガレもまた、消えた。

飯田耕生はこの時、硝子では為し遂《なと》げられなかった感性の集大成を、上布によって成し遂げさせる道を与えられたのであった。

「行こう！」

耕生も郁子も、この織り布を一番に見せたいのは、「紺屋《こうや》」の河野貞孝である。

車から携帯で社長の在社を確認すると、それだけで切った。

何で、と郁子が訝る。ニコッと笑った耕生の目が、悪戯っ子の目になっている。

「紺屋」へ着くと、事務所で待っていた様子で出て来るなり、飯田か、と言って、

「あんな電話をして来んのは、おまんか小林しかいないからな。ところでどうした」

「ちょっと染めん色調を、見定めてほしいがです」

太陽灯は？　と意識して問う耕生に、家《うち》は染屋だぞ、と笑いながら応接に通された。

河野が、カーテンを引いた部屋の撞木《しゅもく》に、太陽灯の灯《あか》りを投げる。

耕生は捨て織りを使って、五尺撞木に織り布を吊し、光の輪に織り布が浮かぶのを確かめて、
河野を二間余り離れた所へ誘《いざな》う。

眼差しを投げた河野は、「生平か」と呟く。

「えっくりと、ちーこ《ちかく》へ行ってくんなせや」

河野は、うん？　という感じで撞木に近づいていく。

感覚で一間近くに縮まったその時、えっ！　と発しかけた声を、呑んだ。

河野が慌てた風情で、何度か後退りしては織り布に近づく動作を繰り返し、ふーっと、大きく息を吐いて、河野にしては珍しく、オクターブを上げた声で、

「郁子さん、飯田！」

と叫ぶように手を握り合い、「イーゼル」の木村夫婦を呼んで、妻の栞《しおり》を呼ぶ。

「紺屋」からの電話を受けた木村は直感で、晒し斑と「六七空水《むつなからみず》」の花なのか蕾《つぼみ》なのかを浮かべ、とにかく、と妻の牧子を急がせて「紺屋」を訪ねた。

「木村さん、先に見せてもろーた。おさまー《あなた》には私ん以上の思い入れがあるがでしょう、奥さんも見てやってくんなせ」

小千谷の男二人が、共に携わった結晶の成果に感激し、感嘆の言葉を重ねる。

河野は、何事かと駆けつけた妻の栞と、何度も撞木を往き来している。

木村は離れて、生成りの晒し止めに頷いている。

振り返った木村牧子には耕生しか見えなくて、黙って近づき黙ってハグした。

場所柄を忘れて、郁子は嬉しそうな耕生が憎らしくなる。

栞がグラスを握らせ、河野がワインを注ぐ。

揃ってグラスを掲げて乾杯をするところだが、まだ陽も高い。

唇を濡らして収める郁子に、牧子が眼で栞にも語りかけ、ぐっと一息に飲み干した。

何だか急に愉しくなって、郁子も少し戸惑った栞も、牧子に倣って飲み干すと、それぞれが夫に向け、破顔して爆笑した。

六人の高笑いが部屋を満たした後で、実は、と言い淀む耕生に、

「こん織りは越ノ沢の織りだ。どこからもそんな話は漏れん」

それより、早う身近で世話をかけた人たちに、お見せするんだな。

耕生たちが退出した後、木村牧子と河野栞が初対面の挨拶を交わすそばで、

「生成りが良い具合に、弾けてくれていますね」

河野が木村に話しかける。

「藍の明度《めいど》の程の良さに、感じさせられました」

喉を掘る語り口で、木村が近づきの礼を重ねている。


越ノ沢へ急ぐ車中では、郁子がこの試し織りの扱いの理解を耕生に求めている。

「結果が出るまでには、いろんな方たちから後押しをもらったけれど、私にとっては富江さんが一番大事な人なの。

だから富江さんにもらってほしいと思ってるの。

粂婆っ様には、気持ちに乱れのない私の織りを見てもらいたいの、いい？」

この満足に包まれている時に、持ち続ける郁子の織り手としての矜持こそが、高い抽象度を維持する感性だと理解したのもだが、その考えは耕生も同感で、無言の微笑みで返した。

翌日「富郷《とみさと》」を訪ねて郁子は、織り布を富江に差し出した。

「うん？」

富江には郁子の手の動きが、理解できなかった。

「もろーて、くんなせ？」

語尾が上がっている。

郁子の言葉を理解した富江は、首を大きく振る。

「あったらもん《もったいない》、こんなよぉさくもん《たいせつなもの》を、もろうなんてでけん《できない》」

大きく首を振って厚意を断る富江に、もらってほしいの、お願い、と哀願し続ける。

郁子の篤《あつ》い想いと心を、感じ取った富江は、

「おれしぇ《うれしい》、そんげこと言うてくれるなんて、ほーんに嬉《おれ》しい」

胸に抱き取って、まるで子供が嫌々をするように身体を揺する。

郁子はその時、上布が間違いなく、自分の畢生《ひっせい》の目的となったことを自覚したのだった。

もう、何があろうとも手すさび《てあそび》は許されないし、許しはしないと。

念のためもう少し手績《てう》みをしておこうか、と言う耕生に郁子はきっぱりと、

「甘えちゃうから」とその申し出を断った。

「こんで織り上げるんが、うちがうちに勝つことなんすけー」

だからと、耕生をまっすぐ見つめる。

頷く耕生がその凛々しさの中に見たのは、意識していない精神の大胆さと柔軟性を持つ、生《き》平《びら》の郁子だったのだろう。

あの時までは見定める郁子の所作をなぞり、確かに生平色紙《きびらしきし》と染布《そめふ》で目にはした透明の色彩だったが、しかし違ったのだ。

生平色紙と染布で目にした透明の色彩と、織り布の中で目にした透明の色彩との違い。心を響かせたあれこそが、幽玄な世界で育まれた雪の化身なのだ。織り布が産み出した透明の色彩は、飯田耕生の感性の範疇《はんちゅう》を遙かに超えていた。化身と幽玄の世界を具象化する心眼は、自分にはまだ備わっていない。

今から自分がやらなければならないのは、「イーゼル」の村上さんが見つけてくれる色調に、まず晒し上げられるようになることだ。

染の色調も明度も、晒す前には判るのだから、どの程度の晒し斑を残せばいいのか残さなければいけないか、それを見誤らずに晒せてこそ、職人と言えるのではないのか、と。

否《いや》、そうではない。ここだと見定めて止めた結果が、そうでなくてはならないのだ。

そこまで思いを馳せることができた耕生は、恥ずかしげに口角を上げた。

織りが八分で晒しが二分、そう言われるのが悔しい。でも良くも悪くも雪に被せる技量のなさなのだ、と暗に晒し職人を責めていた答えを求められていたことに、気づかされたからだ。

よし、と耕生はこの時を境にして、自分自身への挑戦を始めた。

「イーゼル」の村上と「紺屋」の河野貞孝の二人が、奇《く》しくも、「久しぶりで愉しい時間を」と言ったあの言葉を、反芻してみる。

いつか誰かにこの言葉が話せるようになる、と飯田耕生はひっそりと身構えた。

十　罵倒

翌朝凍《し》みが緩むこちょこちょの木《さるすべり》の根回りに、雪割草が一輪咲いているのを見つけた。

その花色の鮮やかさが、春まだ浅い庭の風情を冴えた黄色に染めているのを見る郁子の心が、盛りの春のように和んでいるのは、試し織を富江に受け取ってもらえたからではあるが、色調を斯《か》ほどまで昇華させることができた、「紺屋」への最後の一押しも、富江の一言が内面の感性を背押ししてくれたからだった、そのことへの感謝もある。

この先、それを顕在意識で持つことは恐らくないだろうが、それはいけなくはないことで、むしろ良いと捉えるべきだろう。

顕在意識はやがて消えるが、潜在意識は消えることなく、感性の襞《ひだ》に抱かれてその意識を昇華させ続けるのだから。

「郁っ子《あやこ》の夢話を思い出すと、もっと粋《いき》な物《もん》を考えとったが、野暮ったくないがぁ。何《なに》あんも判んねえに変なこと言うようだけんど、濃すぎるのんと、薄いんのやと思うが」

あの時の一言が富江だから、郁子は自分を納得させたのだった。

誰も郁子の真意を、識る者はいないだろう。

それが郁子の、新たな枯れない花になった。

だからこそ、寄り添い慈しみ合う心の縁《えにし》が大切なのだ、と思うのはあなたであってほしい。

物欲で心を痩せさせる今の世には存在しない、いつの間にか失っている敷島への回帰こそが、この国の為人《ひととなり》ではないのか。


郁子の試し織りが上がったことが、富江からその日のうちに郷の隅々にまで広げられた。

引退した織り子が、孫に手を曳かれて「富郷」を訪ねてきた。

「目が悪《わ》ーりがん、えっちーあったらえろはめーんが」

と悔しがり、竹筬《たけおさ》の確かさと、手触る柔らかさの奥にある腰と引きの強さを口々に褒めた。

そんな中で、

「薩摩はきょんな《きょねん》、良か織りばなんぶらがしたと《みせびらかした》いうし、加賀だけじゃのうて、薩摩もなかなかだがや。そうられも、こんなら勝てるかも知んねぇて」

まるで根拠のない期待がそこここで聞かれ始めたこともだが、耕生との結婚を知らせた後の村八分に近い扱われ方や、心寄せてくれていると思っていた人の無視と見る目が教えた、旅ん者《もん》という扱われ方に持たされた疎外感を思い出すと、期待する言葉が隠し持つのはやり損じではないのかと、つい考えてしまうのも確かだった。

信じ切れなくなりかけている耳が捉える、浮き足立たせる言葉に気持ちが塞がれ、心が折れそうになる。

結果を気にせず、無心で機に向き合いたい。その気持ちが乱されるのを厭《いと》うと、いずれの期待に応えても残るのは、鬱。

半ばは富江の箴言《しんげん》を求める気持ちで、淡々と話したのだったが、

「なんば言うとるが、そんげえわき《よわき》でどうするが、もしもなんてがん《こと》は考えなくなったんと違うんか、あれはてんぼこいたんか《うそをついた》」

いつになく富江が、郁子を大声で怒っこり《おこって》、叱り飛ばした。

「そんつら気持ちじゃあ、いか《いい》機は織れやせんが。大会の結果なんちゅうんは、運の良し悪しで決まるがん《こと》だって、あるがやないか。そんげことよりおまんがどんげえ《どんな》気構えで織ったか、そん方が大事なんやが」

あまりの剣幕に、郁子は気後れして言葉を失っている。

「忘んるな《わすれる》、おまんが織る上布は、いつか耕生さんに着てもろうんじゃあなかったんか、着せるんじゃあねぇんか。そんねげー《ねがい》は、ねーなったんか《なくなった》」

「……」

「出た結果で、んなが《みんな》らが何かよーごと《たわごと》言うても、言わしとけばええじゃないか。耕生さんとわしだけは、どんながん《こと》があってもおまんの味方だが、そうられじゃ《それだけでは》、不服なんか」

眼に涙を浮かべて、富江は郁子を叱る。

「そうだった、うちが間違うとった。耕生さんに着てもらえる機を織るんだった……」

「そこんとこを忘れるんじゃねぇ、馬鹿ばっか言わっしゃんな、ええな！」

「わーれかった《わるかった》ね」

わざと荒っぽく突き放す富江の気持ちが判って、胸に堪《こた》える。

叱られたのじゃなくて怒られながら、富江の言葉に恍惚《こうこつ》となってる自分を感じている。

この人と居れば一切甲《よろ》わないでいられる、虚心になれる。もう何も恐れるものなどないのだということを、再び思い知らされた。

耕生が居てくれて富江が居てくれれば、それだけで充分すぎるではないか。

それ以上に、何を欲しがるというのか。欲張っていた郁子の心は霽《は》れた。

明るい表情が戻った郁子に、富江には続けたい言葉があった。

「えーつらん《あいつら》目ば、覚ましてやろうじゃねえか。そんがおまんらが歩くって決めた、道じゃろが」

そうなんよ、郁子は改めて覚悟を持ち直し、舫《もやい》を解いた。

富江はなんとしても郁子を、このプレッシャーに勝たせねばと思っている。

郁子に階段をもう一段登らせるには、またとない試練なのだ。

優しくなんてしてられるか。優しさや慰めは、最後のどうしようもない時のために取っておくもんだ、と肯く富江だから突き放せる。

まさに、優しさのない厳しさが罪であるように、厳しさのない優しさはなおさらに罪なのだ。

郁子は忘れかけていた自分軸を意識し直し、雨戸を揺する風さえにも耳を貸さないで機に向かった。

とは言っても、日々の生活は変わりはしない。民宿が忙しい時は、手伝いに出る。

ただ一ついつもの年と違うのは、組合へ納める今年の織り布は、最低限の生活費を得るための白布にしてもらっている。

微かな色調《いろ》を見分ける眼を労る耕生からは、白布を織ることも反対されている。

「こんげえ《これだけ》に打ち込んでほしいが、こっげー《これくらい》なら何とかなるが」

男のやるべきことと思って、諄《くど》く言うのだけれど、

「あばけ《あまえ》たくないがぁー。晒してくんるあんたとん仲は、良い意味でん緊張感を保《も》つことが必要なんよ、らぁすけ、な?」

やぼこき《わがまま》かな？　と郁子は振り返り、これが終わったら素直になるから、それまでは許してほしい、と言う。

「だすけー妥協さっさん《してはいけない》ながぁか？　何《なー》もかも駄目になっかもしれんしろ」

耕生は決して強いることをせず、思うがままにさせている。

試し織りで目の当たりにした郁子の感性を、大切に育むこともまた自分の為《な》すべき大きな仕

事だと、考えるからであった。

一方耕生からもらった四行の詩が、郁子をこんなにも逞しく、美しくさせている。

一人の夜に溜め息を吐く、その時に感じる嫋《たお》やかな安堵感。

同じ溜め息なのに、と冷静に過去を振り返ることができる自分が、そこにはいる。

蒼い水面に 沈もうか……

口遊《くちずさ》めば、心を満たすこの詩があればと、郁子は恍惚と暗唱する。

「おまんを見とると、耕生さんがおまんをどんなふうに見とんのかが、判るが」

と富江はよく口にする。

「女は自分では意識がのうても、そん人にどう見られとるかによって動くもんだって言われるがぁ。おまんを見てると熟々《つくづく》、ほんねまぁそん通りだって思うが」

そう言っては、

「ジェラシーを、感じるが」といつもの流れで二人は笑い合う。

たまに届く辛気《しんき》な陰口も、馬耳東風を決めたお陰で、煩悶《はんもん》することも心が折りたたまれることもなくなった。

暦の花が季節を先取りして咲き、足早に去っていく。

行く夏と来る秋の始まりを時折感じるのは、さらっとした肌触りの風の中に、薄れる夏を抱き留める風が流れるからだろうか。

濃密な緑が褪《あ》せ始めると、木の葉が儚《はかな》げな揺れを見せ始め、時知らずがもうひと色濃い儚さを浮かべる爽やかな季節は、凌ぐには心地よいが機には不向きで、今年は早めに加湿用のタオルを整える。

気配りと心配りを持って、織りは瞼の残影と寸分違《たが》わず一瀉千里《いっしゃせんり》に織り進めている。

耕生が三時前後にお茶休みの顔を出し、肩と背筋の張りを解《ほぐ》してくれる。

肩と背中の温もりに凭れて、二人は匂い立つモカを愉しむ。

それだけで満たされる時間が、間違いなくそこにはある。

その心地よさを、郁子は愛してやまない。

耕生が強く窘《たしな》めてくれたあの詩が、すべての支えになっている。

私にはこの人が居てくれる、そう想うだけで気持ちは凪《な》ぎ、まるで日溜まりのような存在を耕生に意識する。

知り合う前は後腰《しまき》帯と布巻棒《からすぐち》の具合がおかしいと感じても、無理に身体を馴染ませる努力をしていたのに、今はすぐ耕生に頼む。

甘えは駄目、緊張感を持ち続けなければいけない、と言っていた郁子は、それとこれとは意味が違うからいいの、と託言《かごと》を浮かべて頬を緩めている。

甘えられる相手が居る環境が、郁子を美しく生まれ変わらせている。

すべてで、耕生の大きさを感じてもいる。


花びらが舞うように降った淡雪が、この年の遅い初雪に変わった日に、狭まる綜絖《そうこう》に合わせて飛杼《とび》を細いセギ杼《ひ》に代えた。

いよいよ、織り上げが近い。

交互に肩を叩きながら、セギ杼を止めて織《お》りを納め、と明日の手仕舞いをほろほろと揺れる意識の中で復習する。

捨て織りをまえがらみに巻き終えた経糸を撚りあわせ、パチッと手鋏が止め鋏を入れる、あの歯切れの良い音が聞こえる気がする。

カレンダーも、今年最後の一枚になって、年の瀬までもうひと月もない。

翌日の八つ時《ごごさんじ》前に、最後のセギ杼を左から右に走らせ、筬《おさ》を打ち止めて織りを納めた。

掌を滑らせ、まだまだだね、でもと頬を弛《ゆる》めることができる織り上がりだった。

前がらみに巻き取った織り布を、和紙に包んで神棚に供える。

手仕舞いを終えると、いつも達成感と満足感で暫し放心するのが癖になっている。

疲れが身体のあちらこちらに滲むのを感じるが、それは心地のよい脱力感でもある。

ただ今日の放心は今までとは異なる放心で、殊の外感慨深い。

まるで常套句だと意識しながら、走馬燈のよう、という表現を使って思いを馳せてみる。

「蘇芳色《すおういろ》一色《いっしょく》濃淡《のうたん》の縞上布」との、二度の出会い。

粂婆さまから借りた亀甲絣《きっこうがすり》の上布と、もらった幾つもの話。

試し織りでの、品下《しなくだ》りな煩悶。

その場では、整理も処理もでききれなかった惑いを、いつも耕生と富江に甘え、滞りなく織り上げることができたことへの感謝。

居坐機にも感謝を込めて頬ずりをし、ありがとうと何度も囁きかけながら、ゆっくりと、撫でるように拭う。

もうすぐ、耕生が来る。

目標もこれで半ばは近づけることができた、と思う感慨が、安堵感を覚えさせようとする中で思わず身体を硬くさせるのは、やはり耕生への慮《おもんぱか》りであった。

耕生が意識しているであろう責任を思うと、織り上げた喜びよりも、それで失う何かがあったらという、怖さが頭を擡《もた》げる。

どうすればいい？　富江の顔を思い浮かべたが、そんな時間のないことに気づく。

考えが纏まらない耳に、車の止まる音が聞こえた。

惑う気持ちを振り払って、急いで三和土に下りて木戸を曳いた。

耕生が大股で歩いて来る。

「さっき、止《と》め鋏《ばさみ》を入れたんよ」

語尾を上げる。

「ご苦労さん、良《よ》ーやった」

ぶっきらぼうに感じる耕生の言い草は、シャイな男の最高の讃辞である。

神棚の和紙に包んだ織り布を、耕生に渡す。

神妙な面持ちで一礼した耕生は、織り布を前屈みの膝に二、三尺広げて見つめ、深く吸った息をゆっくりと吐いた。

「くたびぃっどう《つかれたろう》、てーてねえかったか《たいへんだったな》、あとは……」

無駄なことを言わない、いつもの耕生以上に寡黙である。

勿論、あんた《あなた》にすべてを任せます。その思いを込めて頭を下げて応える。

「止め鋏を入れる時、手が震えたがぁ」

「試し織りより、ええ《いい》あんべぇだが」

耕生が初めて、出来映えを口にする。

「ほーんに?」

口を真一文字に結んで、耕生が頷いている。

登れたという感慨が、郁子の心を満たした。

満たされてゆく心に、甘い思いが富江の励ましを思い出させている。

それは上布に向き合って二年ほどが過ぎた頃だった。

気ばかりが焦って、身体が思いを表現しきれなくて落ち込み、気弱になって大会への挑戦を諦めるような言葉を吐いた時だった。

「登れない木は仰ぎ見んなって言うがぁー？　おまんは登れる」

登り切るにはどの枝を掴むか、それだけを考えろ、と言われた。

目標を決めてこの道を歩くと決めたのだから、今は何をするか、それさえ掴めばいい。

先に結果を考えるな、とも言われた。

やっと登れたよ？　と富江へ心で呼びかける。

サイフォンが最後の一滴を落とし、ザワザワと音を立てた後から、モカの香りが匂い立って棚引くその音と香りで郁子は我に返ると、耕生の柔らかな眼差しに包まれていた。

すべての感慨を包む微笑みを浮かべ、耕生の眼差しに応える。

ひと時を珈琲で休んだ後、どちらから言うともなく郷の神社へ出かけた。

やがて根雪になるだろう軒先や路地の雪は、まだ薄く汚れを浮かべている。

織り上げた安堵感と解放感に凭れて、手を繋いで石段を上り、郁子は試し織りの端布を耕生に左手の小指に結わえてもらい、社殿に深く頭を下げた。

どうか青苧が、寄り添ってくれますように。

どうか三人の思いが、織り布に届きますように。

深く頭を下げて社殿を後にする石段では、踊り場で振り返り、

「やっぱし、最後は神頼みね、たよ《かんぬし》さまに縋《すが》るがあか？」

郁子が、いつになく軽口を叩く。

「そうらがねぁ、人事を尽くして天命を待つと言うても、そっけえがん《そんなこと》は無理らて」

耕生が万年青木《おもとぎ》のたたなずく道で同調する。

「晒し斑の判断をするこん《ころ》になっと、気心の知れた、おいお前で話が通る奴とでないと難しいと思うがよ。そんで、幼なじみに助っ人を頼みたいが、いいがぁ？」

と郁子の同意を求める。

「あんたにんな《ぜんぶ》任せとるだーすけ、あんたがええと思うように、してくんなせ」

「信頼の置ける、近《した》しい奴なんだ」

特に雪と絡ませるには、裏返しだけじゃのうて《なくて》別の方法も考えているので、それにはどうしても、気心の知れた相棒でないと、と言う。

「郁子にもできんことはない、と思ったが……」

郁子と呼ばれると、何にもかも忘れて嬉しさだけが湧き上がる。

「あんたん考え通りしてくれたら、うちはええが」

あなたが言うように、雪ざらしが始まれば私は家から出ないから。

「あんたんお許しが出るまで、じっと家にいるが」

半ば戯《おど》けた口調で、お許しが出るまでを強く響かせて続ける。

「そこまでんねっそりは、晒しを終《おわら》やせ《せて》たからでえが」

それまでは普段のままがいい、と肩を抱かれた。

あの時以来、郁子の話しかけが変わったことが、嬉しくて仕方がない耕生である。

「耕生さん」から、「あなた、あなたが」といつもそう話しかけていたのが、「あんた」に変わってくれた。たった一言と言えばそうだが、「あなた」から「あんた」に変わる呼び方には、深い繋がりを感じるのだ。

耕生からは「郁子さん」から「郁子」に変わったが、「お前」と呼びたいと思っている。

そうと決まると耕生は、いつもながらの早い身捌きで、この近くは雪ざらしを手伝う幼馴染みとの呼吸合わせに時間を取られて足が遠のいている。

その間《あいだ》に、郁子は借りている居坐機の手入れをする。

大道具から踏板を離し、後腰帯《しまき》と布巻棒《からすぐち》を離した。

飛杼《とび》は予備も含め、セギ杼《ひ》と一緒の所へ置く。

竹筬《たけおさ》は筬つかと離し、千切り、中筒、アジ棒、と並べる。

乾いた晒で綺麗に拭き、米ぬかの袋で拭ってから一つ一つを晒に巻いて、箱に納めた。

終わると、解放感が身体一杯に満ちる。

一つの仕事を仕上げた充実感を、こんなに感じたことは今までにはなかった。
郁子は今、何も考えていない。
ぼやっと呆けて、思考停止の状態を愉しんでいる。
そうだ、明日から「富郷」へ手伝いに行こう。

第四章　密《みそ》か事《ごと》

硝子工房「石館《いしだて》」は、野々村冴子の加入で、信州安曇野の異才をほしいままにしてきた石館彬子《あきこ》の浪漫を、東京と京都へ出店することで具現化したといえる。

硝子は如何に透明であるかが競われる中で、近代化学が次々と産み出す素材をすっぽりと取り込んだ蜻蛉玉《とんぼだま》が、老若を問わず虜《とりこ》にした。

虜にされた一人が、硝子工房「石館」の石館彬子である。

木に例えるなら柳であろうか。世間の耳目風聞《じもくふうぶん》にはめっぽう強い。

だけでなく、柳腰という表現があるように、嫋《たお》やかな上に信州の山間《やまあい》で生まれ育ったとは思えぬ、目鼻の彫りが深い才女でもある。

ただ男嫌いで通っているので、鼻持ちならない性格ブスかと言えばそうでもなく、女としての気遣い心遣いはさらっとした身繕いの中に隠し持っている。

いつしか〝仕事が恋人のアイビーズ〟が彬子の字《あざな》になっている。

アイビーズとは蜻蛉玉の別名で、彬子がこれほどまで蜻蛉玉に惹かれたのは、歴史好きが昂じさせたとも言える。

肥前国佐賀藩鍋島家最後の城主、鍋島閑叟《かんそう》の生き様を識《し》る中で、「葉隠《はがくれ》」の心髄に傾倒する傍ら、閑叟の遊び心に目を奪われて出会ったのが、閑叟が率先して行った抜け荷、即ち密貿易の中にあった蜻蛉玉だったのである。

この国ではビー玉遊びの時代が長い蜻蛉玉だが、その起源は古く、メソポタミアやエジプトでは、今から三千五、六百年も前から造られており、この国でも古墳時代の副葬品に、既に見られている。

形や色がトンボの目に似ているから、この国では江戸時代中頃から蜻蛉玉という名称で呼ばれていたのだろう、と聞かされていたが、本当は、色ガラスの棒を束ねて溶かした上から別の色ガラスをかぶせて造った硝子棒を、適当な大きさに切ったものをトンボと言うのが正しいと知り、日本人のらしさに彬子は笑った。

江戸時代に度々発せられた、奢侈《しゃし》禁止令即ち贅沢禁止令で、蜻蛉玉の伝統は途絶え、技法も陶芸のように引き継がれなかったために途切れたが、明治時代に再上陸すると、昔の玉を参考にした職人が個々に技法を創作し、現代のような蜻蛉玉を作り出した、とあるのを、

「これって嘘だね、引き継がせたのは閑叟さんだよね」

と言って、彬子は一人満足したものである。

余談になるが、アメリカ先住民が大陸を白人に売ったのもトンボ玉との交換で、時には人までも、トンボ玉と交換された。

今もその当時のトンボ玉が、アフリカには沢山残っているそうだ、と読み継いで彬子は、ちょっと複雑な気持ちになったこともある。

そんな文献の知識が去来する中、抱き続けた硝子工房「石館」に賭けた浪漫が、野々村冴子という和心《わごころ》の薄青紫に絡み取られ、藤色のそれも四月半ばに咲く藤の花色にしか本物の藤色

はないのです、なぜなら、エトセトラ……。

この頑なで熱い感性を持つ年若い同性との出会いで、具現化していく現実を目の当たりにしながら凭《もた》れると、身体の深淵に興る喜びと満足の陰で感じたのは、野々村冴子への畏怖に近かった。

二人が手を携えて、いつまでもどこまでも歩いて行けるなら、彬子は硝子工房「石館」をそっくり、野々村冴子に託すことも吝《やぶさ》かではない、と真剣に思ってさえいる。

帳《とばり》が木立を抜ける霧を教えるように、ゆっくりと降りる安曇野の晩夏を足早に感じさせる気配の中で、

「少し私の話を聞いてもらえない？　私が独りになった理由《わけ》など……」

と、枯れ草色の渋い装いの彬子は、工房裏のデッキでグラスの氷をストローで音を立てさせながら、冴子を誘い込んだ。

普段から彬子の仕草にまで惹き込まれている冴子は、飲みかけたアイスコーヒーのグラスからストローを抜いて、グラスに移った秋色のルージュを親指で拭ってから目を合わせ、

「聞かせてください」

冴子は、呟くような雰囲気の口ぶりで、半ば、せがんだ。

石館彬子は半年以上も前から、野々村冴子に密《みそ》か事《ごと》を抱いている。

子供を諦めた女が、将来なのか老後なのかを慮《おもんぱか》って見つけた答えを、話すと決めたその

とば口は、やはり今日までの道程《みちのり》だった。

「結婚は一度してるのよね。排卵障害の不妊症で子供が持てないと判って、一年半で結婚生活に幕を下ろしたのね。決断するまで数冊の本を読んだけれど、どの本も同じことしか書かれていなかった」

（避妊せず、普通の夫婦生活を二年続けても妊娠しないと、不妊症と定義されるのは、治療を受けなくても一年間で妊娠する確率が八十パーセント、二年での確率が九十パーセントであるのに、三年目に自然に妊娠する確率はかなり低くなる）だったの。

相手から望まれての、結婚だった。

だけど生家《せいか》の家格を人一倍気にする性格には、多少以上の違和感を持ってはいたけれど、『自立志向に輝いている、印象的な君の瞳《め》が忘れられなくなった。毎朝その声で起きて、その瞳で見つめられたい』

それがプロポーズだったの。気障《きざ》、と思ったけれど、既に私の目は眩《くら》んでいたのね。

それすらも、愛する対象に映ったのよね。

夫に問題はなく、不妊の原因は私にあると診断が出て、子供を諦めるしかなかった。

それからひと月余りのセックスレスが、生活の中で少なからずの気まずさを醸したけれど、諍《あらが》うことはなかった、って言ったら判るでしょ？

「けれど、夫婦で過ごした一年余りの生活は、子作りだけが営みではない二人の時間も過ごしたのだから、その違和感には耐えられなくて、私からなの、離婚を意思表示したのは」

グラスの珈琲が残り少なくなったので話を途切らせ、缶を嫌う彬子好みのボトルを、自販機で求めて来る。

気温は上がって来たけれど、湿度が低い安曇野には爽やかな風がある。

彬子が新しく注がれた珈琲を一口飲んで、話を続ける。

「いつもは無言の背中に、行ってらっしゃい、と私も無言で頭を下げてたの。

カチッと閉まる玄関ドアを開け、エレベーターホールを曲がる後ろ姿に頭を下げたのは、ご近所の目を意識してなのよ」

一度どうして振り返ってくれないのかって、聞いたことがあるの。

「家を一歩出たら七人の敵がいるのが男の世界なんだ、女房に未練心を持って戦《いくさ》には出かけられない」

と言った、その古い考えに惚れ直したのよね。

肥前国佐賀藩鍋島家の『葉隠』に通じる思いに、なのよね。

それがその朝は、靴べらを渡すと小さくではあったけれど確かに頷きを返されたの、これが最後の朝の見送りになった。

閉まるドアを開けて、エレベーターホールを曲がる姿を頭を下げないで追ったのよね。

そうしたら、振り向いたの。顔を合わさないよう、急いで頭を下げたの。

あの人が気持ちを残して、七人の敵に向き合う戦に出かけてくれたことが嬉しくて、その残してくれた気持ちに凭れたのよね。

それっきりになった夫から、数日後に封書が届いたの。

ごめん、たった三文字の三行半《みくだりはん》と、届出用紙が畳まれていたわ。

取り出して屑籠《くずかご》に捨てようとすると、微かに重くて、逆さにして振ると机の鍵が入ってたのね。それが何を意味するのか、充分予想できた。最後まで心配をかけていたんだ、そう思いながら、こんな時に泣けない他人軸な自分を悔いたのを、覚えてる。

彼が異常なほど慮《おもんぱか》らされている環境は、長男の跡継ぎは男でも女でもいい、何としても居なければならない絶対条件の旧家だから、理解も納得もできてた。

理解できなかったのは、自分の生き方だった。

なのに束の間、彼と生家を恨んだのよ。やり場のない気持ちが、相手に責任を押しつけようとしているのを意識したら、自分を罵倒したくなったのよね。

もっと彼との生活、というよりも、彼自身を欲しがるべきではなかったのか。

養子をもらうことだってできたはずではなかったか、って思い悩んだ結果が今なのね、と鍵を持ち直したの。

机の引き出しからは、マンションの名義が私に代わっている書類と、新しい生活を始めるには持ち重りする数字の、私名義の通帳と印鑑だった。気持ちの整理ができた日の日記には石女《うまずめ》とは書かず、不生女《うまずめ》と書いたのを、今でも思い出すわね。

ほんの一瞬、二人を誘《いざな》った空間を、風に舞う白樺の病葉《わくらば》が季節をノックしていく。

「マンションを処分し、身の丈に合うアパートに移った日のことはよく覚えている。こんなに広かったの、と思える閑散とした部屋に残したカーテンを引いた時、すきま風が首筋の髪を揺らしたの。そうなのよ、その時本当に彼の手を感じたのよ」

それが、冴子に自分の半生の一齣《いっせつ》を初めて話した、彬子の話の括《くく》りだった。

「女としては哀しいことかもしれないけれど、冴子は私と同じものを持っているよね。悔やんだってどうなるものでもないから、同病相憐れむのだけはよそうね」

というのが、彬子と冴子の約束になった。

けれど彬子には、まだ冴子に話せないことがある。

一生口を噤《つぐ》んで向こうへ持っていくことになるだろう、と思ってはいるが、そこまでは話さないと、たとえ義理間《ぎりあい》にせよ親子にはなれないと思う彬子でもあった。

「独りに戻って、めげませんでした？」

疑問符で、冴子が聞く。

「何で？」

疑問符で彬子が、答えにならない答えで、応える。

「愛してらっしゃった、のでしょ？」

「ええ、とても。きっとあの人以上の男性に出会うことは、この先ないと思ってる」

「めげませんでした？」

同じ言葉で繰り返して聞いたのは、彬子の気持ちを理解することができないからだった。

「そうね、少しへこみはしたけど、別れたことに、めげることはなかった」

彬子が返事に被せた不自然な響きを、冴子は見逃さなかった。

「それでは、何にめげたんです？」

まさか、そんな言葉の綾《あや》に冴子が答えを求めるなんて思ってもいなかった彬子は、戸惑いを隠せなくなった。

「何に、って……」

口ごもる彬子に、

「聞いてくれるかな？って、そう仰ったのは先生ですよ」

まっすぐ見つめる冴子の視線は、純粋に彬子のことなら何でも知りたい、という念《おも》いが浮いていた。

彬子はそれが嬉しくて、素裸の自分を聞かせることにした。

それにしても少しの間《ま》が欲しくて、煙草を咥える。

窄《すぼ》めた口で吐く煙が冴子に当たらぬように、ちょっと顎を上げる。

その仕草が冴子を束の間見蕩《みと》れさせるのは、洗練された色っぽさなのだろうか、艶《あで》やかさなのか、ない物強請《ねだり》をさせられるからかもしれない。

アルトに近い張りのある彬子の声で指示されると、耳に心地よく響くのは、工房みんなの等しい感慨でもある。

彬子は煙草を灰皿にもみ消し、コーヒーカップに手を伸ばしながら、そうね、と頷いたが、微笑むことを忘れはしなかった。

「一年くらい経った晩秋に、彼から電話をもらったの」

札幌支店へ転勤になっていること、一週間は居る予定なので食事を、と誘われたのよね。相手に対する、不平と不満ばかりが燻《くすぶ》った挙げ句の別れでもなし、離婚理由はむしろ自分の方にと気が咎めることもあったので、約束の場所へ出かけたの。

素敵さは、一緒だった頃のままだった。むしろ、洗練されていた。

私の嗜好《このみ》もみんな覚えていてくれてたのよね、ワインもだけど、カクテルも。

気がついたら、自分の部屋で私は彼のグラスに、ワインを……だった。

目覚めた枕元に、〝鍵はポストに落としておいた〟、走り書きよね。

翌日も六時を回った頃に、携帯が彼からの着信を知らせたの。

どこ？　と聞かれて、さっき帰ったところだと答えたら、切れたの。

シャワーを浴びて寛いでると、チャイムが鳴って、

「僕だ、だって」

それで、と彬子はそこで言葉を途切らせたが、冴子の感性は二人の睦みを感じ、価値観は既に認めていた。

その雰囲気が、彬子を饒舌にさせる。

「彼の仕草とそぶりが、私を一年半前に誘《いざな》ってしまったの。支店の次長になっていたので、月に一度の本社出張が三日あって、そのうち二日は私の所から出かけるようになった。

彼のパジャマや下着も揃えるようになったある夜、抱かれた後で、明日は見合いだと聞かされ、相手は上司の娘でとても嫌だ、と愚痴ったの」

それを聞かされた後の自分に、驚かされたの。

束の間、痛みのような陰が、すっと彬子の横顔を掠めたのを、冴子は見逃さなかった。

「彼を殺したいと思ったの。なぜそんな感情になったのか、その時は解らなかった。

一人になると、哀しいのではなく悔しくなったの。何が悔しいのかがはっきりしたら、身の置き場のない惨めな感情に押し潰されてね、改めて、殺意に近い感情を身近に感じたのよね。

理性で処理しきれない感情にうろたえて、たじろいて、こんな不気味な一面を持っている自分に、そうなのよ、驚かされたの」

「判ります……」

彬子は、えっ、と冴子を凝視する。

「先生のように現実の出来事ではないのですが、私のバイク事故をご存じですよね。今だって……。たった一度の触れ合いでしたが、その時二か月だったんです……」

退院して彼は即死だったと父から聞かされた時、思わず私はお腹を押さえたそうです。

母は小さく首を振って、私を抱きしめ泣き崩れました。

目の前が、真っ暗になったようでした。

彼の死を悼むより、私からすべてを奪い去ったことが、許せなく思うようになったのです。

それをやっとこんなふうに、過去の出来事の一つとして振り返ることができたのは、ありがとうございます。先生のお話をお聞かせいただいている中で、私なりの身仕舞いができました。

「なんだか強くなれた気がしています。もっともっと強くなりたいとも思っています。ずっとおそばに居させてほしいです」

彬子は密《みそ》か事《ごと》の答えを先にもらった気がして、この先の話になるとどうしても自虐話になりそうだと思い、刹那、惑《まど》ったけれど、話すべきだと決め、日向水《ひなたみず》のぬるさになっている珈琲を意識して、ゆっくりと喉に流した。

「自分はと打ち消してたはずなのに、こんな猥《みだ》らな女だったのを知った時、初めて屈辱感を味わわされたのに気づいたのよね。男の狡《ずる》さというより、彼の狡さを実感したの。

子供を産めない身体と知った時、労りもせずセックスレスで私を追い詰め、一番無難なお金ですべてを解決したのは、私の性格を見抜き切ってたからなのよね。お相手は知らない人ではなく、好き嫌いで断ることのできる相手ではないらしかったの。形通りの見合いは、相手が彼に気持ちを伝える手段、と聞いたの。抜き差しならないと知って彼は、零一《ぜろいち》判断をしたのよ」

立て続けに煙草を吹かす様子から苛立ちは感じられないが、初めて目にする石館彬子の身仕舞いに、冴子は声をかけられなかった。

「おざなりだけの夫婦生活になる、その嗽《くちすすぎ》に私はもってこいの女だったのよね。子供ができる心配はなく、一度は惚れて一緒になった女なんだから恋人気分でいられるではないか。それにこの女は、常から結婚と恋愛は違うと言っていた」

計算高い彼の計算に、一番ヒットした女が私だったのよね。

アイビーズなんて格好付けて生きてるけれど、石館彬子は所詮こんな猥《みだ》らな女なのよ。

曾《かつ》て愛していたのかと思うとね、気持ちの変移が不気味な不可解さを感じさせたのよね。

気持ちが凍って、悍《おぞ》ましさを感じてしまったのよね。

そんな自分にたじろいたの、そうね、狼狽《うろた》えもしたわ。

「ね冴子、一つだけそんな私を、私に褒めさせてやってね」

どうぞと掌を上に向けて、冴子は彬子に指し示した。

「取り乱さず彼を手放せた。その時強くなりたいってしみじみ念《おも》った。外見だけでなく、精神の芯の部分で根太くなりたい、とね」

　卑下するでなく、自嘲でもなく言い切った彬子から、しなやかな強さが覗《うかが》えたのは、諦観を経験した後、余計な気取りとか矜持を棄てた女にしか口にできないと思わせる、それはニュアンスだったからである。浮かべた笑み顔は気取りでも意固地でもなく、石館彬子が身体の奥底から滲み出させる、自分愛を湛えている。

　それを冴子はしっかりと、嬉しさを持って受け止めている。

「あられもないい行動はするまい、どんな苦境に立ってもこれだけは、としているのが私の人生訓なの」

　これが、悲しさやつらさを乗り切る、彬子の知恵なのだ。

「先生らしくて、私は話してくださる前の先生より、ずっと好きになりました」

　そうなんだ、と冴子はこの時も思った。

　いつもこの人は、独特のオーラを棚引かせて語りかけてくる。

　過去に経験したすべてのことが、この人の価値観であり感性であり、最も大事な為人《ひととなり》になっているのだろう、と思う冴子だった。

「そんなことがあってからなのよね、何事もこうなんだからこうでなければいけない、そういう考えが多くあり過ぎた、と思うようになったのは」

　日本人だろう？　って自分に語りかけるようになったの。

そうしたらね、もうこれ以上手を広げるのはやめよう、夢だ浪漫だそれの具象だ、なんて考えてきた生き方を手放したくなったの。

表街道でなく、枝道に睡《ねむ》っている生きる証を見つける、そんな人生に惹かれてるのよね。活かしきりたいと思う生き方の平仄《ひょうそく》を、自分に正直に見直そうと思ったのよ。

「工房の仕事で、作業になりかけてるって思うこと、ない？」

「今は卒業できたと思っていますが、〝藤〟に行き着く中では、教えていただいた理論を忠実にこなすことが仕事だと思っていました。その間違いを気づかせてくれたのが退紅《あらぞめ》でした。藤はこれでいいのかって問いかけ、施そうかとする中で、退紅《あらぞめ》が振り返らせたんです」

「硝子は情け無用よね。私の自慢は、〝家の娘《うちのこ》〟は誰も妥協しないこと。久未《くみ》のあの表情、冴子も見蕩れてる時があるよね。自分の感性が求めるものを見つけたんだよ」

神戸久未《ごうどくみ》がのめり込んでいるのは、琥珀である。

この後、きっと何かが感性を揺さぶってくるだろう、と思う彬子は、

「生きていくってことは、硝子に惹かれて追い求めるのと同じような気がしてるのだけど、冴子はどう思う？」

「改まって考えたことはなかったですけど、そう言われてみるとそうだなって思いますね」

「論理や理論の積み重ねでは、冴子の〝藤〟はできなかったよ。私もだけど、焦点を定めない状態で、ぼーっとしてる時ってない？」

「あります。ふっと我に返って、これだって。今しなければいけないことが、浮かぶんですよね」

「そうよね、その時に浮かんでくる、焦点がぼやけた感覚が、感性なんじゃないのかな？　日本人だろうって思うようになったのは、日本人の血がそう思わせるんだろうな。がむしゃらに組み上げた理論で、人の気持ちを惹き付ける蜻蛉玉ができたことって、ほんと一度もなかったね」

「藤もそうでした。改まって考えるんじゃなくて、それこそ寝ても覚めても頭のどこかにあるんですよね、それが突然輝いて気づかせてくれる。先生が先ほど言われた感性って、その通りですね」

首筋を、冷たさを増した風が過《よぎ》る。

「幸福《しあわせ》って、人間が勝手に作った幻想だと思ったことある？」

「ないです」

「人生はこんなもの、そう言って居直ればいいだけのことなのよ」

コツンと冴子の額を突いて、

「寒くなったね、入ろう」

彬子は、グラスを弄びながら工房のドアを引いた。

多分向こうまで持っていくことになる、と思っていたことを、今日冴子に話せたことで密か事を話す機会が近づいてきた。
どこかで石館彬子は、ほっとしている。

第五章　雪の化身

一　篩《ふるい》

暖冬の予報が出ているとは言っても、それにしても雪が舞ってくれない。

今年は雪が少ないので心配だね、と「富郷」の客足を心配すると、

「雪《えき》はごーぎ《多い》はごーぎで、ねえはねえで困るが。ゲレンデにはごーぎで道路は降らんのがえっち《いちばん》なんだが、そんええ具合にはいかねえれも、こんな時は年が明けるとごうぎな雪になるがぁ。だすけー、雪ざらしが楽しみだがあか?」

富江は「富郷」のことより、雪ざらしの方を心配してくれている。

それでもほどほどに降ってくれた雪のお陰で、年末から七日正月過ぎまで満室に埋まり、郁子も手伝いに駆けずって、まるで住み込みのような生活になっているが、それが実家に帰っているような感じで、安らげてもいる。

六部屋ある客室は、毎晩遅くまで賑やかな笑い声がしている。

「あちさん《あちらさん》懐かしくねえか?　福島と東京ん人……」

料理を運び終えて戻ると、富江に言われた。

言葉は懐かしかったけど、それ以外には格別の思いはなかったことを話すと、

「東京はそんでええ《いい》が、福島へは一度えぐ《いく》といいが。墓参り《はかめえ》もした方がええがぁー。

しんぺぇ《しんぱい》しとると思うがよ。そんに、立派に報告するがん《こと》もあるじゃねえか。雪ざらしが終わったらいぐ《いく》がぁー」

言われて、どこかに歪《いびつ》な部分が残っているのを思い知らされた。

自分の意志で棄てられるのは東京という街だけで、福島はどこまで行っても生まれ育った古里なのだ。まして両親の墓がある以上疎かにしてはいけない、と戒められた。

「うん、そうらね」

素直に肯けた。

「そんが、ええ《いい》がんがー」

安心した富江の笑顔が、たっぷりとした頷きを返してくる。

変わりない大つごもり《大晦日》は、除夜の鐘に誘《いざな》われて年が明けた。

今年の初詣は、郁子の機の話で持ちっきりになった。

「はえー、見てえ」

雪ざらし前の織り布を見たい、とせがむ皆《みんな》には、

「雪ざらしめえ《まえ》には、光に触れさせない」

そう言われているので駄目なの、と手を合わせる。

耕生はその話には入らないで、一人床下に消えている。

二番雪、三番雪、そして十番近くの雪の後、暫くは晴天が続くという予報が流れたのは旧正月前で、雪ざらしをするには、一番いい頃合いになる。

撚り糸を網状に張った篩《ふるい》を持って、耕生がやって来た。

「そら、何なん?」

「篩《ふるい》って、知っとるがあか?」

この晒しに使うんでこしょうた《こしらえた》と、珍しくどうだという雰囲気を態度に滲ませる。

「なーに使うが?」

「雪を篩うがよ」

苧績《おうみ》の時に出るくず糸を、お袋に撚ってもらって網を作り、木曽の檜《ひのき》の弁当箱を作ってる所で、弁当箱五個分の枠を二つ作ってもらい、それに網を張ったのだという。

「天気や天候に拘らず、織り布ん表《おもて》を乾かさんで晒そうと思うが」

篩の動作をしながら、

「先週出かけたんは、木曽まで行ってたがぁー」

「かんべな、うちがあんなてそうながんを考えて……」

「そんげこつは《そんなことはない》ねえ。郁子ん描いとる世界は、日本語に次ぐこん国の文化に繋ぎ直す一歩だと思うとるが」

それと今日もばんげ《ゆうがた》から、小林と手順合わせをするがよ。

初めて聞いた時は、夢か幻のようにしか聞き取れなかった話が、浪漫へと進化してゆく蠢《うごめ》きを感じさせてくれる手応えに、昂ぶる高揚感を感じながら、耕生は去年の大会を振り返って無言でごちる。

……色抜けは加賀に負けてなかった、という評判は、郁子に強請《ねだ》って挑んだ晒しが失敗したその傷隠しに貼った、傷バンドの時間の長さだと思っていたのだが、時間だけならこれまでも長く晒したことはあった、と思う意識が泳がせた目に、晒し始めから止めまで終始仏頂面だった相方が、一度だけ頬を緩ませて頷いたのを、見たことがあった……。

あれは、と考え、そうだったな、と頷いたそれは、晒しの色抜けは加賀に負けてなかった、と耳にした時だった。

相方に嫌がられるくらい裏返した結果を、相方の方が感じ取っていたとしたら、と傾げる耕生の頭に浮かんだのは、裏返した表面が乾かなかったからではないのか、という確信のない思い付きのような頷きだった。

では何をどうすればいいのか。

すっきりとしない思考は、頭の片隅から立ち上がって一向に立ち働こうとはしないのを持て余しかけた耕生だったが、こうすればという、今なすべきことの輪郭が浮かんでくれそうな、頭のどこかにあるような、そんな気がしているのも確かではある。

寝ても覚めてもさてさての思案が居座り、纏められない思案に向き合い続けているうちに、考えることが次第に楽しくなっている自分を意識し始めると、慌てないで気の済むまで突き詰めよう、と決めたのであった。

その結果として辿り着かせたのが、裏返しの頻度もだが、雪の力をより以上に引き出すには、と思い至った結果がこの篩なのだ。

「加賀は初っぱなから水に濡らしたままら？　二色縞は相方が嫌ん顔をするくれえ短い間合いで裏返したが。結果はいかったれも、そんだけじゃないろうと思うが。

水晒しにちけえ《ちかい》状態にすん中で、雪の力を引き出そうと思うたがよ。時間はかかると思うけんど、そうられも《それでも》やってみてぇ。好いれー《いいだろう》」

それに使おうと思うて、木曽へ行って来たんだと話す。

聞きながら、前向きな思案なのが痛いほど判って、嬉しくなる。

「そうらって《そうです》そうしてくんなーせ《そうしてください》、うちも期待してるね」

「えよえよ《いよいよ》来週から晒すんで、今日から下準備だ」

神棚に供えているのは、雪ざらしの下ごしらえを待っている、織り布である。

「確かに預かりました」

「お願いします」

織り子と晒し職人とのけじめを付けた挨拶を交わしてから、珈琲を淹れることで緊張が薄まった郁子は、常から思っていることを口にする。

「ねえ、聞いといてほしいがんがあるが。こん織り布は今んうち《わたし》の実力だがよ、だーすけ、織りにめぐせぇとこ《おかしい》があると思うがよ。そうらっけ《だから》、そん時は正直に言うてくんなせや《くださいね》」

そうしてくれたら、どうすれいいのかが考えられるから。

「考ーえる《かんげ》から上手くなるんだって、あんたん婆《ば》さまにも教えてもろうとるから、絶対に落ち込んでしっくらもっくら《ぐずぐずしたり》せんから。じゃけん約束して、がっと《きっと》約束やがぁー?」

郁子が言っているのが、自分への労りということが痛いほど解る。

その気遣い心遣いが、嬉しい。

「見そくったら《みそこなったら》、織り布ん所為《せい》にすっか」

くだけた耕生の口調が、郁子の耳に心地よかった。

頬が緩んで頷くと、抱き取られて耕生の舌先を感じ、ホッとする。

肩の力が、ゆっくりと解き解《ほぐ》されていく。

それから三日三晩砧《きぬた》で打ち、水に晒して艶を出させた。

二　幼馴染み

いよいよ明日から、郁子が精魂を傾けて織り上げた「六七空水《むつなからみず》」の織り布を、耕生が精魂を傾けて晒すのだ。

翌朝は風もなく、二月にしては穏やかな朝であった。

「紺屋《こうや》」の河野貞孝夫妻が、「イーゼル」の木村夫妻が、「富郷」の富江が、それぞれに澄み渡る空を見上げ、雪ざらしの成功を祈念してくれている。

表舞台への出を待つ織り布は、今もまだ耕生の元で眠らせている。

富江の予感通り、この年の雪質は近年にない良質だと言われている。

「ええすけ？《いいかな》」

木戸の外から、耕生が呼びかける。

巻機山の頂から顔を覗かせた朝陽が、一本の光の矢になって障子を射ている。

その輪を指でなぞって、三和土《たたき》に降りた。

乾燥した木戸が軽い。

今日からの、二週間余りが勝負になるのね、と背筋を張って木戸を潜《くぐ》る。

凍てつく冷気が雪の結晶の硬さを残して頬を刺す、その痛さまでが心地よい。

耕生の肩には、織り布を容れた布袋が襷《たすき》に掛けられている。

その後ろに居るのは、手伝ってくれる耕生の幼馴染みだろう。

初対面なので、やはり緊張する。

「紹介する。小林彰一《しょういち》君、小学校から高校まで一緒だったんだ」

「郁子です、よろしくお願いします」

「小林です、こっちこそよろしく」

屈託のない感じの良さに、内心ホッとした。

「さあ、始めっか！」

耕生の掛け声で、樏《かんじき》を付けた小林が杭《くい》を持って耕生の後に続く。

二人は二言三言声を掛け合いながら、雪に樏の跡を付けていく。

朝陽を受けた雪原は、煌《きら》めいている。

影絵になる二人が立ち止まり、一人が杭を持ち、一人が木槌《きづち》を振り下ろす。

乾いた木槌の音がまっすぐ山に向かって走り、一息入れて谺《こだま》を返してくる。

その杭に止め具を付けて織り布の端を掛けると、二人がまっすぐこっちに向かって来る。

小林が織り布を手繰《たぐ》り出しながら、数歩の間隔で続いている。

二人は数歩ごとに振り返り、織り布が雪に触れないよう気を配っている。

織り布の端が、布袋から手繰り出されると、

「ふっぱれ《ひっぱれ》！　そん紐の端っこをふっぱれて《ひっぱって》」

耕生に命じられた。それは間違いなく、耕生が郁子に命じていた。

その言葉の響きも、強さまでもが郁子を嬉しくさせる。

強いられる心地よさを噛みしめ、細工の紐を小林から手で受け取ろうとすると、

「紐を腕に巻かんと駄目だ。二、三回巻いたら胸ん所《とこ》で腕を交差して抱き込むんだ。足を広げて踏ん張って、身体を後ろに倒すようにする。ほうせねば《そうしないと》、織り布に負ける」

織り布を雪に触れさせると駄目だ、と耕生が強い口調の指示を重ねる。

「晒す時間を同じにせんと、あん色が出ん」

耕生が、半ば叫ぶ。

「はい」

言われた通り踏ん張って、身体を後ろに倒した。

それは予想を遙かに超える力で、郁子の身体を前に引き戻そうとする。

「さっさと《いそぐんだ》」

耕生と小林は、息の合った手順で杭を打ち込んでいく。

時間にすればほんの四、五分もなかったと思うのだが、郁子は汗を掻いた。

巻き付けた紐が、腕に食い込んでくる。

膝ががくがくし始めるが、奥歯を噛みしめて必死に耐える。

突然、解き放たれた。

「よー頑張った。あちこたねぇか《だいじょうぶか》？　やめるか《いたくないか》？　大丈夫か？」

織り布を曳く耕生が、言葉を重ねて労る。

手早く小林が、紐を杭の部品に結わえる。

結わえ終わった小林が、向こう側の杭へ走る。樏《かんじき》の不便な足取りで、大回りして駆ける。

互いに手を挙げ、細工の紐を緩めて織布を雪に預けた。

「よーーし、ええぞー《いいぞ》！」

時間差のない結果に、耕生が満足の声を上げる。

その声の響きで、耕生が小林との雪ざらしを望んだ理由《わけ》が理解できた。

雪の寝床にふわりと寝かされた織り布が、背筋を張って存在を誇示している。

その寝床は、何度目かの雪の後に、耕生が敷いた菰《こも》の上に降り積もった雪である。

試し織りとは数段違う自己主張をしているように、郁子には感じられる。

存在感を誇示する織り布を受け止めた雪が、織り布の矜持を包み留めてくれるだろうか。

あとは織り布が矜持を脱ぎ捨て、雪の誘《いざな》いに添い遂げるのを、待つだけである。

「おめさんはいちげー《がんこもの》こきみたいだね、そうらろ《そうだけど》もそん芯の強さがいとしげ《かわいいよ》だ」

優しさの溢れる笑顔で郁子の腕を撫でる耕生が、言葉の要らない感謝で郁子を無上の幸せに包み込んでいる。

耕生が木鋤《こすき》と檜の篩《ふるい》を小林に見せて、使い方を教えている。

「篩は木曽のわっぱ工房で、こしょって《こしらえて》来たが」

なんとなく自慢げだ。

「さーて、つこうて《つかって》みるがぁー」

木鋤《こすき》にも、撚り糸の網を巻いてある。

「表面の雪を薄く削ぐように掬《すく》って、篩に平たくなるように入れてくれ」

毎回網に雪を残さんように落としてくれよ、いいな、やるぞ、と織り布の右に立ち、小林が雪を載せやすいように篩を向ける。

雪の表面を掬って、小林が篩に平たくなるように置く。

肯《うなず》く耕生が、その調子と声をかけ、織り布に満遍なくかかるようふるいながら歩く。

篩に雪がなくなると、水滴が織り布に被らないように裏返す。

小林は打ち合わせ通り木鋤の板を払い、新しい雪を掬って篩に平たく置く。

一回の雪降らしでどのくらい掛かるのか、終わったら何か虫押さえをと、郁子は流しに立つ。

一時間くらい経ったろうか、二人が笑いながら帰ってきた。

笑い声が、郁子の気持ちを本当に明るくさせてくれる。

熱い番茶に、漬物と焼きおにぎりを添えて出す。

「おっ」

二人が嬉しそうに、むんずと焼きおにぎりを頬張る。

一時間が過ぎたと思う頃、耕生が一人で晒しの状態を見に行く。

「力が入って深く削ると、駄目だ、って彼奴《あいつ》が怒るんだ」

小林の柔らかな表情が、もう一つ気持ちを安らがせてくれる。

「おーい」

耕生の呼ぶ声がすると、返事もそこそこにして小林は駆け出して行く。

「行くぞー」

二人は向こうとこちらに分かれて、織り布を裏返して帰って来た。

「思ってた以上に、いい感じだな」

「そうか」

二時間後《あと》に三回目の雪ふるいを終え、その日の手仕舞いにした。

これは、晒しを止めるまで続けられた。

伝統として引き継がれている晒し方を違《たが》えることには、面妖ながんを又候《またぞろ》か、と見下す目線は無視し、二人は黙々とふるっている。

今日の晒しを上げた織り布を抱いて、耕生が帰る。

半切り《たらい》でおろーて、《あらって》臼と杵で明日の段取りを進める息子の影に寿子は頬を緩め、囲炉裏の熾《おき》火《び》を熾《おこ》す。

「さーめらー?」《さむいだろ》

「さーめ」

熱い煎茶を吹き冷ましながら、今日の流れをかいつまんで話してくれる。

話の内容よりも、胸に込み上げてくるのを宥《なだ》めて、

「おらも、おれしぇ、あてことし《きたい》とるが」

「ああ、好《よ》か上布ば見せてやるすけぇえ」


晒し始めて四日目に、雨が降った。

沛然と雨が走った後は、気まぐれな霧雨になった。

雨が降ると晒しは中断する。

空を見上げて、誰からともなく愚痴が出る。晒しの時間に空白が生まれると、なんか予期しない悪いことが起こるのではないかと、気になってくるのだ。

「自然には、勝てんだ《だけど》あろも」

さんざ愚痴った後の、いつもの結論である。

雪という自然現象がなかったらこの郷の上布は存在しないのだから、愚痴ることは許されないな、というのが、結論のそのまた結論にこれもなった。

霧雨の気配が、止みそうにない。

話題を変えて、郁子が問いかける。

「雪に晒すと、なーしてあんなすげー《すばらしい》上布になんの?」

郁子の問いかけに、小林が徐《おもむろ》に答えを返す。

「化学的に言うと、雪が太陽に溶ける水蒸気の中に、イオンだかオゾンだかはっきりとは知らないのですが、そういう物質があるんですって」

　そのイオンだかオゾンだかがですね……、
　続ける小林の言葉を、耕生が横から奪う。

「化学ん解釈なんか要らんが。上布は雪に晒されると生命《いのち》を芽生えさす。そんを〝雪ん化身〟って言うが。上布は雪ん化身、そんだけでいいが。そん方が夢があって好いじゃないか。幽玄な世界にいるようで、好《い》いじゃないか」

　何でも化学だ何だとか言うて解き明かそうとする。

　そんなことをしても、役には立たんがよ。

　俺は嫌だな、いや嫌いだな。

「月に兎《うさぎ》が居たっていいこてま《いいじゃないか》！　火星に蛸《たこ》みたいなんが居たっていいこてま！　なあ、そーらろも《そうだろうが》。そうは思わんか？」

　珍しく耕生が、まるで子供のように気色ばっている。

　一緒にいるのが、幼馴染みの小林という気楽さなのだろう。

　耕生の別な一面を見たようで、郁子は嬉しくなって楽しい。

　漬け物は沢庵か白菜、それに鰺《あじ》の干物だけの昼食。

　十時と三時の虫押さえは、珈琲にクッキー。

それに満足？　してもらって、とりとめのない話に花を咲かせるのに便乗する。

「ええなあ！　けなれーよなあ」

突然しみじみとした口調で、小林が言う。

「まーら三日ほどなんに、まるで違《ちご》うせけー《せかい》に居《お》るみたいで現実離れしちゃいそうだ。ええだろうなあ、雪と戯れながら生活できるって、ええよなあ！」

「そう思うんなら、お前もやっちゃえよ」

月に行こうという時代に、白布《はくふ》を一反織るんに四か月から五か月もかけるなんて、ばーか凄いことと思わんか。

だから守っていくんだ、そうは思わないか、と耕生が小林の気持ちを揺さぶっている。

「できるんならそうしたいだども、そんが駄目なんだなあ！」

小林の人生観が披露される。「有《う》」の中に価値を見つけ出そうと考える小林と、「無《む》」の中にこそ本当の価値があると信じて生きていこうとする耕生。

元の所で混じり合わない生き方の二人が、互いに曳き込もうとして価値観の違いを論じ合っている。そばで聞く郁子にはそれがよく判るのだけれど、当事者同士は客観的に捉えることができないだけに、どうにもならないことをあれこれと議論している。

楽しそうである。愉《たの》しそうである。

これを談論風発《だんろんふうはつ》というのだろう、心から愉しんでいるのが解る。

男たちのこんな他愛のない話を、これほど間近に聞いたことはなかったので、話の中には入れない枠の外で同じに愉しめている。

議論の合間に、いつもと違う眼差しで耕生が屈託のない笑みを浮かべている。

煙草を吹かしながら、モカを旨そうに飲んでいる。

郁子はいつも、珈琲を飲む耕生を見ると、旨そうと思う。

何でなのか、美味しそうという言葉が浮かばない。

自分が飲む時も、美味しいという感じではなく、やっぱり旨いっていう感じだと思う。

そこが紅茶と違うところなんだろうなと、埒外《らちがい》のことを頭に浮かべたりもする。

そんな雰囲気の耕生が、時々見返って微笑みを交わしてくれる。

耕生が額に皺を寄せて、煙草を吹かす。

その横顔を見ながら、四行の詩を心の中で呟いてみる。

月に兎《うさぎ》が居たっていいじゃないか、という耕生だから好きになったのだとしみじみ思う。

二人でこの郷で暮らし、織り続けられたらどんなにいいか。

それができるようになるためにも、織り布がどんな姿を見せてくれるのか、それに懸かっていると思うと、どうか明日は越後晴れで良いですからと、空模様に気持ちが飛ぶ。

郁子は切なる思いを込めて夜の更ける天に祈り、そのためには何か、と考え子供の頃作った照る照る坊主を作って雨戸を開けると、霧雨は氷雨に変わりかけていた。

爪先立って軒下に下げ、再び願いを込めて手を合わせる背中に、一際大きい笑い声が興《お》きて、郁子を満面の笑顔《えがお》にさせる。

郁子の祈りと照る照る坊主のお守りが届いたのか、雨が上がった夜明けは、一際の眩《まぶ》しさで雪原を燦《きら》めかせていた。

照る照る坊主を目聡く見つけた耕生が、効き目があったようだな、と挨拶代わりに言う。

三　ジェラシー

変わらなく充実した一日が過ぎて、小林が帰った後の土間では、明日の作業に必要な物を耕生が丁寧に検《あらた》めている。

夕飯は一緒なので、郁子は耕生が好物の肉じゃがを煮ている。

流れてくる匂いに空腹を覚える耕生の手が、突然止まった。

止まった手のまま額に縦皺を刻み、上がり框《かまち》でふーっと太息を二度三度と吐《は》いた後で、深く長い太息を重ねて吐いたのは、晒しの見定めに、まさかの見落としをしてしまっていることに気づいたからである。

晒しの見定めは、その日の手仕舞いの後、半切り《たらい》でおろーて《あらって》翌日の段取りを進める建屋《たてや》の中でして来た。

試し織りは二尺余りの織り布なので、その度に三和土と上がり框で見定めれば良かった。だからこの織り布の見定めも、建屋の中でするものだと思い込まされていた。その安直さが、常の晒しとは違《たが》えることに、意識を廻しきれなくさせていたのだ。言い訳をしてどうなる、と及ばなかった思料《しりょう》を悔やむと、胃が激しく締め付けられた。この雪ざらしに求めるのは、生成り麻布《まふ》と染色《そめいろ》を同じ色調に晒すという、夢を掴む挑みだというのに、常とは求める質の違いをどこかに置き忘れていたのだ。

その腑甲斐《ふがい》なさに、戦《おのの》かされている。

その日の納めで晒しを見定める常の晒しではなく、晒しを止める頃になれば、一刻《いっこく》きざみになる見定めであるだろうことを思うと、どうすればいいのか、耕生は思案に余るのではなく溺れかける。

無理と分かりながら、試し織のように三和土まで運ぶことも考えてみたが、かえって忸怩《じくじ》たる思いに駆られる。

迂闊《うかつ》だった、で済まされることではない。

郁子を外へ出すことも頭に過《よぎ》らせてみたが、もしも雪で目を眩《くら》ませてしまうと、色調を見定められないばかりか、残影と重ねる判断までできなくさせてしまう。

頭を抱え込まされている。

夕飯の支度ができたのを知らせた郁子は、耕生に昼間と違う雰囲気を感じたが、あえて気づかないふりで夕飯を終えた。

耕生は食後の珈琲も飲まずに、帰った。

耕生の考えは、独りになってからも忸怩たる思いに阻まれ、広がろうとしない。頭に浮かぶのは、自分を責める言葉でしかない。

どうしてこんな大事なことに気づかなかったのか、と今さらの後悔が、思考力をますます鈍くする。

翌朝は寝不足の上、解決策を持たない耕生の足取りは重く、朝の挨拶さえも気も漫《そぞ》ろだ。

このまま見過ごすことはできない郁子は、抑えた声で、

「なーしてか判んねーけど、謝んねーでな」

どうしたのか、それを聞かせて、と叱る。

謝る言葉を挟まずに、耕生が訥々《とつとつ》と話し終えた。

聞き終えたというより、聞かされたと思って耳に入れた話を、郁子が大らかな気分で受け止
めたのは、今は結果より悩みを共有するのが大事だと思うからだった。

「あんたが見てくれたらええ《いい》が。試し織ん時もうちと同じ色調を見たんだで、だーすけ、今度
はあんたが見定めればいいがぁー」

と何度も言うのだけれど、耕生は首を横に振って受けない。

郁子は信頼と慕情《おもい》の丈を、示そうとしている。

耕生にはそれが、分かり過ぎるほど理解《わか》るだけに、どうしても受けられないのだ。

もし自分が織り布の色調を見間違えても、郁子はきっと満足した笑顔を向けるだろう。

残影を昇華させた残滓《ざんし》に重ねるのではなく、織り布に感性の残影を重ねて満足な表情を向けるに違いない。

それでは、郁子が求めた織り布を、虚影ですらなくしてしまうではないか。

そんなことは、できようはずもない。

だから何度言ってもらっても、受けるわけにはいかないのである。


耕生の何かに苦しんでいる様子に、前日から小林は気づいていたが、何も言わない。

言葉少ない指図に従う身仕舞からも、困ったという雰囲気を感じさせない。

昼の食事時も耕生は言葉を交わさないし、小林も全く無関心な様子に見えるが、晒す時間が朝は遅くなり夕方は早くなったので、晒しの進みを意識して遅らせているのは、何となく判ってはいる。しかしそれがどうしてかまでは考えないし、あえて聞こうともしない。

実のところ悶々と考え続ける耕生の様子に、来たなと思って眺める小林の、どこかで大人になりきれていない幼馴染みに向ける思いは、複雑である。

「馬鹿野郎、幾つだと思ってるんだ」という思いと、「困った奴だが、仕方ないな」という念《おも》い、

「そんなことで、よく生きて来られたな」という、ある種の妬《ねた》ましさもある。

その耕生は、今日も額に深い縦皺を刻んで考えている。

郁子を外へ出す以外にはない、というところで考えは足踏みし、その方途が浮かばないのだ。

傍目も気にしないで、耕生は苛々《いらいら》と考え続ける。

郁子は、自分を追い込む耕生の様子を見るのがつらい。

自分の晒しへの念いが、この人には枷《かせ》になっているのでは、とつい思ってもしまう。

「あんま、そっちばっか《ばっかり》見るなて」

と叱る郁子に頷いたはずなのに、耕生は一点を見つめたまま振り向かない。

これ以上何と言って語りかければいいのかが、見つけられなくて切なくなる。

深い溜め息を吐いた耕生が、振り向いた。

「わーれかったね。てっても《そういっても》こげんして自分をよろうー《いじめる》しか、なじょ《どう》したらえぇもんか、それをめっける《みつける》手段がねぇんだ」

「そんつえ《そんなこと》がん、ゆうなって《いわんで》」

郁子の言葉を遮るように、耕生は続ける。

「気遣ってくれる気持ちは、ほーんにおれしえ《うれしい》。せば、もうちょっとばか、好き勝手に時間を使わせてくらっしゃれ」

郁子は耕生の手を、握りしめる。

その手を、力強い耕生の手が握り返した。

「だら《それでは》、明日」

後ろ手に引き戸を閉めて、耕生は帰った。

独りになった郁子は、この現実とは紡ぎ合わない感情を抱き留めていた。

雪を踏み締める耕生の足音が、小さくなってやがて消えた。

刹那、郁子の心は温かい血汐に満たされて、潤ったのだ。

雪折れに誘われて、重ね着の襟をかき合わせながら眺めると、魚沼三山を月魄《つきしろ》がくっきりと浮き立たせていた。


翌朝、気遣い合う二人を理解したくなった、という風情で小林が口を開いた。

「飯田、おまんた《おまえたち》はこん郷《さと》ん上布を、なじょうしたいがあー《どうしたいんだ》?」

「蘇らせて次に引き継がせたいが。解っとるだろうが。しょてっぱな《はじめ》に言うとるがぞ。そん土壌をこしゃったい《つくりたい》んじゃ」

「なら、おん《おれ》に話した通りにやれよ」

郁子は驚いて、小林の顔をまじまじと見つめ直す。

少なくとも今朝の小林は、紹介されてからの彼ではなかった。

柔らかな雰囲気で話すことしか知らないその小林から、おまん《おまえ》とかおん《おれ》にとかおまんた《おまえたち》とかの言葉が出たことに、驚かされている。

「そうせば《それなら》、だっちょもねがんしんな《くだらないことするな》て。なー《おまえ》がひょっくら来て、なじょうしたら《どうしたら》ええもんだな？　そう言うから、助《す》けてやるすけぇ、そう言うて来たがだぞ。おい、好事家《こうずか》で終わったりしねーよな？《しないだろうな》」

「そんなんならおまん《おまえ》に頭を下げたりせんが。おん《おれ》も郁子も懸けとる、懸けとるがや」

人生とも命とも、一切の主語を付けずに言い切れた耕生は、きっぱりと言葉を継ぐ。

「すけろ《ちからをかせ》！」

受け止めて小林が、耕生に言う。

「おまん独りじゃでけん。そーらすけ《だから》俺がおまんの話に乗ったんだろうが。二つ返事で俺が受けた時おまんは判っとると思うたが、おい、何かあちごと《しんぱいごと》でもあるがあ？　ふけつるな《すねる》」

男のジェラシーを宥《なだ》めて、小林が叱咤する。

肯く耕生が、脆《もろ》さをむき出しにした表情を初めて郁子に見せた。

えっ？　と思った戸惑いをほっとさせたのは、脆さを掻き消した後の、気恥ずかしげな笑み顔だった。

男同士が頷き合いながら交わす笑み顔が、郁子には眩しく見える。

「答えにならんでん《でも》、ヒントになるや知れんやろが。てんぼ《ごうじょう》張らんと、くどけ《ぼやけ》。

こん先いろんな奴が来るがやが、わにくらし《ひとみしり》をやめてしゃれこく《きどる》な。相談せんでん《でも》、考えをもらうもんになれ。ええな、学生時代にけって《かえって》か、今日からは裸ん付き合いだ、な?」

耕生の顔が晴れたのを、郁子はしっかりと見た。

「歩く道はちごうても、話ならいつでん聞くぞ」

河野さんもぼっこの旦那も、なーしてこんな真剣に力を貸してくれたと思とるが。そんはおまんた《おまえたち》が、困っとるがん《こと》を真っ正直に話したからやぞ。

「おまんだけじゃあできんかった。郁子さんの力だ」

「判っとる」

「判っとんなら、てーげぇにしろ、めぐせー」

郁子はその場にいられなくなって、流しへ逃げた。

二人の会話が、背中に追いかけて来ている。

「あちごと《しんぱいごと》を、話すがぁー」

急いで珈琲を淹れて、二人の前に運んだ。

「あんなー……」

話し始めた耕生の顔を、束の間こっぱずかしげ《てれかくしの》な表情が掠めたのに、安堵する。

小林が投げた礫《つぶて》が醸し出した仄々《ほのぼの》とした空気の中で、見交わす男二人の微笑が郁子には揺れて見えなかった。

耕生が見定め時《どき》の思い違いを一通り話し、どうしょばいいのか、と小林と目を合わせる。

「そんげがん《そんなこと》、ぞうさねぇこった《かんたんなことだ》」

さらりと、天幕《テント》を張ったらどうだ、明日からでも天幕《テント》ん中でやればええが。

運ぶ時は目隠しすればいいし、その上から黒い布か何かでもう一つ目隠しすればいい。

最後の見極めは、どうしてもその場でやらんといかんだろうから、そのためにも今のうちから慣れとく必要は大きいからな。

「だーすけ《だから》、たがくーん《だきかかえるの》も慣れとかんと、いかんが」

肯くだけの耕生に、

「何んなら俺にずらさせて《はこばせて》くれんか、おまんが許すんなら、俺は喜んでやらしてもらうぞ。ぶてくれ《おんぶ》でもええぞ」

耕生の気持ちを思い量ったその諧謔《かいぎゃく》が、耕生の弦《つる》を緩めた。

「そうらねぇ、へー始めっか、あんまいかったいねー《ほんとにありがとう》」

肝心なところを、うやむやにしようとする耕生を遮って、

「おいもうぐれ《ぼけ》んな！　まんだら《それじゃあ》誰がずらす《はこぶ》んだ。ぼっこんこともあるらー、だーすけ《だから》勝手ながん《こと》もできんが」

「馬鹿ばっか言わっしゃんな、おん《おれ》に決まっとるが」

郁子の顔が、泣き笑いに歪んだ。

ありがとうございます、郁子は小林に秋波を送る。

届いたらしく、（そう言うがん、だってこと《こと》）と小林は小さく肯いて応えてくれた。

明日にでもと言うのに、耕生は慌ただしく天幕《テント》を借りに行く。

「飯田には、何事《なんごと》も型に嵌《は》めんと得心できんちゅう悪い癖があるが、もうあちこたない《しんぱいない》。ちょっとぐれーがっと《つょく》、な？」

そう言って苦笑いを浮かべる小林の友情もだが、なんと恵まれていることかと羨ましくなる。

借りてきた簡易天幕《テント》の組み立てを、手順の確認から始める二人に先ほどの緊迫感は全くなくて、耕生の指示に従う小林がいる。信頼の置ける幼なじみと言って小林を相方に選んだ耕生の気持ちが、よーく、よっく、理解できた郁子であった。

目の前に漂う、気持ちを一つにした男二人の、小気味良い緊張感に酔わされている。

その前で、お前は狡《ずる》い奴だと、耕生は自分に向かって呟いている。

小林の性格は知りすぎるほど知っているし、扱い方もである。

本当に困り切った時は、疲れ切った態度と塞ぎ込んだ顔を見せると、いつも機知に富んだ解決策をくれた。今日もそうだった。

そばで小林も思っていた。

飯田には、このやり方でしか考えを押し付けられないのだ、と。

二人が見交わした眼が、どっちもどっちだなと気づき合って、ずっぺえ《あいこ》だなと笑う。

気の置けない者同士の、阿吽《あうん》の呼吸とはこれなのだろう。

十日目は午後に二回。十二日目は午前に一回、午後に三回。

耕生は重てえ重てえと巫山戯《ふざけ》ながら天幕《テント》へ運び、小林は見定める三、四分のためにその都度天幕《テント》を張り暗幕を掛け、見定めが終わると、晒しの条件を変えないように急いで片付けるのだが、見定める間隔が短くなっていく。

間隔の縮まりとともに緊張感が張り詰めるが、二人の顔から笑顔が絶えることはなかった。

吸っている煙草を、そばで一点を見つめる耕生に小林が咥えさせる。

耕生は旨そうに一服吸うと、無言で小林に返す。

月に兎《おさぎ》が居たっていいじゃないか、と言う耕生。

まるで浪漫《ロマン》だ、と羨む小林。

婉然《えんぜん》と応えてくれた、蘇芳色一色濃淡の縞上布を瞼に浮かべる掌から、粂婆さの紡いだ織り布を感じ取っている郁子。

三人の思いを抱きとる織り布は、この時も雪にあえかな想いを伝えているのだろう。

ここは、郁子、耕生、小林の三昧境《さんまいきょう》なのだ。

浮かぶ残滓《ざんし》を織り布に重ね、雪と織り布との嫋《たお》やかな目合《まぐあ》いを括る郁子の頷きを受けて、耕生と小林が手を下す。

二人はその手順を、何度も何度も確認し合っている。

既に刻限ごとに繰り返す作業に、言葉は要らない。

時計に目を落とす耕生が、立ち上がる。

小林は慣れた足取りで続き、木鋤《こすき》で柔らかく掬った雪を篩に滑らせ、或いは慣れた橇《かんじき》で向こう側の杭に取りつくと、手を挙げて織り布に手を伸ばす。

二人の手で曳かれた織り布は、雪から離されるやいなや裏返され、再び息の合った二人の動きで、ふわりと雪に委ねられる。

止めた息が、零《こぼ》れて風に流れている。

二人が零す止め息を意識の中で感じながら、郁子は瞼を開いて止めていた息を吐く。

晒し斑《むら》が感じられ始めたのは、十七日目の最後の見定めだった。

「いよいよ、明日だ！」

篩の雪降らしは、今日で止《と》めた。

お疲れ、と男同士が抱き合うように、互いの背中を叩き合う。

恥ずかしさを意識して、郁子は羨ましさを感じている。

晒しを止めるか、もう少し続けるか、見定めの本番がいよいよ来たという緊張感が、それぞれの身体を駆けめぐっている。

今夜も遠くで、雪折れが聞こえた。

その夜は、誰もなかなか寝つかれなかった。

郁子は、残滓《ざんし》を何度も瞼に呼んだ。

既に残滓は、濾過《ろか》された滓引《おりびき》の画像《え》になっている。

拘《こだわ》りと先入観を避けるため、試し織の織り布はあれ以来見てはいない。

あの織り布はあれで素晴らしい織り布だと、自分でも納得していることに変わりはない。

しかしあの頃とでは、織り布に向かう情念の深さが違う。

今あの織り布に向き合うと果たして……、と思うかもしれない自分が怖くて、見ることができないでいるのもまた、本心であろうと思っているのも、確かな郁子である。


耕生は中空の月を見上げ、止《と》めを見極める郁子を想った。

暗幕の中に蹲《うずくま》り、静かに瞼を開ける郁子の横顔を浮かべる。

振り返る眸《ひとみ》の煌《きら》めきまでもが、見える気もする。

死ぬことも厭《いと》わない、と書き贈った詩を思い出している。

その気持ちが、一層強く心を占める。

出会いを感謝する心が、明日を思って呼び込んだ睡魔に、引き込まれた。

止《と》めだ止めだ！　と叫ぶ飯田の幻聴を、小林は耳で捉えた。
後の手順は何度繰り返し、何度反芻《はんすう》しただろう。
手順が顕在意識から潜在意識へ鎮まっていることに、満足と安堵を覚えて肯く。
ここでの不始末は、何としても避けねばならない。
その念いが気持ちを昂ぶらせて、寝つかれない。
あれほどの感性で晒した織り布だから、見ることを拒もうとする思いが、強く手招く。
眼にすると、惹かれて魅き込まされてしまう、そんな怖さを感じ始めている。
何度も何度も寝返りを打って、夜明けを待った。

鶏鳴《けいめい》を待って、郁子は流しに立った。
これが三人での最後の朝食かと思うと、つい感傷的になっている。
郁子を気遣う二人は、明けの明星を見るので早めに来た、と言いながら木戸を開ける。
緊張が為《な》させる口数の少ない食事を終え、珈琲もそこそこに耕生と小林は外へ出る。
抑えようとして、かえって落ち着きをなくしている郁子の様子に、
「みのせがねぇんは、んながら同じだ。やれまか落ち着こうなんて思わんでいい」
逸《はや》る気持ちを愉しんでればいい、と耕生は言い残す。
愉しめと言われて、随分と楽になった気持ちで見送り、部屋の明かりを落とす。

耕生と小林の笑い声に、これまでの人生で一度も味わったことのない愉しい心の揺れを感じて、鳥肌が立つ。

耕生に抱かれて、最後の見極めに行く姿を思い描く。

抱き上げられて回す腕を、今日は耕生の二の腕から背中ではなく首筋にしようと決め、誰にでもなくはにかむ。

また耕生と小林の高笑いが聞こえる。

話の内容は聞き取れないが、屈託のない笑い声が男の愉しさを謳《うた》って、耳に心地よい。

やがて朝ぼらけを雨戸の節穴に教えられて、郁子は束ねた髪を今一度きつく締め直す。

雪を踏みしめて、持ち場に付く二人の足音が聞こえる。

織り布を雪に委ねて戻った二人に、ちょっと濃いめに落としたモカを勧める。

「この味も、今日でお終《しま》いなんだよなあ」

未練たっぷり、という気持ちを込めて小林が呟く。

「いつでも寄ってください、ご馳走しますよ」

「おい飯田、いいか?」

「いちいち断わらんで、好きにしろ」

「断っとかんと、ぼっこんがん《こと》もあるしな」

「だんぼもん《ばかもん》が、なに言ってんだ」

合わせるように三人一緒に笑った内《なか》で、郁子の笑い声が一番高くて、大きかった。

そうこうするうちに、織り布と雪との嫋《たお》やかな目合《まぐあ》いを五感が感じるようになった。

寄り添って慈しみ合う雪と織り布の息遣いまでが、聞こえる気がしてくる。

ふと自分と耕生の房事《ぼうじ》が照応しかけ、いけない、今こんなことを考えてはいけない、と、淫らさを諫《いさ》める思いの奥で、どこかにゆとりを持つことができている自分を観て、ふーっと肩の力が抜けてくれるのを、感じもしている。

そんな落ち着きはすぐに薄れて、胸の高鳴りがはっきりと鼓膜に響き始めた。

障子を通して、微かに雪の匂いが漂って来る。

居坐機に手を添え、目を閉じて一心に祈り始める。

それは何かに向かっての祈りではなく、天に祈り大地に祈り、上布を産み、育て上げて守り続けてきた、先人への祈りになった。

祈りはいつか、縋りになった。

四　晒し斑

午後三時の時刻を、ゼンマイ時計がいつも通りの響きで教えるのに合わせるように、耕生が駆け込んできた。

「ござせ《おいで》」

呼ばれた言葉の響きが、試し織りの記憶を呼び戻してくれた。

郁子はアイマスクの上に厚手の黒布を手早く巻いて、横抱きに耕生に抱き上げられる。

抱き上げられた腕を耕生の首筋に回すと、耕生の弾ける呼吸が項《うなじ》から身体の奥深くに浸みる。

抱かれている感覚が、幽玄の世界へ運ばれる確かな足取りを感じさせる。

一足ごとに、雪ざらしの止めを強く感じ始めてもいる。

小林がたくし上げる暗幕の中に、いつも通りに降ろされた。

逸る気持ちを意図する動きで抑え、黒布の被りを解きアイマスクを外す。

暗幕の中はいつもと同じなのに、いつもとは違う何かを、そう、何かを感じさせている。

耕生が点ける太陽灯の輪が、織り布を浮き上がらせる。

灯《あか》りに浮かぶ織り布に語りかけられた、そんな気がして閉じた瞼を開き見つめると、その何かに突き動かされかけて、逸る鼓動に息を詰める。

胸を膨らませる息衝《いきづ》きを抑え、濾過された滓引《おりびき》の画像《え》を呼んで、織り布に重ねる。

あーーーっ……。

吸った息がそのまま無音の感歎《かんたん》になって、言葉を発せさせない。

その時郁子は、確かに聞き取ったのだ。

はっきりと、しっかりと、織り布の産声を郁子の耳は聞いた。

眼差しで耕生を追い、交叉する眼差しで雪ざらしの止めを知らせる。

天幕《テント》を飛び出した耕生が、声を張る。

「止め」

止めだ、と重ねて叫ぶのが聞こえる。

遽《あわただ》しく雪を踏みしだいて駆ける足音が、聞こえてくる。

小林と耕生の声が、重なって聞こえる。

絡めた指を抱きしめ、忘我の中にすべてを委ねながら、来た時と同じに急いでアイマスクを付け黒布を巻いた。

耕生の息遣いが、耳元で弾ける。

腕を回す首筋が、脈打つ血汐の流れを教える。

息遣いが激しくなる。

小林が開ける木戸を潜《くぐ》り、耕生が三和土に郁子を下ろすと駆け出していく。

黒布の被りを解き、アイマスクを外して、瞼を瞬《しばた》かせた。

焦点の定まらないまま、何度かその動作を繰り返す耳に、耕生と小林が雪原を走る足音が一つになる。

丁寧に巻き取った織り布を抱いた耕生が、逸《はや》る気持ちを宥《なだ》めて、三和土に駆け込む。

息せき切った小林が続いて駆け込み、深く吸った息をゆっくりと吐いている。

恭《うやうや》しい気持ちを表す仕草で、耕生が郁子へ織り布を手渡す。

待ちきれない小林が、郁子と耕生を交互に見ていた眼差しを、耕生に貼り付ける。

三昧境《さんまいきょう》の中で、三人は互いに互いを見つめ合い、頷き合った。

「で、で、できたの？　ささ、さ、晒し終えたの？」

ままなきのように小林が、待ちきれなくて何度も問いかける。

郁子と耕生は、試し織りを思い出している。

試し織りを知らない小林は、早く見せてという表情で返事を求めている。

「おっかあ、のしの用意を頼む」

携帯に向かって、大声で指示をした耕生が車で走る。

「のし」とは、晒し終えた織り布の身繕いを整え、嫁がせる親の気持ちで行う、晒し職人が織り布に向ける慈しみである。

寿子は霧吹きを揃えて爪を検《あらた》め、掌を合わせて何度も擦り合わせて、耕生を待った。


「大丈夫だ」

織り布の吊し干し用に作った垂木の設《しつら》えを検める、小林の足許を案じて郁子が脚立を押さえている。

「これくらいのことはしておかんと、彼奴《きゃつ》が怒りよるが」

脚立から下りた小林が、そう戯《おど》けてくれるのを、笑顔で頷いて受け止める。


半切りで洗って濯いだ織り布が、耕生の手で三和土に吊し干しされた。

翌朝は吊し干しを終えた織り布に、寿子は霧を吹きかけて皺を伸ばし、幅を揃えていく。

「良い織り締めじゃのう、婆ちゃんの織りを『のし』とるようじゃあ」

寿子が、喉を掘る。

二時間余りで幅を揃えた丈を、半分に折り重ねていく。

折り重ねた織り布を厚板に伸べた上に、同じ厚板を載せ、その上に押さえの板と同じ寸法の花崗岩の重しを載せる。

一昼夜置くと、皺のない、幅の整った織り布に身繕いされる。

翌朝「のし」を終えた織り布を両手に受けるように持って、耕生が顔を見せた。

郁子に織り布を渡し、脚立を手にする耕生に、

「ちょっとばか、出しゃばらせてもろうた」

と小林が声をかけ、にんまりと頷き合っている。

あんな、と「のし」の感触で母親の漏らした一言を、さらりと伝える。

口を押さえて、郁子が流しに走る。

今朝は越後晴れではなく、この季節には珍しい晴天である。

着丈三丈「六七空水《むつなからみず》」の縞織り布が、二つ重ねに留められた織り皺《おしわ》が残るのを避けさせる丸木を通し、軒下に吊し干しされた。

乾いた風が織り布を揺らして、すり抜けてゆく。

今は午前七時、これから一時間ごとに約三尺、織り布の位置をずらす。

夜の六時に最後の位置替えを終えると、本当に身も心も安堵することができた三人だった。

凍える風に揺られながら、上布がその姿を現してくれているだろう、と明日の朝を待つ三人に、昨日までの不安定な気持ちはどこにもない。


心地よく目覚めた郁子は、ここ暫くは「六七空水《むつなからみず》」の藍染めに意識を取られて、目を向けることをすら忘れていた庭の片隅に、冬薔薇《ふゆそうび》が一輪咲いているのを見つけた。

あとで切り花にと思ったが、冬薔薇は冬ざれの中に在ってこその花だろうと、その名を重んじて切り花を打ち消す。

耕生と小林の声が止まり、郁子は木戸が開く音に窓を閉めて出迎える。

「ご苦労さまでした」

差し出す両手に、柔らかな微笑皺《えみじわ》を浮かべた耕生が、微かな肯《うなず》きを添えて手渡したのは、三人の、いや三人と一人と二軒が咲かせた華《はな》、心念《こころおも》いの上布である。

耕生の肯きには口角の微笑で応え、太陽灯のある居坐機のそばに座り、二人の感性を凝縮させた念《おも》いの上布を巻き戻し、瞼を閉じて呼びかけた。

絡み合う明度と色調を呼ぶ瞼に、滓引《おりびき》の画像が焦点を求めて浮かんで来る。

確かめる喜びと交叉する不安の中で、郁子は瞼を開けた。

声を、呑まされた。

恐れに似た震えが、激しい感情となって身体を走り抜けた。

生平麻布《きびらまふ》には、微かに晒し斑が認められる。

呼び戻す滓引《おりびき》の画像《え》を織り布に重ねると、吸い取られて、消えた。

見据える上布は、紛うことのない二人の上布である。

止めたままの息を緩やかに吐き、小刻みな頷きを何度も何度も……繰り返した。

繰り返す郁子は、幽玄の世界を、陶然と彷徨《さまよ》ったのである。

感動の波が鎮まると、郁子はまず小林に上布を預けた。

「これなの？」

頑なに研ぎ澄まされた感性で、ここまで追い詰めなければ出会えることができないのかと感じさせられた上布に、まさか耕生よりも先に対面させてもらえるなど、思いもしなかっただけに感謝しかなかった。

……のだけれども、上布に目を落とした小林には、何かが判らなくなり始めている。

郁子に戻した上布を、耕生が撞木《しゅもく》に掛け下げている。

その仕草の丁寧さを見ながら、小林がもそっと深く解らなくさせられたのは、二人があれほどに拘って追い求めた織り布が、これだというのが理解できなくなっている。

二人からは満足の吐息が零れていたけれども、仕上げたの？　やり遂げたの？　という感動で見た織り布は、あれなのか。

どう見ても、耕生が撞木に掛け下げたのは、薄くなった生成りの麻布《まふ》でしかないのだ。

ねえなのか、おいなのか、顔を上げた小林が目顔で、判らないと訴える。

耕生と郁子は、そんな小林の戸惑いを嬉しさに置き換え、無上の幸《さち》を噛みしめている。

合図をする耕生に応えて、

「小林さん、私と同《おんな》じにさっせ《しなさい》？」

わざとの命令口調に、小林は言われるまま上がり框へ移動する。

その間《あいだ》に耕生が、撞木の掛け下げを「六七空水《むつなからみず》」の縞に合わせる。

撞木に向かって歩き始める小林に、郁子が、ゆっくりね、と耳元で伝える。

小部屋を通り抜け、雪見障子の部屋へ入り、すり足で撞木に近づいている。

おっ、と声を上げ、それに続いて半歩進んだ小林は、おーっ、と感嘆の声を出して耕生を眼で追い、郁子を見返った。

「飯田！　郁子さん！」

頷く耕生と郁子の手を、強く握った小林には、もう言葉なんてどこにもなくなっている。

上布に出会ったらどんな言葉で、喜びなのか嬉しさなのか満足なのかを言えばいいか、と考えたそのあまりにも浅すぎた感性を、恥じ入らされている。

「あんまいかったぃねー《ありがとうございました》！」

小林さんのお力添えがなかったら、こんなに満足のいく雪ざらしはできませんでした。

断言した郁子が浮かべていたのは、あの夜の耕生の述懐だった。

晒しの止めを見定め見極める環境を、決めかねていたその時のことである。

「天幕《テント》を張ろう」その中で見定めればいいじゃないか。

見定めの度、アイマスクとその上から厳重に光を遮断した郁子を、天幕《テント》へ運べばいい。

「お前が許すんなら、俺に運ばせてくれないか」

この一言が、張りつめた耕生の気持ちの弦を緩めたその夜、しみじみと、

「或る意味で、彰一の方がプロかもしれんがぁ」と言ったのをである。

郁子と話す時には小林を名前で呼んでいた。その呼び方の方が、郁子も好きだった。

どうしてそう思うのか、と聞くと、

「正直あん時は、追い詰められていたがぁー」

追い詰められている時に、気の利いた冗談が言える彰一に脱帽したんだ。

どんなに追い詰められていても、そん中に余裕がないと良い仕事はできない。

余裕があれば、冗談も言えるし、笑いも誘《さそ》える。

それができるようでなければ、余裕があるとは言えない。

余裕がないということは、プロではないということなんだ。

修羅場で笑えてこそのプロ、と昔誰かに教えられたのを思い出させられた。

耕生はその話の最後に、こう言って小林への思いを話したのだ。

「できるなら彰一と一緒に、晒しをやっていきたいなー……」

その時の耕生が横顔に浮かべた、真摯な表情を思い出していたのだ。

それは耕生の本心だったが、その横に蹲る狡さを話すことは、できていなかった。


「ほーんに、あんまいかったぃね《ありがとうございました》ー！」

駆けめぐる思いのすべてを包み込む感謝の言葉が、そのまま郁子の挨拶になった。

「本当に助かった、ありがてえ《ありがとう》。感謝しとる」

耕生が差し出す手を、小林が力強く握り返す。

「一つ一つは大変ながん《こと》もあったが、振り返ると楽しかったがぁ。たったひと月足らずなんに、こんな大きな満足感をもろうた。雪ん化身なんてがん《こと》を戯言《たわごと》んように思とった、ついひと月前ん自分が、小っこく思えとるがよ」

郁子と目を合わせた小林が、柔らかな微笑みを浮かべている。

「自分が生まれ育ったこん郷に、こんな凄い物があんのを教えてもろうた。礼を言うんは、むしろおんの方だ、こっちこそ本当にありがてえ」

さらりと言い残して、帰り支度をする小林に、耕生が声をかける。

「小林、実は……」

「判っとる、おまんたちが保存会や組合に話すまでは、な」

小林は唇を閉じると、チャックするそぶりを残して帰った。

郁子と耕生は小林の後ろ姿に深く頭をさげ、小林の車が雪原から見えなくなるまで、何度も何度も大きく手を振った。

二人に送られてハンドルを握った小林は、耕生の頼みを聞き入れ、初めて二人が漂わせる空気に触れた時、どこか異次元の雰囲気を感じていたのを、思い返していた。

この雰囲気の中に身を置くことは、雪ざらしの本質を理解していない自分は、きっと居たたまれなくなり、逃げ出してしまうのではと思っていたのが、それが何ということだ。

二人と同じ基盤で感動することなど、ないだろうと思っていたはずなのに、気がつけば痺《しび》れるような緊張感を、心地よく感じていたではないか。

意識を持たないまま、その雰囲気に、酔わされていたではないか。

しかし小林は、二人とは違う自意識を、冷静に捉えることを忘れてはいなかった。

二人とはここが違う、と思う小林の持つ自意識とは、そう、耕生と郁子の受け止める深さとか篤さより、自分の思いは遙かに薄い、という思いである。

「そうなんだなあ」

新しい轍《わだち》をつけて走る雪の中で、声にした。

「あん二人は、酔い尽くしているんだろうが、自分は酔わされているんだなあ……」

空の紫が動くのを感じて目を向けると、山際から濃いオレンジ色に変わろうとしている。

車を道辺《みちべ》に寄せたのは、現実に戻りきれない自分ともう少し話したくなったからで、強くあの二人を包んでいる何かに、まだ小林は心を奪われている。

鎮《しず》かに心の底に沈ませたあれが、豊かさというものなのだろうか。

上布を目の当たりにした時の驚愕《きょうがく》こそが、本当の感動と呼べるものではないのか。

あの二人が求めているのは、安っぽい名誉なんてものではない。

満足感なのか達成感なのだろうか、否そうではないな、無限の彷徨《さまよ》いになるのだろうな。

二人が一つの魂《たましい》になって蕩揺《とうよう》しようとしている幽玄な世界も、恐らくその度ごとに過去のものにしていくのだろうな。

何んとなら、二人にとってのその現実は、一里塚に過ぎないのだろうと思えるのだった。

我が道を行くのだという二人が、その度に使う「いぎなせ道」ってどんな道なのかを、二人に聞いたのを思い出した。

「私たちが歩くんは、もしかしたらカッタイ道なんかな？って初めはそう思ったんよ」

郁子が懐かしいことを想い出す風情で、話し始めた。

「ホームレスって昔もあったんだって。でも今とは違うて、家族が嫌って家から出した病人《やまいびと》だったんよ。カッタイって言うんは、ハンセン病なの。そん人たちは一般の道を避けて、山深い道を通り抜けたんだって。四国ん八十八か所巡りにもカッタイ遍路道があるそうだよって話してると、これって違う、私ん思ったんは間違いだって、気がついたんよ」

　そうしたら、こん人がね、

「いぎなせ道って言うんはどうだろう。今はあんま聞かんけど、越後んどこかん方言で、イギナセは、行きなさいって言うんだ」

　って教えてくれたんよ。

　それっていいね、って即座に同調したんよ。

「いぎなせ道、そうね、こんからはそう呼ぼう。そんからは二人ん間だけではそう呼んどるんよ」

　二人の楽しさでほっこりしてた、顔が浮かんでくる。

　現実感をちょっとそばに置いて、小林は呟いた。

「いぎなせ道か、歩きたいなあ」

　この差を少しでも埋めたい、と無理な現実との差を忘れてひっそりと感じ始めている小林の心は、紛れもなく本人が自覚するレベルまで昇華した、上布への思慕と言えるだろう。

逃げ出すのではと思っていた小林は、その場にしっかりと足を着けていたことに、嬉しさを感じているのだから。

否、そうではないだろう。その場に居ることの嬉しさではなく、その場に居られることの嬉しさを、はち切れるような思いで抱き留めているのだろうから。

耕生と郁子が、言葉など必要のない世界で心を絡めている、その生き様は同じ空気を同じ感性の中で吸っている者にしか判らない、至福ではないのか。

郁子からの労《ねぎら》いと感謝の言葉は、そっくり自分が二人に示さなければならない、心根《こころね》であるべきだったと思った。

「月に兎《おさぎ》が居たって、いいこてまぁ《いいじゃないか》！」

と言った耕生の顔が浮かんだ後から、大阪から帰った時の耕生の顔が浮かんだ。

二つの耕生が脳裏を過《よぎ》った時、小林が抱《いだ》いたのは男なればこそのジェラシーだった。

どん底から這い上がった男が、その身に抱き留めて手にしているもののすべてが、この時、小林には羨望の的になった。

バックミラーの中で、小さくなっていく二人を想った。

大きく振っていた、二人の手を想った。

「おい飯田よ、えかったな」

心の底から、小林彰一は飯田耕生にこの言葉を贈った。

小林が帰って二人になると、郁子の目からは言い知れぬ思いの涙が、止めどなく流れた。互いに言うべき言葉が定まらなくて、気持ちが纏められない。充たされ切ったこの時の二人には、現実感すらが薄れている。

五　挨拶

時間がどれほど経っただろうか、無我から醒めた二人は富江を伴って粂を訪ねた。粂は信子に抱きかかえられ、耕生が花梨の撞木に巻き下ろす生成麻布《きなりまふ》に目を奪われる。耕生に促され、信子に抱えられて撞木へ近づく二人の足が止まるのが、一緒だった。

「婆っちゃん！」

それは、信子の驚きの声だった。

この時、粂は確かに見た、生成が残る麻布に藍縞が浮くのを。

あとっちゃれ《あとずされ》、と信子を急がせ、あとっちゃる粂の視野から、藍縞が消えた。

ほーっとため息を吐いた粂は、信子の手を借りずに撞木に向かい、撞木の前に跪《ひざまず》き、織り布を何度も何度も撫でた。

目を瞑《つむ》って意識を集めて撫でた手で郁子を手招くと、肩を抱き寄せて頭を撫で、いた。


「頑張ったな」

これ以上の、褒め言葉があるだろうか。

粂のその一言が、満足感の片隅に残っていた一抹の不安を、消し去ってくれた。

嬉しい、などという安直な常套句は、浮かびもしなかった。

郁子は押し止められない念いに、粂の足許に頽《くずお》れ、粂は膝を濡らす郁子の背中をただ撫でていた。

富江を送って、郁子は耕生の母、寿子を訪ねた。

挨拶する郁子の顔を、寿子は込みあげる涙で見定められなかった。

嬉しさに悶える気持ちで、寿子は涙も拭かないまま駆け寄って抱き締めた。

抱き締められた胸に縋って、郁子も泣いた。

嫋《たお》やかに、ひと時の刻《とき》が鎮まると、

「おれしえて《うれしくて》、こん子が奈良からけえって《かえって》してくれた話が、おれしえて《うれしくて》」

夢を話してくれたが。

そんに、一緒に生きてくんる人にも、出会えた、そん人と、こん郷ん上布を蘇らせるんだ、と目ば輝かせて、力を貸してほしいって言うてくれたがぁー。二人ん中に入ってほしいって、言うてくれたが、と寿子が声を詰まらせる。

「郁子さん、ほーんにおれしえ。いち日も早うおめさんに会いたかったがぁー。でん、ちょこんと怖ええかったがよ、夢じゃあないんか、そう思うと会いに行けんかったがよ」

そう言って寿子は、郁子を確かめる仕草で強く抱いた。

「いとしげ《かわいい》のうー……」

郁子も、寿子の背に腕を回した。

「こん子は、ほーんは優しい子だが」

小ちゃいこん《ころ》から、うちん仕事を手伝うてくれたが、そんが……、

「あん時どげながん《こと》をしてでも、大阪へなんか出さんけりゃ良かった、そん後悔ばっかしてきたがぁ。そんまでは、何でん話してくれてえたがんが、大阪からけえってからは無口んなって、本当にこん子と……」

後の言葉を、寿子は呑み下した。

その時寿子の脳裏を走ったのは、二人で死のうと考え、撚った糸を束ねた紐を眠っている耕生の頸《くび》に廻そうとした、その夜だった。

感極まった寿子が、口を押さえて耕生を見返る。

「かか、わんかった」

耕生は薄まっている方言で、寿子に詫びる。

「えかった《よかった》がぁー、待っとった甲斐があったがぁー」

郁子さん、おしょうしな。

語りかける眼差しに、郁子もよろしくお願いしますと眼差しで応えるそばで、耕生は無言で涙を胸の内に流した。

二人の間にあった母子《おやこ》の気まずさが解消される触れ合いを、眩しい思いで見ている郁子には、寿子に話したいことがある。

自分を識ってもらうためにも話そうと思うのは、義母になる寿子が富江に重なっていたのではないだろうか。

郁子は、「お義母《かあ》さん、それは違《ちご》うてませんか？」と、いつか言おうと思っているのだ。

「そん時こん人が、自分の気持ちを抑えて残っとったら、今んこん人がここにいると思うがですか？　あん時もそん時もと振り返ってたら、悔やむがん《こと》ばっかでしょうが」

うちん生き方もそうでしたが。でん、考え方を変えて反省したがです。

そん反省の一つ一つがあったから、そんを乗り越えて来たから、来れたから、今んうちが居るんだって。そん一つでもなかったら、今んうちもこん人もここにはいないがですよ。

うちらはもう途中下車はせんがです、約束するがです。

んま《いま》を大事もっこに生きよう、そう決めてからうちは、今ん自分に満足しているかって、いつも自分に問いかけとるがですが。

「ここへ住むようになって、富江さんに出会えて、こん人と出会えて、とっても満たされた気持ちで居られとるがです。だとすんと、過去《むかし》んがん《こと》はみんな、今ん自分のために必要なことだったがですよ。お義母はんが今こん人に満足してくれてるんは、そん時送り出したからなんですがあ？　こん人もうちも、二人で躓《つまず》きを乗り越えるがん《こと》ができたがです。そんが生きる力になって、お義母はんに力を貸してもらえる夢を持っちょる、孝行息子がここに居るがですよ」

いつかはそんな話ができる家庭を持ちたいと思う郁子が、耕生を振り返って、

「こん人は手先ははつめ《きよう》なんに、生き方は不器用ですが、うちはいっちゃん好きらてば《いちばんすきです》」

男の照れを浮かべる息子に、寿子は目顔で語りかけた。

「母ちゃんも、そやど」

六　保存会

郁子の上布が、組合に納められた。

昔を懐かしむ古老たちの中には、目頭を押さえ声を詰まらせる者もいた。

「こん引きは、どんが《どんな》にねして出したが」

自然栽培の苧麻を使ったのを知らない古老たちは、忘れていた手触りを懐かしんでいる。

当然のように、今年の全国大会への出品はこの上布に決まったような、発言が出始める。

取り計らいに苦慮した組合は、保存会に穏便な結論を出すよう委ねて中座する、その結論じみた組合の処置に対しても然《さ》りながら、しんねりむっつりが、地の者の嗜みとされて来た矛盾が一気に暴発したと思わせる、それは想像を絶する保存会の騒《ぞ》めきになった。

他所《よそ》で求めた自然栽培の苧麻を使ったこと、苧引き手績みの績みのやり方にも、撚《よ》りにも、挙げ句は雪ざらしの篩《ふるい》にまで揣摩憶測《しまおくそく》が飛び交い、或る者は夜郎自大《やろうじだい》を声高に言い出す始末になった。感情論が支配する話は、次第に中傷に流されていく。

耕生は小林と出かけている。小林が初めて目にした保存会の印象は、おっとり構える商家の雰囲気で、第一線で戦っている感じではない、というのが小林が持った雑感だった。

それに比べ飯田耕生は、少なくともやる気と闘争心が見て取れる。

飛び交う、勝手気ままな野次に近いがなり声に向かって、

「ねら、《おまんたち》めぐせえ《みぐるしい》。どごに問題があるっちぅがぁー」

声の主は、富江だった。

「みーな、しょーしか《はずかし》ねえかえ？　何だかんだと、分かったようながん《こと》を並べとるようやが、いってぇ何が駄目だが？」

まくし立てる富江は、まさに郁子の保護者である。

「儂《わし》らが言うんは、大会に出すためんだけで織ったんじゃあ、こん郷《さと》が守って来た、こん郷ん上布とは言えんちゅうがん《こと》だがよー」

「こん郷ん上布じゃねえと言うとるようだんが、何のこったやら、ちゃっちゃかもちゃか《むちゃくちゃ》で、さっぱりわかんねえ、めぐせえ《みぐるしい》」

大会でどんな結果が出るかも解らないことだし、と言う言葉の端からは、あからさまな憎しみさえ感じられ始めた。

妬《ねた》みが嫉《そね》みに、僻《ひが》みが妬《ねた》みになっていく。

「そんがんもだあろも《そのこともだが》、染《そめ》ば外ん者《もん》に任せたんが許せんがぁー、何でこそこそせんといかんが？　信頼なんちゅうんは口先だけというがん《こと》が、許せんがよー」

声の主は保存会のリーダーで、松木剛志《たかし》という耕生より七歳年嵩《としかさ》の男である。

耕生は正面で受けて、言うべきことは言わなければならない、と松本剛志に対した。

その声音は松本の怒号とは対称的に、意識して抑えている。

「信頼なんちゅうんは口先だけやと言われたら、そうらがね《そうですね》」

「なにい！」

「一年めえ《まえ》のあんげあんべーん《あんなあんばい》の時ん話して、かたねた《かついだ》と言うがかね？　またじんならねぇ《どうもしょうがない》と思ったで、ちいっと《すこし》ばかふけつった《すねた》までですが」

「そん勝手を為《し》くさって、保存会の方針に背くがん《こと》も判らん、そがいなもうぐれだー《おろかもの》すけ、かんべ《かんべん》してくんなせ《ください》、てか」

その露骨な侮辱を耕生は無視し、言うべきことだけは続ける気構えを持ち直す。

「保存会の仕事ん柱は、なぁですか?」

「こん郷《さと》ん上布の伝統を次の世代に引き継がせるがん《こと》よ、そっつら《そんな》がん《こと》も知らんのか。引き継ぐちゅうんは《というのは》、人材を確保するんが一番おごった《たいへん》なんだ。績み子《うこ》んしても織り子んしても、昔と違うて遣《や》り手ん確保に苦労しとるんは、おまんも知っとるやろが。まずは機屋が食うていけるようするんが、保存会の一番の仕事なんが判んねえのか」

「そうしっと《そうすると》、伝統ばなーばして《どのようにして》引き継ぐと言うがかね」

「伝統をどなんしたら守れるか、そんだけを考えてやっとるが」

「そうじゃあ、ねえでしょうが」

「そうじゃあねえだと?」

「名前におっかかって《よりかかって》何《なん》もせんかったすけー、んまん《いまの》ような上布にしてしもたぁんじゃなかですか? 守っから補助金寄越せちゅうて、何をしたがです」

「ま、いろいろやることはあるわな」

「こん目的で補助金は使うたが結果はこうじゃった。そうなったんはこういうがん《こと》だで、そうらっけ《だから》、こう言う手順でいぐ《いく》」

そんげな話は、聞いたことがねぇがよ。

「おめえ、けえって何年になるが?」

「あと二年で、二昔になるが」

「中途採用の平《ひら》が、なあも《なにも》解らず横着言うな！」

「補助金で、なんばしとるがです、青苧をなして《なんで》自然栽培せんがです？　糸を四、五日も、なして晒し粉で晒すがです？　なして生成りから晒さんがです？」

「そうせんと喰ってけんがん《こと》は、ぼんくら《おろかもん》でん知っとろうが？」

〝ぼんくら〟に噛みつかせるのを意図して、何度も口にしたが、耕生は冷静だった。

「商いは商いですれば良《え》えがですが、そんと保存会の仕事は違《ちご》うと言うとるがや」

「どう違《ちご》うと言うんじゃあ」

「んまでん《いまでも》上布は居坐機で織る、そん手間と時間を認めてくれて、上布ん価値を認めて求めてくれとるんじゃあ、ないがですか」

「そんならそんでええじゃないんか。こ難しいことを言うな」

「そがながん《こと》を言う者《もん》こそ、でけえあったかもん《おおばかもん》だが」

「何い！」

「怒ったふりして、話ん矛先をよな《ほか》へ向けるんはやめんね。保存会ん仕事は、私利私欲ん仕事じゃあねえでしょうが。じゃけん補助金が出とるがでしょうが、文化財にもなったがでしょうが。しょてっぱな《しょっぱな》から、くすくる《なおす》のがいいこてぃ《いいこと》でしょうが」

「何ーを言うとるか、染めば余所《よそ》へ頼みやがって」

耕生に茶のボトルを渡す敬子に、郁子はありがとうの秋波を送る。

「確かに染めは『紺屋《こうや》』の河野さんに頼んだ。そんはこん郷《さと》の誰も頼りにならんかった、そやけんそうしたが、『紺屋』の河野さんと、『イーゼル』の木村さんが、どげな力ば貸してくれたか。ここでとうこと《むだぐち》叩いといる者《もん》には、とてつもねえ《はなしにならない》ことだが、こん人たちが俺らん念《おも》いや染色《いろ》を見分ける眼に、じょうや《たぶん》何《なん》かを感じてくれて、力ば貸してもらえただんが。おんら《おれ》はどんげ邪魔されてもやるがよ。伝統を引き継ぐ道の違いだけでしょうが。おん《おれ》は同じ考えん者《の》としか心は拓《ひら》けんと思うとる。どんがら《どうですか》、いさげ《けんか》はこっげー《このぐらい》にして、腹割った話をせぇてば《しませんか》」

一息吐いた耕生の手に、モカのポットを握らせる。

耕生らしく一口含んでから、ゴクッゴクッと喉に流した。

「いつから、そういういっちょめえ《いちにんまえ》の口ば、利くようになったがや」

「ほこん《そこの》者、むきつけな侮辱は土地ん者でん許せるがん《こと》と許せんがん《こと》があるがぁー？　せばこんからは、そんつらぼんくらはそんまや《いますぐ》めんね。詰《なじ》ってどうなる問題ではねぇだーすけ」

「おめぇ、そんが年嵩の者《もん》にいうことか」

その声に耕生は、刃向かいの意志を見せた。

「おまさん《あんた》、ねまっ《すわ》とると顔がめーね《みえない》、顔ば見せんね」

大阪から帰ってから、存在感を示さない期間が長い耕生に向ける郷人の目は、半ば以上見下している。

声を上げた男は、当然のように顔を見せない。

顔も出せない輩《やから》に用はない、と座ろうとする耕生に代わり、小林が立ち上がった。

「小林といいます。飯田とは高校まで同じ学校の幼馴染みです。彼の行動に本物を見たので、初めて飯田の相方で雪ざらしを体験した者です」

ぐるりと一通り全員に顔を見せて会釈をして、小林は話し始める。

「皆さんの話を聞いておかしくなったんで、発言させてもらいます。こん話は感情論で決着がつく話ですか？　感情論で決着さすべき話なんですか？　こんまんま《このまま》感情論では、百か零の結果になります。賛成か反対かだけなんですよ、おかしくないですか」

国からは文化遺産として認められ、越ノ沢では郷の伝統として崇《あが》める、その上布を守るやり方を感情論で決めるのはおかしくないですか？

飯田たちはそれを案じ、一歩を踏み出したのです。

初めて二人の間に入って感じたんは、この二人は露悪家《ろあくか》かと思った。露悪《ろあく》と言うんは必要以上に自分を悪く見せることを言いますが、中傷にも背を向け耳を塞ぎ、自分たちが考える道を黙々と歩く飯田の露悪の方が、偽善者より真剣に上布の行方《いきがた》を考えていると思いますよ。

一息吐いた小林に渡すべく、ポットを耕生に託すと、そのまま小林に手渡す。

ひと息に喉を鳴らしてから、柔らかな眼が見返ってくれた。

「昔のやり方を変えないのも伝統ですが、時代によって移り変わらせていくのも伝統でしょうが、こんな大変ながん《こと》を決めるんに、零か百かを求めんのはナンセンスでしょうが。

五十一対四十九が理想じゃけんど、飯田みたいに別ん考えを持つ人が居るべきですよ。

きっとみなさんも、考えとるとは思いますが。飯田が水面《みなも》に石ば投げとるがですよ、一滴の水になりませんか？」


話し終えた小林は耕生に何か耳打ちをして、それでは、と声をかけてドアを閉める。

郁子は心強さをもらった感激で、胸が締め付けられた。

そのままの雰囲気で、耕生と目を合わせ、頷き合った。

垣間見せた小林の知性が、潮目を変え始める雰囲気を感じての退席で、その後を引き受ける形で耕生が、小林の話の後を引き継いだ。

「俺《おら》たちん考えを話すがぁー、なじらね《いいですか》？　こんまでん《これまでの》伝統は織りん技術が主《おも》だった。

もちろん雪ざらしも苧績《おうみ》も大事やけど、おん《おれ》らは先祖が残したこん郷ん伝統に、新しい物《もん》を加えたいと考えとるがよ。織り子が、機以外んことを考えるなんて、だあ《だれ》か思ったことあるがぁ？

おん《おれ》も初めて聞いた時は、とっぺつもねー《とんでもないこと》がんばっかいうとる、そう思うとったが、染め屋も画材屋も、こん発想に損得抜きですけ《たすけ》てくれたがよ。久しぶりに苦労させてもろうた、ほーんに楽しい仕事をさせてもろうた言うて、心付けも受け取らんで、喜んでさえくれたがよ。

染めを頼んだ俺ん先輩は、こん色を当たりめえに紺屋に求めるんは。素人んしかでけん。職人には考えられん色だ、と言ったがよ。

おん《おれ》も目隠しして、できるとだけ思い込む努力をしたがよ。

晒し職人に晒し斑を残せなんて、素人でしか言えやせんですが。

言われた時は正直言って理解できんかったが。

小千谷の画材店は、晒しは雪よりも白くではのうて、生成りが消える一歩か二歩手前んで晒し斑が残る色を作ってくれたが。そん色がねーかったら、こん透明ん色彩《いろ》は掴めんかったがやけん、一番の力添えは『イーゼル』ちゅう画材店ですが」

耕生は、自分の言葉に酔い始めている。

「俺らはなんも苦労はしとらん。幽玄や化身がめえる《みえる》と信じただけだが」

珈琲を欲しがる手を、耕生が向ける。

一口飲んだ耕生が、ポットを持ち直して郁子を押し止める。

「始める時に、糸を晒すんはおっさんない《してはいけない》と決めたが。伝統を引き継ぐんならそんま《すぐに》やめるんが大事やからせなんだ《しなかった》。伝統やとかこん郷ん上布とか言うんなら、糸で晒すんをやめるんが最初にやることでしょうが。

それを何ね、大会に出すために織ったんはこん郷の上布とは言えんだって？　こん郷ん伝統を引き継いだ織り布で大会に臨むんが、真っ当な挑戦じゃあないんかね。

改めて聞かせてもろうが、こん三十年近く、郷の上布をどがいな気持ちで護《まも》ったと言うがです？　なしてこげんがん《こと》になった？」

一気に話した耕生は大きく肩で息をすると、怒りがにじみ出た眼で松木剛志に向かって語気を強めた。

「んま《いま》、おん《おれ》たちは挑戦しとるがよ。遊びや気紛れでやっとるんじゃねえ。そん挑戦にこの中ん誰ん意見に耳を貸せって言うがです？　そん誰かが何んば言おうと、岡目八目にもなりゃあせんですが。

俺たちんやり方や手順に前後があっても、結果に責任を持つんは俺たちなんだが。そんを勝手ながん《こと》しくさって、と決めつける方こそ、横着じゃねーのか」

話し終えた耕生に、怒声が飛んだ。

「横着だと？　もう一度言うてみろ」

「……」

耕生は松本剛志の怒声を、やり過ごした。それをどのように取ったのか、よほどの短気者らしく、手に持っていた湯飲みを床に叩きつけた。

「よせ、やめろ」と何人かが止めに入ったが、止められると余計に奮い立つのは、理性を失った人間の常である。

「もう一遍、言うてみれ」

押さえられた腕を、振り払いながら叫ぶ。

相手にしないだろう、と思った耕生が抑えた声で応える。

「もうとやかく言うんはやめる。ただへなすがん《けなすこと》しかしない相手を、正直に卑怯者と言ったまでだが。俺たちんやり方を、昔に戻り過ぎて駄目だと、ほーんに《ほんとう》上布を識《し》る人だと俺らが認めるお方に言われるんなら聞きますが、誰からもそんなことは言われとらんが」

本当は、俺たちのやり方でしか遺していけんと判っていても、それを表立てると携わる者がいなくなるから、口を噤《つぐ》んでるだけじゃないのかね。

「じゃけん、そう言うてかせとる《きかせてる》がじゃ、ねえですか？」

伝統を護るんだから援助しろ、とかなんとか言って交渉しかしないような奴らに、伝統を引き継ぐことなどできゃせん。伝統を引き継ぐんなら、昔のやり方に戻るんが一番だという、こんな解り切ったことに携わるんは、偏屈者にしかできゃせんですよ。

「そん言う者《もん》のたかる《あつまる》んを、まだかな、と思うとるだけなんがよ。でん、みんな上布が好きだから、なじょもなじょも《だいじょうぶ》だと、思うとるですが……」

途中何度か言葉に詰まりながら、しっかりした語韻でここまで話し終えた耕生に、富江がお茶のボトルを渡しに来る。

「天平《てんぴょう》時代にこん郷は、上布を庸布《ようふ》しとるでしょうが。平安時代にも物納を認められとるでしょうが。審査会なんてねー時代から、上布《じょうふ》・中布《ちゅうふ》・下布《かふ》と呼ばれてたその時代から、こん郷ん織り布は、ずっと上布だったがん《こと》は古文書に残っとるでしょうが。学校でも教わったでしようが。こん郷の誇りなんだと、教わったでしょうが。
そんをへなし《おとしめ》てきたがん《こと》をしょうしぃ《はずかしい》と思うんが先じゃあねーんかね、そうでしょうろ。五十年余りめえ《まえ》までは、一部の名人上手と言われた人が護ってきたんは、こん郷ん名誉でしょうが。そん名誉を再びと思う、どこがおかしいというんか聞きたいもんだが、こんな話し合いには何の意味もねえと思うがよ。こん郷ん歴史は、昔にはあったという話ではのうて、俺らん血ん中を流れとるんじゃないがか、せばそう思うが」

残ったボトルを飲み干して、なおも話し続けるのを郁子は誇らしさを浮かべて聞き惚れる。

「俺《おん》たちはこん上布にも満足しとらんがよ。昔ん人に負けちょる。早《はよ》う追い着こうというんが目標なんがよ。言葉尻を捉えてへなす《けなす》なんて、すっけんがいらね《そんなものいらない》。そんより《そんなことより》、あんたなりんやり方で、こん上布を凌ぐ上布を、織り上げてくらっしゃれ」

耕生の口調に、郁子は内心それ以上はやめることを願った。

耕生らしさが失われてしまいそうな、蘞《えぐ》さを感じたからである。

「もういさけー《けんか》はしとうない。気持ちを寄せて、えよえよ《いよいよ》駄目んなるめー《まえ》に取り戻すんが、んま《いま》は一番に考えんといかんがん《こと》じゃあねーでしょうが……」

耕生の言葉尻が丁寧になってくれたので、郁子はほっとした。

普段は心の奥に畳んでいる追憶に引っ張られるように、耕生が目を泳がせて、郁子に向ける眼差しと絡まり合った途端、耕生の顔がうるんだ。

「次の世代に伝えるんが一番でーじ《だいじ》ながん《こと》で、そんを支えるんは、めえにち《まいにち》上布に向き合うてる郷者だで、そん人たちんしょてえ《せいかつ》が立つよう指導すんも、でーじ《だいじ》やけんど、そっちばっか見んなって《みないで》。そんをしんぺぇしながらんま《いま》を生きる上布と伝統を守っていぐ上布をじゃる《いっしょにいく》ようしる《する》んが、保存会ん仕事ではねえんかと思うがよ。

なじらね《どうですか》、なじょう《どう》したらえぇか、しゃんしゃん《いそいで》と考えませんか」

「そんだな、こん飯田の言う通りだがぁー」

「そうらな、儂らは目先ばか見とったかもな、今ん生活を守るんが、伝統を守っとると思とった」

「共存はええがん《こと》だ、儂もそう思うがあ」

耕生の話に賛成する声が、そこここから出始める。

どの人も本当に、心の底から上布が好きなんだ、と郁子は再び胸が痛くなる。

それにしても、と改めて耕生を振り仰ぐ気持ちで見つめる。

胸の奥が痺れるように痛んで、この人はと四行の詩を思い浮かべる。

「今日はこんで……。どだい織り子がこげな上布を織りたい、なんて考えたがん《こと》が理解できんどころか、ようした《よくやった》と喜ぶがん《こと》もでけんような者《もん》に、話す無駄がよう解ったが。

なんもかもが不条理な時は、自分を信じるしかないですけん、こんからは忖度《そんたく》して対応させてもらいますんで、かんべ《かんべん》です」

慇懃無礼《いんぎんぶれい》と取られかねない耕生の身仕舞いだが、出席者の誰もが口を噤んで淡々と保存会を出る耕生の背中に向ける眼差しは、どこかにほっとした和みを浮かべる、優しいものに変わっている。

耕生も緩む空気は背中に感じたが、あえて後ろ手でドアを閉めた、その顔に浮かべたのは苦渋ではなく、苦衷《くちゅう》であった。

このやり方では、周囲の目を惹き付けることはできたとしても、恐らく尋常に収まることはないだろうことも、耕生には判っている。

その上で飯田耕生にこの道を選ばせたのは、この男が尊敬して止まない長州の吉田松陰が唱えた、

「斯《か》くすれば斯くなるものと知りながら、やむにやまれぬ大和魂」

この思いであり、同時に耕生が棄《す》てたのは承認欲求であった。

が、耕生はまだまだ青い。

世間の波に翻弄されたことのない飯田耕生には、所詮は人間が創った組織に完全な物を求めるのは無理だ、という良い意味での大人になりきれないでいる。

耕生を目顔で送った郁子は、毅然とした態度でその場に残っている。

この現実を目に焼き付け、記憶に留めておかなければいけないと思って、残っている。

この先、この郷で生きていくにはどうすればいいか、どうしなければいけないのか、それを

見つけておかなければと思っている。

この二人が浪漫の先に掲げる姿は、世間の垢にまみれていない、良い意味でのわがまま者だから言える理想なのだ。

真っ向から罵詈雑言《ばりぞうごん》にしか聞こえない悪口雑言《あっこうぞうごん》をぶつける松本剛志は、耕生の幼い思考に腹立ちを憶えているのだが、悲しいかな言い負かす語彙を持たない。

会釈程度で退席した耕生を、松本剛志は怒りの目で追いながらも、近くに組合を訪ねようと思った。そこに、年嵩以上に一日《いちじつ》の長《ちょう》があった。


耕生が帰ると、秩序のない静けさが会場を覆ったが、反論する者が居なくなった安逸に凭れての誹謗中傷が、言いっ放しの無駄、と知ってか知らずか、あちこちで囁かれている。

だけども郁子は、その声へは顔を向けず、聞くだけにしている。

誰が何を言ったかなど、それを知ったら、かえって降ろせない荷物を背負うことになる。

中傷の中には、自分では気づけない真実がある、といつだったか、亡き父から教えられたことを思い出している。

その時には、あんなに反発したはずなのに、今はその言葉が懐かしく理解できるまで、越ノ沢で上布と向き合った年月は、郁子を一回りも二回りも成長させている。

やがて保存会の意見も愚痴も出尽くし、あくまでも反対する者に対しては、組合に一任という調整で場を収めた。

「そりじゃ、そうえぇことにしっぺぇ」

どこかからの声に、座は静寂に覆われた。

意見が出尽くしたのを見届け、富江に断って中座する郁子に注がれる目線は、やはりその努力の程が織り布を見れば判るだけに、和らいでいる。

向き直っての挨拶はしなかったが、それでも身体を拈《ひね》って、軽く下げた会釈を中座の挨拶に代えた。

表現《あらわ》す形や言葉は違っても、それは上布を愛しているから、と理解しなければいけないのだろうけれども、そんなことより今は、中座した耕生のことで頭はいっぱいである。

まだ浅い春の夕暮れは、足早に急ぐ郁子の足もとに冷たい風を流して来る。

ふと足元を気遣う目に、蕗《ふき》の薹《とう》が映った。

蕗の薹は、小さく硬い頭を覗かせている。

深く根をおろした蕗は、四季を移ろいながら命を繋ぎ、どんなに冬が厳しかろうと来る春を信じて、じっと忍んだのだと思うと、郁子は愛おしくなった。

来る春を信じられるからこそ蕗は冬の寒さを堪え忍ぶことができる。これを零《こぼ》れ幸《さいわい》と言うのだろうと顔をほころばせ、自分は、と見つめると感傷が衝き上げた。

「あなた……」

小走りに帰って、履物を脱ぐのももどかしく受話器を上げるが、呼び出しのベルが鳴るだけで耕生は出ない。

呆然と、郁子は受話器を持ち続ける。

重たくなった受話器を膝に置いた時、耕生が木戸を開けた。

「帰ってた……」

素足で、耕生にむしゃぶりついた。

抱き留めた耕生が浮かべているのは、男の豊かさを秘める笑顔と、照れだった。

「……」

白熱灯が柔らかに、ぼんやりとした輪を落としている。

耕生の温かい掌から生きる力をもらっているような心地よさが、お疲れ、と耕生の胸に背中で凭れ掛からせている。

微かに煙草を匂わせる耕生の息衝《いきづ》きが、項《うなじ》に流れる。

この人さえ、と心からそう思って目を閉じた身体を、耕生が両腕を挟んで抱き締める。

「帰りしなに、組合ん考えを聞いてきた。組合としては、審査会に出してないから何らかの反発や問題はあるだろうが、あん織り布を観た以上、何としても大会には出品させたい、というんが役員さんたちの結論になったそうだ」

耕生の声を、まるで幻聴のような感覚で聞き過ごす。

「例年通り四月に出品作の選考をするが、あん上布はどんな形でも出品する」

と言ってくれた、とも聞き取った。

会長の高木さんから、「古雅《こが》」と名付けたいんだがどうだろう、郁子に聞いておいてほしい
と言われた、とも聞こえた。

会長はこうも言ったと、口調を改めて聞かされた。

「保存会にはこの話とは切り離して、上布の伝統を守る意味と、郷の歴史を改めて話し、気持ちを大きく持つようにし向けたいと思っている」

そう言った後で、

「こん人が、郷の人間だったら……」

と、こよない言葉を呟いてもらえたことも、聞かされた。

振り返る日々の出来事が、堰《せき》を切って蘇って来た。

富江との出会い、上布との出会い、耕生との出会い、それらすべてが自分に生きる意味を与えてくれ、人間にとって一番大事なものが、何であるのかを教えてくれた。

心の充足より物の充足に価値を感じていた自分が、富江を知り耕生を愛するようになって、人間にとって本当に大切なのは形のないもの、すなわち思いやりとか優しさとか、微笑みだけでも人は人を癒やすことができる、ということを教えられた今日までの日々が、次々と浮かん

できた。

特に試し織りの感動と、その時に決めた畢生《ひっせい》の決意を浮かべ、それらの中からどれか一つ無上のものを選べと言われるなら、迷わず耕生からもらったあの四行の詩を選ぶだろう。

蒼い水面に 沈もうか
深い木立に 溶けようか
人の住む世の 人の世に
もしもお前が 負けるなら

何度読んでも読み返しても、この詩は至福を与えてくれる。

愛されているという実感が、持ち重りする幸せをくれる。

耕生の胸に寄り掛かり、越ノ沢で生きたい、と心から希《のぞ》む。


二人で紡ぐ夢を描く。

この人と……。意識して耕生の胸に、力を抜いて寄り掛かった。

「今夜はちょこんと、きっつい雨を降らしたが、雨がなけりゃあ虹はでけんがよ、んな、照る照る坊主だな?」

耕生が残した言葉が、郁子の慕いを一層強くさせた。

……根を詰めんで、じょんのびじょんのび、ね……。

虹の架け橋が、きっと架かってくれることを信じた、郁子だった。

七　一日《いちじつ》の長《ちょう》

実は耕生たちが組合へ納める前から、松本剛志は面白くなかった。

だから織り布は一度も見ていなかったのだが、自分の活動を悪し様《あざま》に貶《けな》す飯田耕生と保存会で渡り合った数日後、「古雅《こが》」を見に組合へ出かけた。

会長の高木倉蔵は、応接室の五尺撞木《しゅもく》に掛かる「古雅」を見せた。

「えぐちから《いりぐち》えっくりりいて《ゆっくりと》あいんで《あるいて》、ちーこ《ちかく》まで行って、よっくめて《みて》みろ」

暫くすると、松本剛志は高木へ頭を下げただけで帰った。

「古雅」を詳《つまび》らかに眺め尽くした松本剛志は、飯田耕生と郁子が郷の上布に傾ける情熱と慈しみに、心を次の世代に向けて橋渡ししようとする本物の熱意を目の当たりにさせられ、腹の底で哭《な》いた。

半月後の選考会で今年の出品に決める、と知った松本は小千谷へ走り、「紺屋」と「イーゼル」を訪ね、世話になった飯田耕生と郁子の織り布が、越ノ沢の代表で大会に出品することになった報告と、心を広く授けてもらったことへの御礼を重ね、これを期に、越ノ沢でやれることがあれば声をかけて下さい、と保存会の責任者として挨拶をしていた。

「良か跡継ぎばでけて、けなりえ《うらやましい》けなる。儂らもおれしえ《うれしい》」

同じ気持ちの挨拶をもらって、耕生を訪ねた。

「なによだしたが《なにかあったですか》？」

突然の顔出しに目を瞠《みは》る耕生の手を、松本はむんずと握り、

「小千谷へ行って礼ば言うて来た。『紺屋』の社長も『イーゼル』の木村さんも、心の広かお人じゃあ。儂《わし》が間違《まちご》うとった。気持ちがせば《せま》えかった。おまんらの本気度を汲んでくれてたんを、思い違いしちょった。なーが《おまえ》言う通りがや《じゃった》、すけろ《ちからをかせ》。しんのごえ《しりぬぐい》は儂がするが」

「兄《あん》さ！」

いみじくも二人がこの時共有できたのは、人生は迎えに来てはくれない、自分で探すものだという、概念だった。

気構えを持ち直した背筋を、寒暁《かんぎょう》がそれでなくともしゃきっとさせる。

満足感も風聞も一緒くたにして、失念の容器に容れて蓋をしたのは、旧《ふる》くて新しい上布の追求という気運が組合の中から高まると、郁子の感性を求める人熱《ひといき》れに、対応でききれなくなっ

たからでもある。

青苧《あおそ》はこの国の織物の母、という概念が見直され、その原点は越ノ沢だという誇りが炯々《けいけい》と蘇って来たのである。

その蠢《うごめ》きを一番喜んだのは、郷の長老と呼ばれる人たちだった。

気持ちが作業に伝わらなくなるもどかしさを話しながら、だから伝えておかねば火が消えてしまう、と危惧する年寄りたちだった。

そんな切々とした危機感を肌で感じる耕生は、誰かが動かなければこの火を再び燃え盛らせることはできない。それには言葉より行動と、一層の力強さを漲《みなぎ》らせて動き始めたのだが、気力の高まりを感じる度に、心に掴みどころのない頼りなさに似た感情が湧くのだった。

そうか、そうなんだ、それだったのか、というその納得が、兄《あん》さと呼んだ松本剛志へ向けた、心底からの詫びとなった。

自分が兄さの立場であったら、兄さのように小千谷へ行って頭を下げるなどできはしなかったと思う。まして目下の者に「すけろ《ちからをかせ》」なんて、自分には言えやしなかったと思う。

本当に強い男なんだと、松本剛志を敬う気持ちで浮かべた。

郁子に自分のその念《おも》いを話し、この先、二人の歩く歩幅を話し合った。

「理想は理想で育てるのだが、それよりも現実を詳らかに見定められるようになってからでないと、たとえ小とは言っても、組織を束ねていくことはできないだろう」

礫《つぶて》は投げたけれど、今の自分では、仲間を引き連れて行くことはできないと思う。だからと言って、動き始めた熱気を萎《な》えさせてはいけないとも思う。途中で道草はできないので、この結果如何《いかん》によらず、雲隠れをさせてもらおうと思う。奈良で旅ん者になって、組織で使われる経験をしようと思う。

「郁子も、おん《おれ》と一緒に……」

郁子は熱い耕生の手を、両手のひらで包んだ。

「うちは、奈良でんどこでん、あんたと一緒や」

あんたの気の済むようにすればいいが、うちはどこでん行くよ、「いぎなせ道」やないの。

八　入里《しほり》

小千谷では、河野貞孝は大会に出す前の「古雅」をひと目見たくて、もう何日も腰をむずむずさせている。

その夫を少しでも鎮まらせようと思い立った入里《しほり》は、茶室で「洗い茶巾《ちゃきん》」の支度をしている。嫁いで二十年は過ごす栞《しおり》が、茶の湯の席で使う名文字を「入里《しほり》」としたのは、夫河野貞孝への慕いである。

あなたと生涯を営んで参ります、という心音を示すその名文字に、本人も満足している。

東京という文化の洪水が洗う都会で、生まれ育った栞である。

見合いの相手が、越後は小千谷の老舗「紺屋」の跡取り、と聞かされた時は、田舎という感覚に老舗という重々しさが被さり、お話を持ってきてくださったお方の顔を立てるだけ、との軽い気持ちで出かけた。

互いの自己紹介と、仲人口が褒めるだけの宜《むべ》し話も一通り終わり、なんとはなしに、さてという中弛《なかだる》みな感じが芽生えた時、

「申し訳ありませんが、一時間ほど、二人にしてはもらえないでしょうか」

と、お相手の河野貞孝が、どうでしょうかと同意を求める目を、自分に向けた。

その稚気《ちき》な感じに、唐突、惹かれた。

「栞です、本に挟むあの栞と書きます」

そう応えて、肯いた。

染めの話になった。退屈を多少覚悟して栞は耳を傾け、時々、的外れの反応をしないようにと、それだけを心掛けた。

河野の言葉が耳に響いて残り、栞の人生を決めさせた。

「お求めになるお客様の色を、少しも違《たが》えないで染めて差し上げられる、そんな職人になりたいのです」

仕事に意味を見つける姿に惹かれて、次の逢瀬を約束した。

二度目の機会に、

「私を受け入れてくださる自信が薄かったので、神頼みをしました」

貞孝は、小さな藻草が籠った、琥珀のブローチを贈った。

琥珀は愛を願う女神の涙、と知っている栞は、うれしいです、と微笑みを浮かべた顔で、河野貞孝の求めを受け入れたのだが、そのことよりも、

「ご縁に恵まれて、貴女がご自分の人生の色として望んでおられる色彩《いろ》はこれです、と教えてくだされば、僕はその色彩《いろ》の彩度と明度を一生の仕事として、完成させてみせましょう、やり遂げましょう。貴女専属の染師になります」

この言葉は、違えることなく貞孝の生きる励みになっている。

それに応えたのが、栞の名文字《なもじ》であった。

「お手前の時だけですが、入里《しほり》としますね」

染職人の妻が、入《しお》の里《さと》とは粋《いき》ですね、と今は亡き貞孝の母、禾《いね》も感心したのである。

事程左様だが、男という生き物は一筋を好まぬ、謂わば狩人。

幾つになっても、恋はし続けたい。

それには子宝には恵まれていない、という側面があることと思える節はある。

そろそろ孫を抱かせてあげなければ、ご近所の同じ隠居の婆っちゃんたちが寛いでいる場に、

お一方《ひとかた》でもお孫さんをお連れになっていると、その児を目で追う禾の横顔に浮かぶ微笑みを、

栞は済まないと思う気持ちの裏側で、寂しそう、と思ってしまうのだ。

我が事の寂しさの話として、子供が欲しいと禾に話し、一度病院へ行ってみようと思っていることを話したことがある。

「栞さん、実は貞孝からも貴女と同じことを聞かされました」

おやめなさい、そのようなことに何の意味がありますか。

もし、自分には子をなす能力はある、と知ってどうなります。

お相手を責めるのですか、哀れむのですか。

「私はそんな事情を隠し持つ家など、欲しくはありません」

思いもかけない強い言葉で、打ち消されたのを思い出している。

貞孝が、栞より先にこのことを話した時には、禾はこう言った。

「私も歳は重ねていました、あなたを妊《みごも》ったのは世に言う恥じ掻きっ児でしたよ。

体調が思わしくないからと、半年余りも村上に帰って実家で出産し、長旅はよくないと言われるので、お父さんがあんたに会ったのは、お食い初め、そうそうお箸揃え頃でしたね」

それまで、何度養子縁組を考えたでしょう。

授かりは養子でも、自身の子供としての授かりはできることも、教えてもらいました。

禾が言葉の接ぎ穂に見上げた空には、積乱の雲が日増しに薄くなり、風に掃かれるうろこ雲も消えかける、仲秋の深い青空だった。

好きな玉露を吹き冷ましながらそう言ってくれた禾も、隠れてもう三年になる。

栞さん、そんなに気持ちを追い込まないで、いざとなればどんな形でもお子を授かることはできますよ、と禾の声が柔らかに諭してくれている気がして、なぜなのか、今日は栞に囁きかける。

貞孝に話すと、

「そうだな、その時が来たら、二人で話し合って決めよう」

と思いがけずの爽やかさを見せたのが、残っている。

気持ちが軽くなったのは、確かであった。

「洗い茶巾」の支度を片付け、多分明日朝には越ノ沢へ出かけるであろう、と思う貞孝の支度を調える。

貞孝は、明日は越ノ沢へ行こうと決めて、懐かしんでいる。

噂が届けて来る、「透明の色彩」。

一度は目にしている残像が、噂を耳にする度に浮かんで来る。

二尺余りの無地に見せた織り布が、その奥に沈ませていた縞模様を見せられたあの時以来、脳裡に焼き付いて離れない残像だ。

染汁に求めて来たのは、確かに麻の生成りとの同化ではあった。

藍建てを手慰みし、手探っては首を傾げまた手探るのを繰り返し、やっと探り当てたこの辺りの染汁も、もう一入《ひとしお》濃い入《しお》との中ほどに求めてほしい、と言ってきた。

申し越しを受け止め日限を七日と口にしたのは、染屋の染職人の矜持が言わせたのだが、随分と愉《たの》しませてくれた。

これです、この染色です、そう言わせてみせる、という半ばの意固地が蠢《うごめ》かせたのも確かだった。

「花を、咲かそうな」

試し織りに感嘆して手を握り合い、抱き合ったその蕾が開花したのだ。

明日は「イーゼル」の木村も誘って出かけよう、と決めている。

化学の世界ではないことまでは考えられるのだが、では感性の世界かと思った貞孝は、明日の越ノ沢へは栞を、「入里」と呼びながら同伴させようと決めた。

舞茸の味噌汁が、程よく温めてくれる。

「いよいよ冬も近いね」

「あなたのお好きな、茸《きのこ》のお味噌汁がふんだんに飲めますね」

「明日は、越ノ沢へ行こう」

えっ、と栞は思った。

「お一人では、ないのですか?」

「お前も、行こう」

栞は夫から、お前、と呼ばれるのが好きだ。

「栞さん」と呼ばれたのが「栞」になった時、胸にすとん、と落ちたのは安堵だった。

それがどうしてなのかは今以《もっ》て判らないが、はっきりとした記憶のないまま、二人で過ごす時間の中では、お前、と呼ばれるようになっていた。

お前も、お前が、時々ふざけてお前さんなどと言われる時の聞き心地のよさが、栞に、「家《うち》の人《ひと》」と口にさせる。

「いいんですか」

お一人で、心ゆくまで、との思いを含んで聞く。

「一緒に見て、お前さんの感性を聞かせてほしい」

「怖いですね」

栞は、華やぐ気持ちを抱き留めている。

ふと、子供がいたならこうはいかないね、と思いを走らせると、

「こういう時は、二人がいいな」

夫も同じことを思っているのが分かって、零れる笑顔で応えてやってきた越ノ沢では、丁重に通された会議室で、会長の高木倉蔵の案内を受け、「古雅」の前に立った。

声を呑むとはこういうことか、と思わされるほどの緊張感だった。

フロアに引く、くすみ色の白線の前に立って、まず見つめ、眺めた。

貞孝には、自分が描き残す幻影に浮かぶ、藍の染縞が感じられない。

素朴なのだ。

あまりにも朴訥《ぼくとつ》とした感じの、素朴そのものの織り布なのだが、眺めていると仄かに温もりを感じさせる生成りの雪ざらしのほどに気づかされる。

和《のど》かという想いを抱かせるこの朴訥とした感じに、越後の風土を重ねたいと願う飯田耕生の意気が、そのままこの生成りに乗り移っている、と河野貞孝に嬉しさを込み上げさせた。

しかし、この感覚では雪ざらしが、と何とはなしに納得できなくさせられて、高木を振り返ると、無言で進めと手で指し示す。

栞の横顔を盗み見ると、戸惑いが浮いて見える。

それに何となくほっとした身体を、一歩二歩と進めた。

間隔が一間《いっけん》ほどになった時、それは顕《あらわ》れた。

藍の染縞が、浮いた。

立ち止まらされた。

貞孝は、左手を握った栞の無音の声を聞いた。

後退りを、させられた。

浮いて見えていた藍の染縞が、生成りを微かに残す経糸に同化して見えなくなった。

再び進む栞の指が、貞孝の手に食い込む。

「なんですの？」

「何だろうね」

「透明の色彩って、これですの？」

試し織の印象が二人の意識から、かすんで消えた。

身を乗り出す河野貞孝は、既に職人の眼になり挑みを求めさせ始める。

生成りで「雪ざらし」した麻布《まふ》を、染めたい衝動を感じている。

どのようにどんな色で、と彷徨《さまよ》いかける白昼夢の中で、栞の思う色に染め上げたいと思いを重ねた。

「よかった、入里《しおり》を連れてきて」

無音で呟いて、栞を見る。

「疲れました、言葉がありません……」

語りかける栞の目が、微かに潤んでいる。

貞孝はもらった高木倉蔵氏の名刺の裏に、「古雅」を織った織り子の名前「郁子」と、晒し職人「飯田耕生」の名前を書いてきた。

「きっと、ご夫婦ね」

「そうだね」

暫くして、木村夫妻が駐車場へ帰ってきた。

河野貞孝は木村茂樹と目を合わせ、大きく肯いた。

気持ちを伝えきれる言葉を、探すことができない。

木村茂樹も、同じ仕草で応えるしかできない。

河野栞と木村牧子は、言葉もなく手を取り合う。

男二人は、手を染めさせてもらえた嬉しさの程を掴みきれないで、どちらからともなく手を握り合っている。

河野貞孝が、やっと抑えることができた気持ちの中で、呟くように、

「咲かせましたね」

「そうですね、咲かせてくれました」

もう少し、家内の静まりに付き合ってからにしますので、と言う木村に、じゃあ、と声をかけ、牧子にも、じゃあ、とだけ言って、イグニッションを回した。

河野夫妻の車を見送った牧子は、夫の肩に額を押し当て、

「ありがとう」

言葉尻は、迫り上がる胸の思いで言葉にならなかった。

「お前のお陰で、こんなやり甲斐のある仕事ができた。それもだが、良かったたな」

妻の無言の頷きが、木村の心を満たした。

河野は少し道草したい栞に合わせて湯沢へ立ち寄ったのは、栞の好きな良寛と、貞孝が好む歴史話で、河井継之助と小林虎三郎を偲《しの》びに行くことにしているからだった。

「あなた、あの上布に沈める縞を染めたくなってたでしょう。染色はそうね、あなたが思う私の色がいい。考えてくださいね」

「染めるなら、なに彩《いろ》に染めたらいいのだろうね」

と応えた貞孝の声は、透明の音声である。

「久しぶりね」

腕を絡める栞が、繰り返し反芻して描き出そうとしているのは、染めの着物に織りの帯、織りの着物に染めの帯、である。

栞が、頬を貞孝の肩にもたせる。

そうね、と栞が肯いて呟く。

染めの着物には織りの帯なのだから、やはり西陣織の名古屋？

そして帯留は、「石館工房」の蜻蛉玉、「藤」が……。


小千谷の穭田《ひつじだ》に、木守柿《こもりがき》が揺れ始める。

染の野は 枯に朱をうつ 木守柿　（森澄雄）

この俳句に栞は惹かれている。

木守《こもり》に刀根早生《とねわせ》三年物の柿渋を少し落とした錆木守《さびこもり》に合わせるのなら、名古屋はやはり、西陣でしょうね。きっと、帯留の藤も引き立ってくれるでしょうから、ね。

「古雅」が手招く。

錆木守に、透明の色彩を求めている。

そう決めたはずの栞の脳裡を、「聴《ゆるし》」の淡い紅が過《よぎ》る。

刹那迷わせられたが、やはりと思わせたのは「錆木守」だった。

「イーゼル」の木村が創る塗紙《ぬりがみ》に向き合う夫が、造り出す錆木守の染め汁が待ち遠しくなる。

難しい顔をして、あの人は手首まで染め汁に浸たすのよね。握った掌を広げて、そうして握って、終わると石けんで神経質な顔で気の済むまで手を洗う、早くそれを見たい。

九　この指とまれ

小林彰一は、褪《あ》せさせたのかと思える生成りを、残したのかそれとも残ったのか、それまでは判らないながらも、織り布が見せた変幻の藍縞に出会ったあの感動が蘇る度、煩悶《はんもん》させられ続けているそれは、苦衷であった。

今夜も部屋に籠って向き合うのは、描こうとする人生に身を置く自分の姿である。独り者なら許されるだろうが、女房と娘がいる男が、果たして考えていいことなのかと、夢として抱いた人生の浪漫の後ろで、責任という理性が足踏みさせる。妻と娘の幸せを賄えられるかどうかを、よく踏まえた上でという枷《かせ》に、あの日以来何度、自問させられたことだろう。

高校二年の時、父親が季節働き先の事故で死んだ。それも一つの理由にはなったが、東京を諦め地元の大学を出て地方公務員になったのは、生存競争の波にもまれることには興味がなかった。というより誰かと争う人生は小林の選択肢にはなかった。

家族のためだからと、口癖のように言って頑張った父親の事故死が遺したのは、寄り添う柱を失った空虚な営みと、虚無でしかなかった。

貧しくとも家族とは、身体を寄せ合って同じものを見て聞いて笑える場所であれば、それで充分だと思うのが、小林の生きる歩幅になった。

自分の求めた今の生活は、望んだ通りの豊かさを与えてくれて、誇らしく思ってきた。その小林の心に、月に兎《おさぎ》が居たっていいこてまぁ《いいじゃないか》！　と言えている飯田耕生の生き方は、目を背けてきた歩幅に一抹の忘れ物をしたような、そんな思いを抱かせている。

あの二人が求めているのは、承認欲求でも経済的豊かさでもない、他人軸の満足なのだ。

飯田耕生と郁子が歩き始めた、幸せの本質に行き着く浪漫に追随したい、と思うそれもまた一つの浪漫なのだ。小林はそれに出会えた満足に、ありがたさを感じたのである。

無理強《じ》いはしない、話を聞いてもらうだけでいい、と言い聞かせて階段を下りる。

茶の間では一人娘の風花《ふうか》を寝かしつけた妻の小夜子《さよこ》が、晒しを止めた織り布を早く見たくて、雪に足を取られて破いたズボンを繕っている。

「悪いな」

暖を落とした炬燵《こたつ》に、足を入れる。

「あえまちは？」

「あちこたねぇ」

もう何日になる？　と小夜子は夫の横顔に無言で問いかけ、何があったのかを聞く前に、繕いの手を止め、好みの薄茶を入れた湯飲みをコースターで滑らせる。

「なあした？　なーか話があるが？」

それが、背押しになった。

「実はな……」

ととば口を開け、何に魅せられて何をしたくなっているのかを聞かせ、なのにその身勝手の中でどう生きればいいのかを考えるのだが、目処《めど》を立てることができないことを、いつもと違う言葉に力を籠めた話し方で、話し終えた。

「何となく判っとった。おん《じぶん》では決めとるがでしょ？」

念を押す言葉に優しさが籠る、それは夫の歩幅に寄せる信頼である。

「風花も手がかかんなくなったんで、うちも保存会へ行ってみるが」

小夜子も子供に恵まれるまでは、保存会で織り子をしていた。

家事に無理をしない程度ででも、織らせてもらえるかを相談するという。

ほっとした所為《せい》か、季節を外した寒さが身体を押し包む。

「呑む？」

立ち上がって夫を見返る小夜子には、一つ判らないことがある。

何事も家族を大事と考え、娘の学校行事への参加以外、無遅刻無欠勤を続けていた夫が、突然二週間もの休暇をもらって来た。

その長さよりも、理由の方に驚かされた。

「課長に話をしたら、それは良いことだ、産業の発展にも寄与するかもしれない」

即答のような感じでもらった、という理由を聞かされて驚いたこともだが、今日の話だと、「月に兎《おさぎ》が居たっていいこてまぁ《いいじゃないか》！」と言う飯田君の言葉に揺らされ、雪の化身や雪ざらしの幽玄に魅せられたのは理解はしたものの、まだ納得するまでには消化し切れていない。

そんな夫に小夜子がつくづく思うのは、人間が生きるって、具体的で些細《ささい》なことの積み重ねなんだ、である。

ちょっと熱めの燗酒を愉しむ夫に、微笑みかける。

物欲の欠片《かけら》も存在しないピュアな心でしか、先人の歩みを引き継いではいけないということが、しみじみ胸に染み入ってくる。

「私ももらう」

コツンと猪口《ちょこ》を当てて飲み干す。

新しい一歩なのかな？　と、ちょっと感傷に寄り掛かる。

ありがたい、と小林は弛《ゆる》めた頬を小夜子に向ける。

「すまん、明日にも飯田にそう言うよ」

答えるのではなくそれに応えて、小夜子は空いた夫の猪口に程よくなった酒を注いだ。


こうして耕生の活動に、小林彰一が加わった。

耕生にすれば、望みがひとつ重なり叶えられたことになる。

その結果、それに出会えた男が進もうとする道は、上布という土壌に双葉の芽を一つ育む道になり、伝統の一齣を進める者にとって喜ばしいのは、小林が無意識にしようとしている、この指止まれなのだ。

「二人に、教えられた」

越ノ沢が守り続けた上布を、後世に伝える運動に携われることを誇りに感じたので来た。

来年の春に、三反歩ある休耕田を苧麻《からむし》の栽培に使えるようにする。

三年後の四月頃を目途に役所を辞め、苧麻《からむし》と青苧《あおそ》の栽培に晒しを覚えようと思っている。

家内も昔に戻って織り子をすると言ってくれているので、郁子さんにお願いしたい。

よろしく、と小林らしい人生設計を話してくれた後で、

「いつか郁子さんの織り布を、雪ざらししたい」

とひょうきんに頭を下げる。

握手する男二人の固い両手を、郁子は掌で包んだ。

第六章　心縁《しんえん》

一　養女

石館彬子《あきこ》は、もう何か月迷っているだろう。

密《みそ》か事《ごと》として持っている野々村冴子への念《おも》いと考えだが、冴子からはそれとなく返事をもらっている気もしている。

だからと言って、本人からはっきり言ってもらわなければ、落ち着かないではないか。

「今晩は、泊まっていかない？」

閉店の片付け時に、さらっと言ってみる。

夕食は彬子が得意の、五ミリから七ミリ厚のステーキを焼く。

肉汁を閉じ込める程度に両面を焙《あぶ》るだけの、ミディアムレア。

特大と思うボタン海老が、添えてある。

梅酢に合わせた林檎酢で食べるのは、彬子の好みなのだが、なかなか評判は良い。

ステーキにボタン海老を添えたのは赤ワインが合うからで、ご飯が好きな冴子に合わせて今夜は白米を炊いた。

食べ終えて、ほろほろとワインで過ごしながら、

「取り乱すことなく彼を手放せたって、覚えてくれてるかな？」

「覚えてますとも、先生の表情もよっく覚えています」

ニコッと笑って、答える冴子が愛しい。

「その後のことで一つだけ、冴子に話していないことがあるの」

「今夜、話してくださるんですか？」

「そうね、その後で貴女にお願いもあるの」

「お願いですか、私に？」

石館彬子は取り乱すことなく彼を手放した後、女の性《さが》を棄てて嗜みだけを残した。

自分の潜在意識が持っていた猥らな性《さが》を棄てるため、彬子は卵管を切除したのだった。

「でも女では居たいの。嗜みの中で精一杯女を生きたいのよ」

「そうですよ、先生にはそうしていただきたいです」

「そう決めて手術をしたのに、まさかこんな自分勝手なことを考えるなんて、思ってなかったのね」

「どういうことをですか？」

「今は良いけれど、ある程度の年になってからの一人でいる自分を考えると、耐えられる自信が、今になってないことに気がついたの」

その時になれば、図々しく生きてるかもしれないけれどね、と付け加えたのは石館彬子の矜持だろう。

四季の移ろいも、あと一つの季節を残す秋の収まり時である。

安曇野の秋は、どれほど深い青空を見上げようとも、風が冷たいことが難点であろう。

散り初める白樺の林が、小枝を弄びながら冴子と肩を並べる散歩を求めてくれているような、そんな気持ちにさせて背押しする。

「冴子ね……」

耳に心地よいアルトで、語りかけられる。

ない物強請《ものねだり》をさせる仕草で冴子は、石館彬子を束の間、見蕩《みと》れさせてほしいと思う。

余分な言葉を一切挟まない語り口で、彬子から求められた。

「先生、お返事をする前に兄と義姉《あね》に伝えてもいいでしょうか。自分たちのこととして私の障害を受け止めてくれていますので」

冴子は石館彬子からの話を、兄の誠に相談したのではなく、真っ先に知らせた。

誠は二つ違いの兄である。事故で命は取り止めたが障害が残る、と聞いた誠はすぐに妻の詩《うた》に、いずれは世話をするようになるが、よろしく頼むと請《こ》うた。

「サーちゃんのこと好きよ、任せて」

その妹が、生き甲斐を傾ける蜻蛉玉の世界で出会った石館彬子の養女にと請われ、一度は挫折した夢を、再びの灯火《あかり》にしようとしているのだ。

暫く、と返事を待たせた誠だったが、矢も楯もたまらず翌日には上田を訪ねている。

「石館さんから、養女に欲しいと言われていると、冴子から連絡を貰った。冴子の人生を真剣に考えてくれていると思う。あの子の身体が内外《うちそと》に持つ環境を背負う苦労も、今の仕事なら第一線で活躍できるそうだ。石館さんの娘にしてやろうよ」

俺だって淋しいさ。でも、親兄弟《おやきようだい》の関係がなくなるわけじゃないんだから。な、親父。な、おふくろ。

妹思いの息子が、喉を詰まらせて親に意見している。

親にすれば、損得で括れる話ではない。

だが、それが出来るのは、自分達しかいないのも確かなことだ。

「誠……、解った。二人で石館さんによろしくお願いしよう、な、母さん」

野々村誠一郎は、気持ちをそこで括ったのだった。

秋の深まりを足早に教える七竈《ななかまど》が、晩秋を薄《すすき》と謳い合っている。

歴史の風雲児真田幸村が過ごした信州上田のここは、上田城址が千曲川を隔てて望める塩田平《しおだだいら》に在《あ》る、野々村冴子の生家である。

三度目の訪問になる石館彬子《いしだてあきこ》だが、一入《ひとしお》の念《おも》いに心騒ぎを意識しないではいられない。

「娘はいずれ、ですから、父親としては淋しいですが。それを間引いて余る安堵を戴かせてもらいました。本当にありがとう存じます。不束者《ふつつかもの》ですが、どうかよろしくお願いします」

「此方こそ、宜しく……」

娘を手放す男親の心情を拝察できる彬子には、慰めになる後の言葉は口に出来ない。

見つめ合って、何方からともなく涙の通り道を目尻に求める、その打ち解け合った心地良い受け応えを嬉しく抱きしめて、冴子が三つ指をつく。

「お父様お母様、長い間お世話になりました」

「ありがとう、こうしてあなたを送り出せるなんて……」

あとの言葉を噛み砕いて、敏江が声を詰まらせる。

「誠の奴は、お前に涙を見せるのはご免なので、落ち着いた頃、家族で訪ねるそうだ」

野々村誠一郎は話を息子に振って、唇を噛む。

水の豊かな土地柄なのだろう、小川がささらいで聞こえる。

野々村冴子は、この日、石館冴子になった。

二　出逢い

「冴子さん、お客様ですが」

もう一年以上は過ごしただろうか、琥珀と格闘している神戸久未《ごうどくみ》が声をかける。

お客様と聞いて瞑想の肘枕を外す仕草に、小首を傾げて名刺を手渡す久未が指示を待つ。

名刺を走り読む。

山梨県甲府市＊＊町ジュエール団地
株式会社　ＫＲＩＳＴＡＬＡＮ（クリスタラン）
営業課長　石丸 貴由《たかゆき》

とにかく用向きだけでもと思ったのは、社名から工房に関係があると思ったからである。

「応接へ、お通しして」

作業服を工房のユニホームに着替え、初対面の挨拶を交わした。

石丸からは、アポなしでの不躾《ぶしつけ》を詫びる言葉と自社の営業内容の紹介が続き、訪問の目的は「石館工房」の蜻蛉玉を扱わせてもらえないか、ということだった。

冴子は自分では決めかねるため、少し時間を置く間《あいだ》に店内を見てもらうことにして、事務所で名刺と用件を伝え彬子の指示を求めた。

「冴子の印象は？」

好感が持てる相手だったかどうかを、聞かれた。

「そんな目では、見ていませんから」

それより用件を聞く方が大事ですから、一応会社の概要は聞いておきました。

受け取ったクリスタランの会社案内を渡すと、

「それはいい、もう一度会って、冴子の印象を教えて」

はい、と話を途切らせて、彬子は何かのデザインに向き合う。

彬子が仕事の内容も然《さ》りながら、まず担当者の印象を重んじるのは、第一印象が良くない相手とは、経験上旨く事が運ばない場合が多いからだ。

ましてや感性が商品の価値を左右する仕事なら、なおさらである。

冴子に一つ、仕事の真髄を教えた。

店舗へ出て商品を見歩く石丸を目で追うと、立ち止まって、展示の何かに目を奪われているのが見て取れた。

あの辺りは久未の琥珀では、と冴子は、少なからずの期待感で石丸の動きを注視する。

神戸久未に、石丸が何かを頼んでいる様子が見える。

戻った石丸が、サンプル用の色紙《しきし》に手袋をした指で展示品を載せ、何度か色紙の色を変えて眺めていたが、やがて満足げに元に戻した。

冴子が少し足音を響かせて歩み寄ると、石丸が振り向いた。

石丸の雰囲気を自己紹介と重ねて、良いねと思ったので、内線で伝える。

「判った、用件を聞いて冴子が決めなさい、結果は後で」

任せられるというのはこういうことなのか、どこか晴れがましさを感じながら緊張する。

石丸が見ていたのは、神戸久未がのめり込んでいる琥珀で、石丸の興奮が窺い知れる。

「何か、お気に召しましたか？」

「この琥珀ですが、まさか本物？」

ではないですよね、という驚きがそのまま表情に出ている。

「硝子です」

「でも、重さがある」

「はい、工房の神戸が、つい数日前に行き着かせた素材なのですよ！」

歪《いびつ》な外形の琥珀は原石の形状で、一隅《いちぐう》に昆虫なのか草の芽なのか、炭素化した黒い姿を見せている。

「これを見れば、本物と見間違いそうですね」

冴子は、誇らしい笑顔を浮かべて、

「クレサンベールは無理なので、それに近付く物を身近な素材の硝子で造りたい、そうですのよ」

冴子は態《わざ》と、三人称的表現をとる。

代金はクリスタラン側の成約払いで、琥珀《こはく》と根付《ねつけ》を何点か預からせてはもらえないか、と言う詰めの話になり、彬子に引き継ぐと、開発に携わった久未の熱意を工程の説明に加える彬子の熟練度豊かな説明と、難易度も忘れない商談の結果、取り敢えず二個の琥珀と、五点の根付を山梨のクリスタランに販売委託することとなり、商いの駆け引きを冴子は教えられた。

彬子から伝えられた神戸久未は、うっすらと目に涙を刷《は》いた。

その床しい表現は、そばに居る者の励みを強く後押しした。

「石館工房の看板が、これで冴子の『藤』と久未の『琥珀』の二枚になった。嬉しいね。ありがとう」

彬子のこのこよない言葉が、どれほど皆の心に滲みたことか。

石館工房の蠢きが、地鳴りになる日はそう遠くはないだろう。

三　華燭

「あれが出会いだったのよね」

石丸貴由が冴子と歩む人生を望んで、石館彬子に縋った。

石館彬子も、琥珀に惹かれた石丸が滲ませて迸《ほとばし》らせる人生の浪漫に、魅力を感じてはいたが、冴子の境遇をどこまで理解できているのか、その上で如何《いか》ほどまでの納得をもって、この話を私にしているのか。

冴子からは曇りのない話は聞かされてもいるし、聞き止めてもいる。

しかしどこまで信じていいのだろう、といつもその最後のところで答えを出せないでいる。

昨夜は言葉に一切の飾りなど持たないで、話し合った。

「嬉しい、私のことをそこまで考えてくださるなんて」

「馬鹿なことを言うものではありません。私がどんな思いで貴女を娘に欲しいと思い、上田のご両親にお願いしたか。冴子はどのように思って、私の娘になったのです？」

　親が我が子の人生を心配するのは、当たり前でしょう？　どんなに仲良く生きていけても、私の方が、嫌でも先に逝かなければなりません。その後のことを後々まで考えるのは親の務めです。ありがとうなんて言ってもらっても、何にも嬉しくない。多分私の方が安心したい、と思っているのよね。冴子の気持ちをもっと大事に考えないといけないのは判っているの。

「なのに心配で、どうにもならないのよ」

　季節は春の長閑さを野山にちりばめ始めてはいるが、安曇野にはまだそんな長閑さは来ていない。カーディガンを彬子に羽織らせる。嬉しそうに彬子が胸元を重ねる。

「あのね……」

　冴子からこう言って話しかけられると、彬子は堪らなくなるほど嬉しくなる。

「そばに居るのがうんと近くだから、判ってくれてると私が思っていることが、本当に伝わってるのかちょっと気になってるの、聞いていてね」

　熱めの煎茶を淹れながら、冴子が多分今夜はと思って買っておいた虫押さえを出しながら、彬子に同意を求める。やっぱりこの娘《こ》は、気働きがここまでできる良い娘なんだと、土地の名物「小麦饅頭」を半分こする。

「結論から言うね」

石丸さんが、私との人生を考えたいと言ってくださった時、私の身体のことも将来設計もみんな話した上で、それでもいいのですかってお聞きしました。

彼は、血縁より大事なものがある、それは心縁《しんえん》だって言ったの。

心縁ってなんなの？って聞いたの。

血縁は血の繋がりで、心縁は心の繋がりなんだ。

冴子さんは感じないで生きてきたのか、って言われたの。

「正直、判ってなかったのよね」

彬子が立ち上がって、換気扇を回す。

どこからかすきま風が微かに流れて、冴子も半纏を羽織りながら灰皿を彬子の前に置く。

「ありがとう」

「近すぎて深すぎて、甘えすぎてて感じ取れていなかったなんて、究極の幸福者だぞ。

君とお母さんの生活そのものじゃないか。初めて二人の間柄を知った時は、羨ましくって、憎ったらしくなったこともあった」

自分は里子で育てられたので、実の母親に育てられた記憶はない。ずっと自分に言い聞かせたのは、お前は運が良い、今を精一杯生きてればきっと良いことに出会える。

仕合わせってこれかって、喜べる時が来るって、それを信じてきた。

やっと、その時が巡ってくれたのかなあって、貴女に出会えて思えてるんだ。

そう言った石丸貴由の眼差しには、親しみ以上のこよない慈しみが込められていた。

こんな目で見つめられるのは、と冴子を振り返らせたのは、大阪を思い出させて波立たせる予感だった。振り払うと少し立った不調和の波も、石丸の投げかける眼差しが与え続ける温もりに、鎮められて沈めた。

「初めてのプレゼントは、薄い膝当てとローファーだったの」

ああそうだったのか、と彬子が思い出したのは、右に傾いていた後ろ姿が目立たなくなっているのに気づいて尋ねると、

「石丸さんに教えてもらって靴底に厚めのインソールを敷いてみたの、楽よ！」

初めて冴子が見せた自分への労《いたわ》りを、自分を可愛がるようになったことの嬉しさに置き換える彬子に、前髪を掻き上げる仕草で浮かびかけた涙を抑えさせた。

「子供は、先生が仰ってるように、授からせてもらえばいいって、そう言ってくれたの」

彬子は言葉を出すことが、できなかった。

「それとね、私にはこんな人生を歩みたいって、望みがあるの。精一杯愛せる人と出会って、その人を愛し切りたいの。それがよ、もしも駄目になったとしても、その時はこんな人生をって決めてる人生があるの。それはね……」

彬子には、もうこれ以上聞くことができなくなっている。

「解った。冴子、解った」

「駄目よ、駄目。最後まで言わせて」

お母さんのように、シャイで格好いい女にきっとなってみせるから、最後まで力になってね
初孫のためにも、ね？

その夜冴子が、言葉足らずを恥じながら彬子にした話は、大凡《おおよそ》こんな内容だった。

「硝子工房石館を織物に例えるとね、石館彬子の生成りの無地が素敵《すてき》なままでいいの。

それが、私が求めていく透明の色彩なのだから。

私はね、その透明の色彩に自分を重ねていたいの。

小千谷の河野様が感嘆されたとお聞きしている、越ノ沢の「古雅」はまだ見てはいないけれど、同じ色彩《いろ》の色調・彩度・明度を追う者としては、とても惹かれてるの。

「麻の生成に溶けて、無地に見せる藍染めの色調を、奥床しいとお母さんも思うでしょ」

私にとっての生成りはお母さんなの。私は藍染めの縞模様になって、お母さんと同じ人生を歩いていきたいの。

「硝子工房石館は年代を幾つ重ねても、見かけは石館彬子なの。でもね、懐かしく思って近くへ来てくださった方には、石館冴子がいるのを認めてもらえる。そうなの、そこが私の居場所なのよ。ねえ、それって素敵でしょう？」

一息吐いて珈琲を含む冴子の感情の篤さに感じさせられた彬子も、同じに珈琲を含んで味わ

った。

「私はね、『古雅』のような染縞の生き方に憧れるのよ」

コーヒーカップのルージュを拭った冴子が、まっすぐ見つめて、

「ねえ、そうさせてくれない？」

彬子は、冴子の語り口が変化してくれているのを捉えた。

親子になってからは、丁寧語までにはなってくれた言葉や会話だけれど、その娘《こ》が初めてそうさせてくれない？って、甘える口調で話しかけてくれた。

これまでならきっと、そうさせてくれませんか？　と言ったと思う。

彬子は、冴子を力一杯抱き締めて、

……ありがとう、そうしておくれ、貴女の思う人生を歩んでおくれ……。

その言葉を彬子は、一言言い直して口にした。

「ありがとう、お前の望む人生を、精一杯生きておくれ、応援するよ」

石館彬子と冴子は、心縁ながらこの時真《まこと》の親と娘《こ》になった。

お母さん痛い、と冴子は無音の言葉で彬子に縋り付いた。

そして冴子は、上田の母に詫びた。

事故で失ったすべてに持ったひねくれ者の内面を隠し、どんな時も冷静なふりをして母には甘えなかった。自分を気遣う母の一挙手一動が、不具者になった娘に寄せる不憫《ふびん》だけ、と捉え

ていた今日までの不遜《ふそん》を詫びた。

気づかせてくれた彬子に、冴子は持ち重りする愛を感じている。

石丸さんとのことを報告に行った時、そうしよう、そうする、そうさせてもらう、そこまで思って冴子は本当の心に気づいた。そうではないの、私がそうしたいの、だと。

新しい涙が、冴子の目を刷《は》く。


ひと月の後、諏訪の秋宮で華燭の宴を挙げ、上田の両親にこの上ない贈り物をすることも叶えられた。

着付けてくださる方には無理を言って、長襦袢と着物の腰紐を、母に締めてもらった。

「お母さんだと、着崩れないのよ」

「おめでとう」

首途《かどで》に泣き笑う母娘《おやこ》の、枯れない花が咲いた。

陣痛を思い返し、愛《いつく》しみの眼差しを向ける生母《はは》と、求めて授かった娘に、人生の道を与えることのできた継母《はは》が、頷き合っている。

かけがえのない娘の首途《かどで》に流す涙は、ともに胸のうちに収め、手を取り合っている。

第七章　雲

昼下がりの束の間、忙中閑だと耕生は魚野川へ郁子を連れ出した。

いつものことだが、持って来たのはボトルに入れた珈琲だけである。

草原《くさはら》に足を投げ出し、未だ冬の装いを残す山脈《やまなみ》を見ながら、

「保存会でん、蠢《うごめ》いてきたんが感じられるようになったが」

言葉だけでなく、肌で感じる手応えを、目を輝かせて語り始める。

「文化財だから保護してもらうんは当たりめえ、ちゅう考えを棄てて、こん郷《さと》の伝統文化を後世に伝えるんは、伝えたいと思う者《もん》たちがやるしかない、という考えが少しずつだけ《だけど》あろも、浸透して来とるが」

何でも新しさばかりを求め、欧米を真似て来たことを反省するのが、伝統や文化を見直すことになると話して、気持ちを一つにするのに時間を多く使うようにしているのだという。

「国ん最高の文化遺産は言葉、そう、難しく言うたら言語だろ？　一つん国が千年以上もかけて創り上げた、最大の文化遺産だが」

こん郷の麻布《まふ》は、確かに天平《てんぴょう》時代の物納税で納められている。

だとすると、越後の麻布は日本語に次ぐ文化遺産じゃないか。

その宝を、おんたち《おれ》が後世に伝えなくてどうする。良い物はきっと遺《のこ》る。

本物はきっと遺る。遺していこう、な、と耕生が郁子の目を見つめる。

二人は今、モカの香りに潜む微かな酸味に包まれている。

「さっき、新しさばっか追いかけたんを、反省するがん《こと》があったら《たいせつ》だって言うたでしょ」

　郁子が目を輝かせて話し始める。

「湯布院って、知っとる？」

「大分《おおいた》ん温泉、というくらいしか知らんが」

「ここはね、日本の温泉のどこもが、バブル景気に浮かれて高層建物に建て替えた時、近くん別府温泉と同じ土俵で競っても勝てないと、旧《ふる》い佇まいの景観を重視して、新しく建てる時も規制通りに、高い建物は認めんで景観を守って来たんだって。そん結果、今は日本の温泉がどこも苦戦しとる中で、女性客の支持を得たこともあるけんど、盛況なんだって。賑わっとるんだって。そんも、しっとりとした賑やかさなんだって」

　そこまで話して、

「なんか変だねこん話、重なっていそうで重なってないね」

　笑いを抑えて郁子は、首を傾げる。

「そんだな、言いたいがん《こと》は分かるが、ちょっとばか違《ち》ごうな」

　郁子は実は、こういうことを言いたかったのだ。

　上布も流行と目先の利益に目を奪われ、斬新さを追い求め過ぎないことが大事だ、と。

　気の利いた例え話ができないもどかしさが、こんな話になって、二人でその辻褄の合わない話に笑い転げた後、郁子が一朶《いちだ》の雲が風に流れていくのを見つけた。

「ほれ見れて《みてよ》！　雲が雲が、ほれ見れて！」

肩を揺すり指さす先が、耕生には判らない。

「ほれ見れて《みてよ》！　あん雲！」

郁子の取り乱した肩の揺すりに戸惑いながらも、指をさす彼方に流れる雲に目を向ける。

何の変哲もないひと塊の雲に、怪訝《けげん》な顔で見返る。

「ほれ、見てるが？」

耕生は頸を傾げて、雲を見つめ続ける。

どれくらいでそれが見られるか、郁子も彼方を見続ける。

「ね、もう少しよ、じっと見れて！」

雲の薄まりが速まると、耕生の肩を掴む指に力が入り、

「ね、見とる？　もうすぐよ、見れて！」

流れて雲が消えただけではないか、それが何？　何なんだ？　怪訝な目で振り返る。

「見たでしょ？　見えたでしょ？」

郁子がどうしてそんなに興奮しているのか、耕生には分からない。

「どうしたが？　何が見えたが？」

そうか、と思って郁子は耕生に話して聞かせる。

「うち《わたし》に、透明の色彩を確認させてくれたんが、ここで見たあん雲なんよ」

イーゼルでもらった塗紙の判断で迷ったのを、ここで出会った雲が、間隔を空けることを教えてくれたのだと説明する。

「ね、見れて？　ほれ見れて！」

耕生も、流れる一朶《いちだ》の雲を追った。

すーっと風に吹かれて、雲が薄れ始める。

「見れて？　ほうや、これよ！　これよ！」

耕生は確かに、目にした。

雲が風に流されて、霞んでやがて溶けて消える瞬間の、空と雲との融合を。

「凄いなあ！」

「凄いでしょう！」

二人は当然のように同じ言葉を口にして、見交わした。

しかしなのは、郁子のそれは、その刹那に出会った感動が呼び戻させた感嘆なのだが、耕生のそれは、あの刹那の現象から感じ取った、郁子の感性の深さに向ける感嘆なのだ。

郁子は「紺屋《こうや》」の河野が自分に向ける、少しだけ不満な「?」を、耕生から消すことができたと思える満足がある。

耕生には、河野への意識は全く存在していない。

小林がある時、

「雪ん化身だとか幽玄だとか言うとる奴らがいるらしいが、自分はそんなもんは信じらんないし、第一信じない」

そんなことを、言ってる奴がいるんだ。

「だっけさぁ、せばおまん《おまえ》から、ゆうてかせて《いってきかせて》くんない《くれない》がぁー」

そう言って耕生に乞うた。

嫌だ、と耕生は即座に首を横に振った。

「化身って何《な》ーだ、幽玄なんてねーって、そんつえがん《そんなこと》ゆうとる者をゆうてかす《いってきかせる》なんてがん《こと》は、おん《おれ》にはそんげこと無理らて。そんよりも、そんがあると信じとるおんには、説得する意味を感じんがよ、話をする必要も感じんがよ」

その頑なないんごう《がんこ》さが、伝承に携わるもん《もの》には必要だと思わないか、と小林に語り続ける。説き伏せられた心は、説き伏せられたという受け身でしか考えられんと思うんだ。だから自分んの中で目覚めた思いを、具現化したいから携わりたい、と思う者の集まりでしか守れんと思うんだ。本当は一人でも多くの者に携わってほしいけれども……な。

振り向く耕生の目が問い掛ける。郁子は目配せして、同意の意思を応える。

「やれまか《むりやり》馬を水辺ん連れてっても、水を飲ませるがん《こと》はでけんちゅう、イギリスん諺《ことわざ》があるがよ。そん気んない者は、他人《ひと》のアドバイスなんか聞かせんが。納得するがん《こと》しか聞こうとせんが。おんらを見てもそう思うがよ、な、おんもおまんもそん点はごうじょっぱりで、よう似とるがよ」

小林は何度も頷き、耕生の考えに同調しながら、

「おまんが河野さんに頼んだ時も、こん辺りちゅう色は出たが、郁子さんの求める色じゃないからと、改めて求めたことがあったろう。そうせーば河野さんは、職人の意地で求める色を出したよな。忘れかけてた仕事ん喜びを、思い出させてくれた、とおまん気持ちの心付けを拒んだよな。

心付けちゅうたら、駅前ん『イーゼル』もそうやったな。井口牧子の嫁ぎ先やが、ご主人の一方ならん力添えをもろうたよな。生成りん糸で晒し斑が残る晒しをしたいんでそん色を見たいなんて、普通は言えんがん《こと》を引き受け、見事にそん色を作ってくれたらしいじゃないか。こういうんを、シンクロニシティって言うんだぞ」

「なーだ、それ」

「なんか行動を起こそうとすん時、たまたま関係するがん《こと》が起きたり、人に出会《でお》うたりするがん《こと》だそうだが。郁子さんにはそんな魅《ひ》き寄せる力があるんかなあ？　晒す時にはお前が居たしなあ」

「そこは、ちょこっと違《ちご》うがよ！」

耕生は、自分の未熟さが自覚できずに落ち込んだ時の、郁子の励ましを話した。

「正直迷って、それまでの生き様に戻ったかもしれんかった俺の顔を上げさせたんも、説教してくれたんも、この人だったんだ」

郁子は口を挟まない。たとえ幼馴染みとは言え、ここまで自分をさらけ出せるようになっている耕生が、眩しく思えたからだ。

「そうだったんか、郁子さんありがてえ」

郁子は、そんな力が自分にあったとは、思っていなかった。

けれど小林にそう言われてみると、そうだったんなら、と肯かされてもいる。

「彰一……」

声を詰まらせる耕生の心の機微が、郁子には痛いように分かる。

三人が殆ど一緒に珈琲を口に含む。見交わし合う眼差しの、なんと豊かなことか。

その眼差しに揺らされて、郁子が、あのね、と口を切る。

「小林さん覚えとるよね、天幕《テント》張って私が完全武装で見極めるようになった時んこと《とこ》」

「そんながんもあったな、俺《おん》が天幕《テント》までかたねてもいいぞって《せおって》言うたら、飯田の奴おっかねぇ目して睨んだよな」

「そん時にね……」

郁子が誇張のないように話し終え、聞き終えた耕生と彰一は、どちらからともなく固く手を握り合った。

その後は、さらっとした男話になる。

郁子は、二人の話に耳を奪われ続ける。

小林が、稚気を浮かべた目で話す。

「牧子《まきこ》ったら、大腿四頭筋短縮症で右足だったたか、不自由してた奴だよな」

「おまん、牧子を〝ぼっこ〟ってちょろかして《からかって》、先生にはったかれた《たたかれた》こと覚えとるがぁー」

小林は眉に皺を寄せた。

「先生よりおまん、突然俺をしゃつけった《なぐった》よな」

「そんながん、あったか」

「あったさ、皆《こと》が、飯田の前でぼっこなんて言うと殺されるぞ、牧子んことが愛《すき》しげだぞ、って教えてくれたん覚えてるが」

「好きっちゅうより、足ん悪いんを笑うんが赦《ゆる》せなんだがや」

耕生のシャイな性格が、ぶっきら棒な返事になった。

小林と耕生の話は、アルコールも入らないのに、時間を忘れたかのように愉しく過ごしている。これこそが、心の機微に触れ合った者同士が咲かせる、華になるのだろう。

そばで聞き惚れているのは、郁子という名の撫子《なでしこ》なのだろう。

第八章　経糸と緯糸

一　結《ゆい》

二千七百グラムの女の子です、との連絡が、博多の福祉活動先から、写真添付のメールで寄せられた。

一か月は保育器で過ごさせますから、桜が咲き初める頃にお出かけください、お待ちしております。その後に、届け出に必要な幾つかの書類と、メモもあった。

彬子《あきこ》は福祉活動先から性別の希望を問われ、

「女の子を、授からせていただきたいと思っております」

とお願いしてすぐに、名前を付けている。

けれども、嗜みとしてそのことは、冴子には話していない。

初めての子供なのだから、それだけは譲ることにしている。

もしも二人で決められなかったら、店のスタッフ五人に知らせて、彼女たちが思う名前を書いて箱に入れてもらおうと思ってもいる。

勿論彬子の命名も冴子の命名も、その箱に入れて引き当てる。

その一番名誉ある籤引《くじび》きも、冴子に譲ることに決めている。

そんなことを考えるだけで、彬子は嬉しくてわくわくするのだが、もしそうなったら多分、と確信に近い期待を、冴子に対して密かに抱いてもいる彬子であった。

彬子の命名は、結《むすぶ》と書いて、結《ゆい》と呼びたい。

内線で冴子を呼ぶ。

「ちょっと来てくれる」

平静さを充分に意図した声で伝えると、用紙に走り書きで二千七百グラムの女の子です、と書き終えるのと同じタイミングで、冴子が怪訝な表情で顔を見せる。

ソファーに掛けるように促すと、彬子は走り書きした紙を、背筋から冴子の膝にひらりと置いた。

読み下した冴子は、言葉が出ない。

大きく、深く、吸った息を戻すのに乗せて、

「ね、名前考えてるでしょ？」先生、と言いかけ、

「初孫の名前でしょ？　お祖母《ばあ》ちゃんが付けるべきなのですよ！」と冴子は、考え抜いた言葉を贈った。待っていたその言葉に、

「それが仕来りなら、喜んでそうさせてもらいますね」と嬉しく彬子は引き受けた。

（お祖母ちゃん、いいね、〝大《おお》ママ〟って呼ばせようかな？）

ひとりでに寄る目尻の小皺が、嬉し涙の通り道になる。

かえって車の方が何かの時には対応できやすい、という石丸貴由《いしまるたかゆき》改め石館貴由《いしだてたかゆき》が休暇を取り、冴子と博多へ出かけたのが、一週間前である。

桜があえかに咲き誇る安曇野に、もう一つの春が訪れたのだ。

四月の半ば過ぎに、石館結が安曇野へ〝帰って来た〟。

上田からは野々村の祖父母が来て、長野市からは叔父と叔母と従兄が来て、賑やかなお箸揃えを済ませた。

みんなが、嬉しさと愉しさを一際盛り上げさせてもらったのは、なにあろう「おぎゃあ」と、結が上げた泣き声だった。

一瞬皆の表情が止まり、その次の一瞬で笑み崩れた。

冴子と貴由が、ベビーベッドへ走る。

みんなの目が、一抹の不安を浮かべて冴子の仕草を追う。

それを知ってか知らずか、冴子はベッドの枠を一つ外して屈み、首を安定させるしっかりとした手捌きで、結を抱き上げる。

「お母さんよ」

冴子の声だと解ったのだろうか、結の泣き声が止まった。

「お母さんよ」

振り返る冴子に、ここにお掛けなさいと彬子が立つ。

あぐあぐと、赤ちゃん言葉で何かを話している。嗚呼《ああ》……と、見交わして零したこの吐息こそが、かけがえのない喜びと感じ取る、家族の睦みが芽生えた。

これとても博多の福祉活動先の、深くて篤い結への愛なのだ。

生まれて初めて、深く吸い込むその匂いこそが、母親なのだ。

できましたら、と遠慮深げに申してくださされたその方に、結に寄せてくれる思いやりを感じていた貴由が、

「今日は、親子の時間をみっちり持たせてやりたいので、近くのホテルに泊まることにしております。できましたら、夕食をご一緒していただきたのですが」

この娘《こ》のどんなところに気をつけるといいのか、どんな小さなことでもいいですから、教えておいてほしいのです。

きっと、結の成長に役立たせますので、「お待ちしています」。

ルームサービスで摂った食後のデザートを戴きながら、初対面の時とは遥かに深い感情を冴子も貴由も結に抱いている。

「この仕事をさせてもらっている中で、結ちゃんのような出会いを見送ることができるのが、一番の満足です」

差し出がましいですが、よろしくお願いします、と言った後で、

「お願いできますか」と、小さなベッドで睡《ねむ》る結を抱いてくれた中村梢さんには、折々の成長

をお送りしよう、と思って、見送られたのだった。

中村さん、あなたたちのお寄せくださった念《おも》いが、いま結に深い睡りを与えてくれています。

ありがとうは、冴子と貴由二人からの呼びかけだった。

娘が娘夫婦になり、孫に恵まれた彬子はお祖母ちゃんになった。

特に親しい関係先へは、初孫誕生の挨拶を彬子は送った。

それを祝ってくれる用向きに、「藤」に合わせる「越後」に出会った返事を携えて、小千谷の河野貞孝が訪ねてきた。

幼児を抱いて出迎える顔には、初対面ではない面影があるので石館彬子を振り向くと、

「そうなんですよ、『藤』と『聴』の、あの時の冴子ですのよ」

冴子の手から抱き取って、

「孫の結です、どうぞよろしくお願いします」

彬子の笑み崩した顔が、河野を惑わせ、またぞっこんになる。

娘夫婦を紹介したのには、貴由からのたっての願いがあったからでもあった。

冬季五輪の開催に併せて開通する長野新幹線の、経済効果に乗っかろうと長野市進出の拠点作りを任せられた貴由が、河野貞孝の考えを参考にさせてもらいたくて、長野駅前まで並んで

車を走らせた。

小千谷と長野は、どちらも門前町として栄えた歴史の町である。龍久山五智院《たつひさざんごちいん》の門前町が小千谷市で、定額山善光寺《じょうがくさんぜんこうじ》の門前町が長野市である。共に徳川幕府の庇護を受けたが、信濃善光寺は歴代の支配者に篤く信仰され、支配者が代わるごとに本尊が遷《うつ》された。

上杉謙信、武田信玄、織田信長、織田信雄《のぶかつ》、豊臣秀吉、徳川家康などに遷されて後、信濃善光寺に帰安《きあん》したのは慶長三年である。

歴史は土地の風土を育むと言われる、故に、同じ門前町なので気質《きしつ》は似ているのではないかと、貴由は一目見てもらいたくなったのだろう。

「改めて一度、ゆっくり足を運んでみましょう」

いずれその時、ということで別れたが、そのあとで寄せられた、長野より松本に、という河野の見識は当たっていた。

「クリスタラン」は松本に進出を決め、冴子の「藤」と「聴《ゆるし》」に現す和の色相と神戸久未の「琥珀」が、しっとりとした趣を根付かせ、和に特化しかける石館工房には、山梨のジュエリーが、淑やかな中に必要な艶《あで》やかさを加えている。

あれほど色めき立ったオリンピックは、打ち上げ花火だった。

二　大会

短い春と駆け足の夏が過ぎる頃、十二峠から八個峠までの「魚沼スカイライン」をドライブし、六日町から関越自動車道で上越市まで足を伸ばす、耕生と二人の初めてのドライブに心を弾ませている。

東京を離れて二十年、こんな時間が持てるなど、思ってもいなかった。

少し開けた車窓からは、爽やかに乾いた風が涼しさを少し超えた冷気を運んで、火照った頬を優しくいたぶっていく。

何もかも忘れて、今日の郁子は子供に還っている。

一つのソフトクリームを二人で食べ、溶けたクリームの口を拭き合う。

爽やかなのは、風ばかりではない。

突然耕生の背中に、こつん、と頭をぶつける。

なに？　と不思議そうに見返る耕生がいる。

ううん、と首を振って戯れる。

身悶えしそうな幸福感が全身を包み込んで、耕生の腕に縋って車に戻る。

耕生は、今日のドライブにもう一つ、計画を持っている。

前の講演の後で約束していた、良寛の書を見せようと思っている。

耕生を捉える良寛の書の中で、「愛語」と「歌裂《うたざ》れ」の筆跡を、見せたいと思っている。

「ちょっと、寄り道するよ」

行き先を言わずに、六日町インターから長岡まで関越自動車道を走って訪ねたのは、良寛が晩年を過ごした旧家だったが、今日は生憎休館日だった。

「木村家ね！」

郁子が驚きの声を上げる。

「約束、覚えていてくれたんだ」

嬉しい、と燥《はしゃ》ぐ。黙っていたのは、驚かそうと思っていたからだと分かった郁子は、ありがとうと言いながら、耕生の指を少し強めに握った。

仕方なく「良寛の里美術館」で展示している、「愛語」と「歌裂れ」の写本を見学する。

「良寛の、この筆の跡が好きなんだ」

また一つ、違った顔を耕生が浮かべて語り始める。

「書は、自分では書けないし、書こうという勇気もない」

だけど、好きなんだ。

これも何かで読んだ知識だけど、日本は「草《そう》の文化」、中国は「楷《かい》の文化」といわれているそうだ。

草の文化というのは草書の文化ということで、漢字の書体で最も点と画を略した書体で、草書体と言われているものなんだ。

楷の文化というのは楷書の文化ということで、漢字の字形が最も正しいといわれているので、真書とか正書とも言われているんだ。

良寛はその中でも、「草カナ」という細みと軽みの筆跡を好んだ、といわれているそうだ。残されている良寛の筆運びは、三つの考えに纏められてるんだって。

「一番目は、すべてはカナにあり」

すべてカナのように書く、ということなんだそうだ。

「二番目は、ずれ、と揺れ、を愉しむ」

この色紙《しきし》を見てごらん、右端の文字は微かに左に流れてるよね。二行目からは、なだらかな流れでなくゆらりと揺れているよね。でも、弱い線ではないだろう?

「三番目は、この弱さの中に、強さがある」

ゆらめきながら、そこはかとない儚さを漂わせる印象を与えているけれど、確かな強さを秘めた線なんだ。細くて軽やかに見させる中にこそ、真の強さがあるとも言われてるんだ、と耕生はそこで言葉を括った。

郁子はまた一つ別の耕生に心を奪われ、嫋《たお》やかな思いが心を包んでくれた。

耕生は「一二三」の額を、郁子は「天上大風」の額を求めた。

細くて軽やか、それでいて強さを感じさせる良寛の書と筆跡が、何かを郁子に悟らせたような思いを、耕生は感じ取っている。


四月の第一日曜日に、今年の全国大会への出品についての話し合いが、組合で持たれた。このふた月余りの間に、半ばの諦めも手伝ったのか郷《さと》の空気は落ち着き、郁子の上布に対する反対意見は影を潜め、しゃんしゃんしゃんしゃんの手打ちの場になった。

それにはこんな事情が、敷物になっていたのである。

耕生の叔母信子が、郷では珍しい揉めごとが保存会であったのを、粂《くめ》の耳に入れた。粂は信子に、組合の高木倉蔵へ電話を入れさせた。

国の文化財に認定される過程で、粂の功績が如何ほどのものだったかをよく知る高木は、

「あん娘はこん郷ん者《もん》以上に、こん郷ん麻布《まふ》を大事に思うとる、大事にしな。孫《こ》のやりよるがん《こと》は祖母《ばば》として誇りを持っとるが、儂《わし》が正面切って褒めるがん《こと》も認めるがん《こと》もでけん。あん娘《むすめ》は大事に育てろ。良か娘《むすめ》に会えて儂も思い残さずに済みそうじゃあ」

……のー倉蔵、雨んなからんば《あめがふらなければ》、虹はなかやからのー《ないんだ》……。

……そんですなあ《そうです》！　腐りかけた種がこの雨で、花も実も付けるでしょう……。

言われて帰る玄関先で、高木倉蔵へ信子から耳打ちがあった。

郁子の手解《てほど》きをしたのは粂で、粂が大事に仕舞っていた亀甲《きっこう》飛白《がすり》の上布を貸し与えたことも

聞き、織り上げた上布を手にとって、よう頑張ったと郁子を褒めたことも聞いた。

そうだとすれば、何が何でも出品させねば粂の名前に傷を付ける、ばかりでなく、その粂が認めた織りではないか。形通り調整はするが、出品させると決めて帰った。

耕生を動かした上布への懐古、それこそが伝統の底力ではないのだろうか。


その年の全国大会は、例年通り九月の第二日曜日、会場は滋賀県彦根の彦根市民会館で開催され、越ノ沢からの出品は、「古雅《こが》」と名付けた「六七空水《むつなからみず》」の縞である。

品評は遠《えん》と近《きん》の、双方での評価になる。

遠の品評間隔は七尺で、近の品評間隔は二尺のそれぞれで採点する。

遠は、織締織詰めの判断で、飛白《かすり》は模様合わせ全体を判断する。

近は、織り目の特に蝉の翅という評価基準が蘇ったここ数年は、それが強く求められるようになっている。

都道府県二十五の地場織《じばおり》出品が、五段上の品評台に並べられて、それぞれに出品地の名が古名で書かれている。

八時開場十時開催は、予定通りに進められた。

以下が本年の出品であった。

牛首紬：加賀　作州絣：備前　結城紬：常陸　阿波正藍しじら織：阿波
上田紬：信州　桐生紬：上州　弓浜絣：伯耆　二風谷《にぶたに》アットゥシ：蝦夷
宮古上布：壱岐　丹後縮緬：丹後　紅花紬：出羽　羽越しな布：出羽
大和絣：大和　郡上紬：美濃　博多織：筑前　十日町明石ちぢみ：越後
越ノ沢：越後　近江上布：滋賀　本場黄八丈：武蔵　小千谷縮：越後
久米島紬：対馬　置賜紬：出羽　八重山上布：対馬　多摩織：武蔵
本場大島紬：薩摩

近年伝統産地の参加が足遠くなり、その分新興産地の参加が増えたが、伝統の復活を危惧する風潮が、蠢き始めてもいる。

越ノ沢は、その時勢に合致する船出に、繋がったとも言えよう。

品評台に向かって左から右へ、順不同で当日会場入りした順に展示していく。

まず遠《えん》の審査が、加賀の牛首紬から始まった。

休憩をはさむ三時間後辺りから、近《きん》の審査が始まる。

本部席から十名の審査員が一人ずつ遠の仕切りで止まり、備え持つ眼識が育む感性豊かな審美眼で、制限される時間内に見定め、10点法で採点し、小数点以下は5が許される。

「古雅」を十三番目の審査順に置くことに決めたのは、松本剛志の考えだった。

近の審査は、布《ぬの》の完成度を見極めるのを主眼にしているため、時間の制限はない。

故に時間短縮を考え、左右から審査を始める。

十三番目は中間なのだ。

中間は左右から審査する審査員が、すれ違う頻度が多くなる。

松本剛志が狙ったのは、そこで起きるであろう騒《ざわ》めきなのだ。

その順番取りのため、従兄を二人連れて、前日の夜半に彦根へ入り、車中泊をした。


大会の日程が決まった時、松本剛志は今自分にできることをやることが、耕生との揉めごとにだちゃが開いた《かいけっさせた》ことを、周囲に知らせることになると考えた結果が、会場の順番取りになった。


午後一時三十分に、近の審査が始まった。

松本は従兄二人を会場に残し、会場の裏に居る。

組合の車の後《あと》から、耕生たちが車を降りたのを見送る。

静かだが、蠢くような騒《ざわ》めきを、欹《そばだ》てる松本剛志の耳が捉える。

小針を蒔いたような細波《さざなみ》が琵琶湖の湖畔に打ち寄せる頃、最優秀賞の栄誉を受ける郁子がいた。

松本剛志は従兄二人と、掌が真っ赤になるほどに手を打ち鳴らし、会場を後にした。

審査委員の目と心を捉えたのは、水色なのか水浅葱なのか、それともと惑わせる「六七空《むつなから》水《みず》」の藍建《あいだて》の染入《そめしお》が、経緯糸《たてよこいと》の生成りと絡んで産み出す、透明の色彩であり、生成りに晒し斑を残したほど良い雪ざらしが、無地に見させる縞織りという斬新な趣を、新たに上布の域内に取り込んだことに尽きた。

「最優秀賞、越後越ノ沢、古雅《こが》」

発表された時、郁子はたまゆらの間《あいだ》耕生だけを想い、胸がしめつけられた。

そばで耕生が握りしめてくれた手が、痛い。

「上布の息衝《いきづ》きが伝わるように感じながら、新しい上布の世界が開けてくれるようにも、感じています」

と締め括った審査委員長の言葉が、心なしか震えてさえいた。

三　雲隠れ

最優秀賞を射止めた夜、郁子と耕生は彦根を出た。が、越ノ沢へは帰らなかった。

二人の行き先は、誰も知らない。

富江にも言ってはいない。

表彰式が終わった後、二人は福島で郁子の両親の墓参りを済ませ、奈良へ向かった。

寿子には、電話で知らせた。

「暫く独りになるがやけど、大丈夫か？」

と耕生が聞いている。

「慣れとる」

と言う寿子の声は、淋しさより愉しげな響きが含まれている。

「帰ったら、親孝行しますから」

郁子の声にも、夢追う喜びが溢れている。

「あんがとう。一日も早う帰ってきておくれな」

寿子は、耕生たちが置くより早く受話器を置くと、

「耕生、こうちゃん、良《い》かったなあ！」

最後の言葉を長く引きながら、亡き良人の位牌に報告をした。


保存会には、額に納めた大引きの残りが飾られている。

組合には、「古雅」と命名した織り布が、会館の会議室に飾られ、壁には最優秀金賞の賞状がある。五十六年目の快挙だ。

郷者《さともの》でない岩橋郁子が、上布を郷者より愛していることに、焼き餅と悔しさを持ったことへの苦情と、保存会の現状についての苦言を、会長の高木倉蔵は仕方話《しかたばなし》の幅を広げ、何度も重ねて聞かせた。

「わしらが間違うとった。帰ってくるよう伝えてもらいてえ」

と正式に詫びて来た郷の者たちには、

「そうだぞ、昔ん人が言うとるじゃないか、焼き餅焼くとて手を焼くな、と、のう」

高木の言葉の持つ、深い意味と思いやりに誰もが頷いた。

松本剛志が会長の高木倉蔵を改めて訪ねたのは、保存会の組織改革の助言を求めるのが目的だった。

高木倉蔵は半年余り前、保存会の揉めごとを耳にした時、にんまりと肯いていた。

自分の任期中に、是非にも改革したいと思っていた保存会である。

時代の趨勢《すうせい》に背を向け、事なかれこそが平穏と思う気質を変えたい、と思ってはいたが、きっかけを捉まえかねていたのである。

それを、あの、飯田耕生が礫《つぶて》を投げたのだ。

その話を聞くまで、高木の中での飯田耕生は、〝あの〟程度でしかなかった。

その男が、高木を目から鱗《うろこ》にさせたのである。

直ちに改革の骨子案に取り掛かる高木が浮かべたのは、「米百俵」の小林虎三郎であった。

しかし、と高木は頸を傾げる。

今欲しいのは、と意識を行き着かせたのが、吉田松陰の唱えた「草莽崛起《そうもうくっき》」だった。虎三郎と寅次郎（松陰）、二人には佐久間象山の門下で学んだ時、象門の二虎と評された繋がりがあるのだから、と考え、上布保存会を「草《そう》」と「崛《くつ》」の二つに分科することにした。

松本の求める助言に高木が即答できたのは、こうした流れがあったからだが、松本は驚きを隠せなかった。

「剛志《たかし》、県や国との補助金交渉は、組合で一本化しようと思う。活動費は組合からの支給にし、保存会にも会計を置いて、活動にかかる費用は会計担当者が組合と交渉する。

それに、保存会を『草』と『崛』に分科する。分科会『草』は、現状の生産活動の火を消さない、生活の向上に主眼を置き、『崛』は、飯田耕生が再燃させた、上布の原点に還る活動をする。

『古雅』のような中興になる事業は、『草』と『崛』が力を合わせて具現化させる、ということでどうだ。

分科会『草』の会長は今まで通りお前がやれ、『崛』は耕生が適任と思うが、どうだ」

「判った、そうさせてください」

「おまん《おまえ》の苦労も、どうやらそん甲斐があったことに、なりそうだな、ご苦労だった」

「でもですね、耕生ん奴彦根から帰ってませんし、どこに居るんかも分からんがです」

「そうらしいが彼奴《あいつ》も越後の、そんも越ン沢の男じゃ、いんごう《がんこ》はこん土地の気質、なんかやりたいことがあるからそうしとるんじゃろう、そんうち帰ってくる。そん時は、な、おまんは兄貴分ぞ、そんまでは今まで通り、おまんが両方の面倒をみるがやぞ」

気持ちの切り替えができただろうこの男も、これで保存会の責任者になれる、と高木倉蔵はほっとして松本剛志の背中に手をあてた。

組織がどういうものか経験も何もない松本剛志に、それも二兎を追わせた自分にも責任があると高木は自省した。

保存させるには、火を消さないようにすること、だから会員の生活保全に目を向けた。

それをとやかく言うのは容易《たやす》いが、飯田耕生に松本剛志の代わりが務まったかと言えば、それもできなかったとして、高木は分科会に組織を編成し直したのだ。

これで二人の若者が、思う存分力を出し切ってくれるだろう。

二人が見ている目標は同じなのだが、その道筋は異なる。

それを早く解ってくれ、と高木はその纏めを松本に委ねたのだ。

あーーっ、高木は太息を吐いた。

堪《たま》らなく堪《こた》えられない満足が、高木の胸を詰まらせた。

実のところ高木は、飯田耕生と郁子の二人が奈良に居ることを知っている。

奈良の保存会から、これほどの人を預からせてもらっていいのか、という連絡を受けていた。

迷惑をかける夫婦ではありませんので、よろしくお引き回しいただきたいと、そう頼んである。

郷の伝統文化を継承する意義は大きいが、他県との交流から生まれるであろう新しい上布もまた、中興という概念から思えば、非常に大事だと思う。

横の繋がりだぞ、と高木は飯田夫婦に思考転写《テレパシー》をする。


奥から微かに、結《ゆい》の呼ぶ泣き声が聞こえている。

火焔と対峙《たいじ》する冴子は、微動だにしないでやり過ごす。

「はいはい、お祖母ちゃんですよ」

彬子の華やぐ声で、結の泣き声が収まる。

炎からちょっとだけ離れ、結の笑い声を聞く。

あーーっ、溜め息の後は、仕合わせという音のない声が潤す。


耕生と郁子が選んだ奈良は、耕生に灯火《あかり》を与えてくれた処《ところ》だ。

それだから、蟠《わだかま》りを残さないと思う気持ちを大事にして、この村の旅ん者になりに福島から来たのだった。

明るい灯りの下で、撚り合わす糸先を本糸に挟み込む「はさみ苧《ちょ》」の経糸作りを、郁子は口に咥えて進めている。

雪質の見方と見定めの仕方を、細かな説明と体験談を挟んで書き綴《と》じているのは、新しく加わってくれる仲間に読ませる、謂わば教本にしたい耕生の夜の励みである。

苧績《おうみ》の手を休めて、郁子が心地よい肩の疲れを背もたれに預けると、身体の奥深くで暴れたのは、足なのか手なのか。

「ね、動いた！」

耕生が駆け寄り、立派になったお腹に手を添える。

「男の子かな……」

「先生がね、超音波で見ますかっていうのよ。いいです、楽しみが一つ減っちゃいますからって、断ってるの」

「うん、それがいい、生まれる時の楽しみだもんな」

彦根を出て半年余りが過ぎて、目的と願いが叶えられた知らせを、富江に送った。


前略ごめんください。

福島へ帰り、両親の墓参りをした後、奈良へ来ています。

ここで、苧麻栽培の用意をしています。

苧引きも、手績みも、しっかり覚えようと頑張っています。

青苧を口に咥えて撚り合わせる、撚り糸が好きです。
糊付けまで覚えたら、帰ります。
越ノ沢しか、うちらの棲む処はありません。
うちらの勝手を、みんなに詫びてくださいませんか。
帰ったら、必ずこのわがままを取り返すよう、頑張りますから、
くれぐれもよしなに、富江さんからお詫びしておいてください。
ごめんなさいね。
それと富江さんには、別のお土産を持って帰ります。

飯田耕生
郁子

富江様

行間から耕生と郁子の心根が、滲んで来るのを感じている。
あの娘《こ》も郷の女になった、と濃《こま》やかな心配りができる郁子を、見直す思いがしている。
これで、「おあいこ」にしようとしている郁子の健気さが、富江には嬉しかった。
判ってるよ、あんたの考えてる通りにきっとなるよ。

鼻を啜《すす》り上げて見上げると、そこには「古雅」の原初が額に納められている。

暮れなずんだ空から、風花《かざばな》が嫋《たお》やかに舞い始めた。

やがて、雪ざらしの織り布が雪原に並び、この郷に春の訪れを教えるのだろう。

富江は手紙に頬ずりをすると、そっと額の後ろへ忍ばせながら、郁子の書いた、別のお土産に心を盗られた。

終

あとがき

越後上布の雪ざらしに沈ませる〝雪の化身〟と〝幽玄〟から受け取ったのは、敷島と言われていた頃のこの国の民が、雪ざらしで求めた審美は、雪が化身してこの世に現出させた、微かで奥深い物であったことでした。

一九五五年に国の重要無形文化財に指定されたことよりも、正倉院に保存されているということは、一二〇〇年もの前には存在していたことになり、この国の言語に次ぐ文化遺産に感動しました。

その感動が、ふっと考えさせるようになったのが、今の上布の工程でした。

国の重要無形文化財に指定された、という文字面の無形からそうしたとは思いたくはありませんが、苧麻の栽培から雪ざらしまでの工程を眺めて、受け継ぐべきことをしっかり受け継ぐ、という必要欠くべからざる意識が見えないと感じましたので、物語で追いかけようと思って書いてみたのでした。

日々誰もが目にしている〝透明の色彩〟という言葉と現視を重ねて見ることで、生成からでしか求めることが出来ない化身と幽玄、即ち、日本人にしか判らない審美こそが、上布であるということを書かせて貰いました。

小説ですので、現実とはどこかにそりが合わないところが多々あるでしょうが、文化財に残る織り布は全てが、生成からの雪ざらしであります。

誰かが原点に挑む、そんな物語です。

今の世に喪われているのは、悠久の浪漫を懐かしみ、求める心ではないか、と念いましたので、幻想で濾過した絵にしてみました。

全くの無から向き合いましたので、「越後上布・小千谷縮布技術保存協会」様から、越後上布工程写真のＣＤを送って戴き、また南魚沼市教育委員会社会教育課には、方言の資料等々で大変厚いお心寄せを戴きました。

この場を借りまして、心から御礼を申し上げます。

二〇二二年十月一日

浅井　和昭

※この物語はフィクションです。登場人物、団体等、実在のものとはいっさい関係ありません。

著者プロフィール

浅井 和昭（あさい かずあき）

1941年、愛媛県生まれ。
会社経営。
山梨県在住。
著書『酔芙蓉』（2018年、文芸社）
『扇腹　もう一人の葉隠武士』（2019年、文芸社）

越後上布 雪ざらし

2023年1月15日　初版第1刷発行

著　者　浅井 和昭
発行者　瓜谷 綱延
発行所　株式会社文芸社
〒160-0022 東京都新宿区新宿1－10－1
電話 03-5369-3060（代表）
03-5369-2299（販売）

印刷所　図書印刷株式会社

ISBN978-4-286-27019-7　JASRAC 出 2207247-201